선물

선물

신용성 장편소설

bookin

머물기 위해 지켜야 하는 것들

머무는 일은 고되다. 머물기 위해 지켜내야 하는 일들은 생각처럼 녹녹치 않다. 보통은 그 시간을 우리는 견딘다고 말한다. 나무가 한 철 겨울을, 움트는 대지가 녹는 순간을 기다리며 견디던 절정을 만나는 일. 그것은 찰나가 아니라 길고 길었던 우주의 미약한 한 켠을 지켜가던 무수한 생명체의 머물기 위한 사투였다. 그렇게 봄이 왔다. 시선이 머무는 곳마다 고된 견딤은 아찔한 빛을 뿜어댄다. 시큰한 눈 사위가 이 봄 이토록 정겹다. 머물러 있고, 고됨을 견디어낸 자리는 그래서 언제나 감사하다.

사람이 사람의 한살이를 이야기할 때는 긴 시간을 필요로 하지 않는다. 하물며 그것이 내가 아닌 남이 될 때 그 삶의 고락을 어떻게 '감히' 아는 듯 말할 수 있을까. 여기에 기록한 그들의 삶을, 그래서 나는 감히 알지 못하고, 감히 적었으나, 감히 엎드려 사죄한다. 그리고 소설이라는 이름으로 봉쇄된, 또 그래서 어쩌면 너무도 자유로운 유영들을 필설하면서 느꼈던 아픔과

고뇌는 나의 얕은 상상력을 끌어내어 조잡하게 직조한 허구라는 사실로써 가벼운 위안을 얻으려는 그야말로 얕은 속내다.

글을 쓰는 날보다 가다듬어지지 않은 엉킨 정신으로 뒹구는 시간이 더 많았던 날이 있었다. 빈약한 문재는 있음직하지도 않은 이야기를 억지로 얽어내고, 작중 인물을 통제하지 못해 궤변을 덧씌우며 못마땅함을 숨기고, 끝내 글을 쓰는 자신조차 불신으로 몰아갔다. 그렇게 몇 년 동안『선물』은 그 어떤 사람의 살이도, 누군가의 필요도 부여받지 못한 채 그 생명이 스러져 가고 있었다. 나는 누구의 선물이길 원했던 것일까. 어떤 선물이길 바랐던 것일까. 그저 선물이 되기 위한『선물』일 수는 없었던 것일까.

민주항쟁의 거창한 수식어도 혁명가의 일대기도 오롯이 품을 수 없는 이 글은 단지 나의 허물일 뿐이다. 너무도 미천해서 드러낼 수 없는 글자의 조합이 혹여 이기심이 뭔지도 모르는 누군가에 대한 동정이 될까 두렵기 그지없다. 바라던 세상 빛을 얻었다고 미혹된 마음도 함께 얻어 아직도 거두지 못한 친구의 눈물을 바라보는 나의 시선이 허위로 느껴지지 않기를, 허망한 가슴이 되지 않기를.

여전히 엉킨 것들을 풀어낼 방법을 나는 알지 못한다. 이 한없이 부족하고 편협한 시선에 갇힌 눈으로 바라본 세상을 어찌 전부라 말할까. 나이가 들어 어두워진 눈과 귀는 모든 것을 다 안다는 자만의 시선에 가려지고 듣고 싶은 것만 들으려하며 늙어간다. 공자가 말하던 늙음의 도리는 이상향이 되어버리고 내 시선도 그렇게 되어 가는가 싶어 두려움이 앞선다. 그러나 이 어리석음이 현명하지 못한 것이 되는 일을 경계하고, 우직한 어리석음이 아니라 때로는 어리석은 사람들의 우직함이 나은 세상으로 조금씩 변화시킨다는 사실도 나는 안다. 누구도 이데올로기라고 말하지 않지만 그 대립의 접점을 벗어야 하는 일은 모두의 몫이라는 것도.

머무르는 삶에 대한 생각과 그 견딤의 날들을 함께 해준 아내에게 이 책을 바친다. 기억조차 가물거리며 깊숙이 묻혀 있던 이 소설에 생명의 기운을 불어넣어준 유영진 작가, 보통사람들의 평범한 삶을, 한 시대를 살아가야만 하는, 어쩌면 살아내야만 했던 이웃들의 질곡의 걸음을 해설로 풀어준 이혜경 작가, 그리고 첫 작품집『거인의 내력』에 이어 이번에도 출간을 맡아준 북인출판사에도 고마움을 전한다.

2019년 여름

하립골에서 신용성

차 례

선물

신용성 장편소설

닫힌 세상

한내라고 부르는 광려천은 남에서 북으로 흘렀다. 무학산과 광려산에서 발원한 샘물은 감천과 호계, 양정을 거쳐 회문리로 휘돌면서 시루봉과 삿갓봉, 화개산 물줄기를 끌어들였다. 강은 폭을 넓히며 활처럼 굽이치면서 강 서쪽에 광활한 들판을 만들었다. 들판이 끝나는 곳에는 남북으로 뻗어나간 산줄기 자락을 따라 마을들이 들어섰다. 마을들은 하나같이 얼굴만 들판을 향해 삐쭉 내민 형상으로 산속에 들어앉았다. 들판과 한내를 굽어보고 있는 청룡산의 세 봉우리가 파란 하늘 가운데로 우뚝 솟았다. 아침마다 붉은 해는 청룡산을 물들이며 들판을 품었고, 저녁이면 하얀 달이 청룡산을 누르고 성큼 떠올라 들판을 은빛 바다로 만들었다. 한내가 꼬리를 감추는 북쪽과 들판이 시작되는 남쪽, 마을을 감싸안은 서쪽의 나지막한 산들은 겹겹의 병풍이 되어 바깥세상에서 불어오는 바람줄기를 막았다.

2월 막바지인데도 겨울은 끝날 기미조차 보이지 않았다. 강변으로 내려앉는 어스름을 따라 찬바람이 날을 세웠다. 매운바람이 자갈 줍는 문보의 콧날을 때리고 귓바퀴를 후려친다. 몸을 돌려 바람을 등져보지만 피할 곳은 없었다. 방향을 가리지 않고 휘젓는 바람이 강변을 훑고 수많은 자갈 무더기 사이를 헤집었다. 문보는 쇠소쿠리와 쇠갈퀴를 아무렇게나 던지고 자갈더미에 몸을 기댔다. 강변 너머로 보이는 마을이 아련하다. 마을을 둘러싼 높고 낮은 산들이 하나의 덩어리를 이루고 있었다. 세상은 움직임이 정지된 풍경화 같았다. 한낮의 햇빛은 산으로 숨어들고, 강 속 깊은 곳에서 물이 똬리를 틀고, 들판에는 바람이 허우적대고 있을 테지만 마을은 마냥 평온하게 보인다.

문보는 눈길을 돌려 한내를 따라 끝없이 이어지는 방죽 아래 자갈을 모으는 사람들을 바라보았다. 아침부터 어두워질 때까지 쉴 새 없이 손을 놀리는 것이 놀라웠다. 문보의 눈에 보이는 그들의 행동은 오직 자갈을 줍기 위해 목숨을 거는 것처럼 느껴졌다. 자갈치기가 아무리 돈이 되는 겨울 부업이라고 하더라도 저렇게 눈에 불을 켜고 덤벼드는 어른들의 세계를 문보는 이해할 수 없었다. 날선 바람 한 줄기가 거칠 것 없이 한내를 쓸어내린다. 바람이 머무는 곳마다 사람들의 신음소리가 터져나오고, 사람들은 자갈을 치다 말고 옷매무새를 추스른다.

방죽 길에 먼지가 일어난다. 들판을 가로지른 바람을 따라 트럭이 열을 지어 강변으로 내려온다. 한 대 두 대…… 대충 세어보아도 열 대가 훨씬 넘는다. 화물칸 철판으로 자갈이 쏟아지는 소리가 쟁그랍다. 조용하던 강변은 장터처럼 시끌벅적해졌다.

“요만하면 됐구마는 뭐가 모자란다는 거고?”

"이 아재가 말귀를 못 알아듣나? 한 차가 안 되니 안 된다고 하지. 이거라도 받기 싫으몬 자갈 다시 내릴까? 퍼뜩 전표 받고 가소. 바빠 죽겠는데 사람 귀찮게 만들지 말고!"

문보는 소리 나는 곳으로 고개를 쭉 뺐다. 대나무집 석봉 어른이 감독관과 실랑이를 벌이고 있었다.

"아따 그 냥반 성질머리 하고는. 기냥 좋은 게 좋은 건데……."

석봉 어른은 못내 아쉬운지 입맛을 쩝 다시며 바지를 툭툭 털었다. 돌아서는 감독관의 등에 대고 뭐라고 중얼거리던 석봉 어른이 이쪽으로 돌아본다. 퀭하게 들어간 눈을 손으로 비비는 그의 얼굴은 어둠 때문인지 더 수척해보였다.

"남순아 고만하고 가자, 날도 어두워서 보이지도 않네."

"아재 먼저 가이소. 조금만 더하고 갈랍니더."

"고생하네. 하기사 자갈치기도 고만할 모양이더라. 설 아래까지만 한다 하지 아마."

"그기 참말입니꺼? 이달 말까지 한다던데, 아니라예?"

"나도 들은 기다 구장한테. 철도 공사가 올해는 끝나고 명년에 다시 한다더라."

자갈을 긁어모으는 남순의 동작은 규칙적이고 꾸준하다. 추위를 몰고 오는 겨울바람은 그녀를 비껴가고 있었다. 수건으로 머리를 동여맨 모습이 꼬물거리는 땅강아지를 닮았다.

"누야, 화물차가 우리한테는 와 안 오는데?"

"자갈 무더기가 한 차가 돼야 실제."

남순은 고개도 돌리지 않고 끊임없이 손을 놀려 자갈을 긁어모으고 있다. 문보는 자갈을 쇠갈퀴로 건성건성 긁었다. 가운데 갈고리가 부러져 나가고 없는 갈퀴 사이로 자갈이 빠져나간다. 콧물이 주르르 흘렀다. 오른쪽 팔소매로 흐르는 콧물을 닦는다. 서지 동복 소매 끝이 콧물로 반질거린다.

"우리는 집에 안 가나? 저녁 다 먹고 없으몬 어쩔 거고?"

"니는 일을 입으로 하노? 고만 씨부리고 퍼뜩 해라. 쫌 있으몬 어두워서 일도 못한다."

"이거 내일도 하나?"

"한 차 만들라면 내일까지는 해야 될 거다. 와? 힘들몬 내일은 나오지 마라."

문보는 고개를 저었다. 강변 자갈 모으기는 나무하는 일보다 훨씬 쉬웠다. 형은 나무 한 짐 하려면 산을 몇 개나 뒤져야 한다고 투덜댔다. 무등골을 넘어 신당고개가 있는 막골짝은 맨몸으로 걸어도 반나절이 족히 걸렸다. 험한 산길을 나뭇짐까지 지고 오르내리는 것은 생각만 해도 끔찍했다.

자갈을 가득 실은 트럭이 하나둘 강변을 떠나고 있었다. 트럭이 떠날 때마다 돌무더기도 하나씩 사라졌다. 속살을 드러낸 모래바닥에서 검버섯이 피어났다. 제멋대로 난 검은 얼룩 위로 어둠은 짙어진다. 강변 여기저기서 모닥불이 피어올랐다. 일을 마친 사람들이 연장을 챙기거나 모닥불 주위에 둘러 모여 언 몸을 녹였다. 문보는 사람들이 떠나고 난 모닥불로 눈길을 주었다. 소쿠리를 내려놓고 손바닥을 펴 불을 쬔다. 열기가 얼굴 전체로 퍼진다. 사타구니가 노글노글해지자 꼼짝하기 싫다.

"문보야, 몇 소쿠리만 더 하고 집에 가자!"

문보는 발길로 모닥불을 두어 번 걷어찼다. 불이 붙은 나뭇가지 몇 개가 방죽으로 날았다. 문보는 소쿠리를 들고 고양이처럼 어둠이 짙은 곳을 찾는다. 트럭에 싣고 남은 우수리 자갈을 소쿠리에 담는다. 굵은 자갈을 긁어간 곳이라 갈퀴질이 한결 쉬웠다. 소쿠리 앞면을 패인 곳에 대고 양손으로 자갈을 끌어 담았다. 흙과 함께 티끌까지 담았으나 절반도 차지 않는다. 옆에 있는 자갈 무더기로 눈길이 갔다. 눈을 가늘게 뜨고 주위를 살폈다. 침을 꿀꺽 삼키며 조심스레 자갈을 담았다. 잘그락거리는 소리가 날 때마다 심장이 쿵쾅거렸다.

"이 자식이 시방 자갈 도둑질하는 기가?"

아랫담 동팔이 형이 뱁새눈으로 노려보았다.

"지천에 널린 게 자갈인데 우째 남의 꺼 손을 대노? 머리 소똥도 안 마른 게 도둑질부터 먼저 배운 기가? 맨날 자갈 무더기가 줄어든다 했더만 니가 그랬제? 자갈 훔치라고 누가 시키더노, 니 누야가 시키더나, 자식아!"

동팔이 문보의 머리를 때렸다.

"니는 애를 왜 때리는데?"

남순의 괄괄한 목소리에 동팔이 움찔했다.

"이 가시나가 어디서 눈을 동그랗게 뜨고 지랄이고? 내가 안 때렸다는데!"

"지라알! 지금 나한테 지랄이라 했나?"

"자갈 도둑질한 놈을 도둑놈이라는데 뭐 잘못된 거 있나? 참말로 기도 안 차네."

집으로 가던 사람들이 무슨 일인가 하는 표정으로 슬금슬금 몰려들었다. 남순이 동팔을 노려보다가 몸을 홱 돌렸다. 자갈을 한 소쿠리 담아 들고 와서 동팔의 자갈 무더기에 쏟았다.

"자! 이러면 됐제!"

남순은 머리에 둘렀던 수건으로 코를 팽 풀고는 몸빼바지 먼지를 탁탁 털었다.

"불났다!"

누군가 외치는 소리가 들렸다. 방죽이 벌겋게 타오른다. 불이 바람을 타고 무섭게 갈대밭으로 번지고 있었다. 불길은 갈대를 태우면서 잡목으로 옮겨 붙었다. 동팔은 남순에게 눈총을 주고는 불길로 달려가는 사람들을 뒤따랐다.

문보는 불길을 바라보았다. 바람결을 따라 불꽃이 너울거렸다. 미친년처럼 머리카락을 풀고 검은 하늘을 수놓는다. 불꽃은 뱀처럼 혀를 날름거리며 공중에서 춤을 춘다. 겨우내 꽁꽁 얼었던 잡목은 스스로 열을 받아들여 절묘한 음색을 내고 있었다. 마른 몸을 사르는 갈대의 아삭거리는 소리가 경쾌하게 들렸다. 활처럼 굽은 내를 따라 만들어진 방죽이 대보름 줄다리기 줄처럼 꿈틀거렸다. 얕게 흐르는 강물은 붉은 여울을 만들며 춤을 추었다.

사람들이 불을 끄기 시작했다. 문보도 사람들 틈에 끼여서 발바닥으로 비비는 시늉을 했다. 불 때문에 난감했던 상황이 끝나서 다행이고, 열을 받아 화끈거리는 얼굴 촉감도 기분이 좋았다. 추위에 얼었던 몸이 불의 열기로 노곤해졌다. 방죽이 끝까지 타도록 그냥 내버려두었으면 좋겠다. 불 때문에 당장 내일부터라도 자갈치기를 못하게 하는 일이 일어났으면 더할 나위 없었다. 문보는 소쿠리로 불꼬리를 탁탁 쳤다. 불똥이 튀면서 다른 곳으로 옮겨 붙는다. 불탄 갈대의 재가 하늘로 치솟았다. 문보도 덩달아 뜀박질을 하며 활개를 쳤다.

"자갈 도둑놈!"

언제 왔는지 상구가 입술을 비틀며 누런 이빨 사이로 침을 찍 뱉었다.

"자갈 무더기 옆에 흘러내린 거 담았다. 그게 와 도둑놈이고?"

"이 자식이 거짓말까지 하네. 내가 다 봤는데? 동팔이 자갈 무더기서 훔쳐가는 거……. 내일 학교 가면 샘한테 다 이를 끼다. 이 도둑놈아!"

선생님에게 매를 맞는 일이야 참을 수 있지만 친구들에게도 놀림감이 되는 것은 견디기 어렵다. 상구와 마주친 것이 운이 나빴다.

"상구 이 새끼!"

문보가 달려들자 상구는 몸을 재빨리 돌리면서 들고 있던 꼬챙이로 문보 머리를 때렸다.

"니는 도둑놈이다. 니가 도둑놈이몬 니 아부지도 도둑놈이다. 니 누야는 양갈보고 니 성은 넝마잽이다!"

홧김에 대들었지만 키나 덩치에서 문보는 상구 상대가 되지 않았다. 뒷걸음치다 넘어지면서 방죽 비탈에 몸이 굴렀다. 까만 잿가루가 옷가지에 들러붙었다. 상구가 킬킬거리며 다가오더니 양발을 쫙 벌렸다.

"내 가랭이 사이로 기어가면 아무 말 안 할게. 못하면 니는 도둑놈이다."

때마침 불어온 바람에 불길이 정면으로 몰려왔다. 상구가 불길을 피하려고 주춤거리는 사이 문보는 재빨리 일어나 비탈진 방죽을 따라 몸을 기우뚱거리며 도망쳤다. "도둑놈!"이라는 상구의 외침이 들렸다. 구멍난 고무신 사이로 삐져나온 맨발바닥이 뾰족한 돌멩이를 밟았다. 비명 소리가 저절로 나왔으나 이를 악물고 달렸다.

"니도 나이값 좀 해라. 열세 살이면 다 컸다. 남 자갈을 와 훔치는데?"

상구 일로 내일 학교 갈 일이 걱정인데 남순의 꾸중을 듣자 배알이 뒤틀렸다.

"나는 도둑놈 아이다. 옆에 있는 것 긁는데 쬐끔 딸려온 거뿐이다."

"다음부터는 그러지 마라. 니는 손이 없나 발이 없나?"

남의 속사정도 모르고 종종걸음을 치는 남순이 미웠다. 누나가 동생을 달래지는 못할 망정 화만 돋우고 있다. 강변 너머에서 불어온 바람이 민낯을 때렸다. 어둠이 짙게 내리면서 바람이 점점 잦아들었다. 들판을 가로질러 마을로 돌아가는 마음이 무거웠다. 마을 앞 주막걸 쉼터를 지나자 발걸음이 께지럭거렸다. 연못가에 이르러 남순의 뒷모습이 사라지자 문보는 돌담 아래 주저앉았다.

"아이고, 사람 간 떨어질 뻔했네!"

방구 할배집 머슴 정태였다. 땅딸막한 키에 힘이 장사라고 소문만 났지 겁쟁이였다. 나이가 스무 살이 넘었지만 아이들이 '정태야'라고 함부로 불러도 화낼 줄 모르는 바보였다.

"문보야, 너희 형순 누야 지금 집에 있제?"

정태가 휘파람을 불었다. 철이 아저씨 아래채 담벼락을 따라 꼬부라진 골목길로 들어섰다. 정태 발길이 문보집으로 향하고 있다. 정태가 싫었다. 일만 할 줄 아는 바보를 자형으로 가지면 상구에게 더 놀림감이 되고 말 일이었다. 정태가 모퉁이에 이르자 담배를 꺼내 물며 문보를 향해 히죽댔다.

문보는 집으로 들어가려다 말고 용두집 마당으로 들어섰다. 봉당으로 내려서는 용두의 팔을 이끌었다. 용두가 몸을 으스스 떨었다.

"오늘은 추워서 밖에서 안 놀란다."

"그게 아니고, 상구 그 자식이……."

상구 일 때문에 용두를 불러냈지만 입이 떨어지지 않았다. 사실대로 말을 할 수도 없고 그렇다고 거짓말을 지어내려니 멋쩍은 기분이 들었다.

"퍼뜩 말해봐라, 니 상구한테 맞았나?"

"내가 상구한테 맞기는 와 맞노?"

"그럼 뭐고? 오줌부터 좀 누고……."

용두가 신발을 질질 끌며 변소로 향했다. 달가워하지 않는 용두 행동이 밉상이다. 모르는 척 살갑게 대해주면 좀 좋을까. 그래도 부탁이라도 해볼 사람은 용두밖에 없었다.

"니 잘못한 게 있제?"

변소에서 나온 용두가 베바지 허리띠를 졸라매면서 새끼 꼬듯 말을 꼬았다. 친구 입장은 안중에도 없이 자기 생각만으로 함부로 말하는 용두의 평소 버릇 때문인 줄은 알지만 들을 때마다 기분이 팍팍 상했다. 얼핏 잔소리처럼 들리는 것이 은근히 부아를 돋우었다. 용두는 남의 일에 참견하는 재미로 사는 자식임에는 틀림없었다. 어제도 내복에 디디티 가루 뿌린 것을 가지고 시비를 걸었다. 문보가 연못가 담벼락에 쭈그려 앉아 속옷 밖으로 슬금슬금 기어나오는 이 몇 마리를 손톱으로 짓이기는 것을 보며 입술을 삐죽거렸다.

용두 소맷자락을 끌고 골목길로 들어서는데 형순이 치맛자락을 나풀거리며 걸어왔다.

"문보야, 얼른 안 들어가고? 저녁도 안 묵고 배도 안 고프나?"

“용두하고 좀 놀다 가게. 아부지는?”

아버지가 가장 싫어하는 것이 식구들이 제때 밥상 앞에 나타나지 않는 일이었다. 아무리 바쁘고 일이 늦더라도 상을 두 번 이상 차리게 만들면 불호령이 떨어졌다.

“아부지 저녁 들고 일찍 나갔다. 그러잖아도 지금 아부지 찾으러 나가는 길이다.”

형순이 반대편으로 몸을 감추었다. 형순이 사라진 골목에서 정태의 휘파람소리가 들렸다. 용두가 문보를 돌아보았다.

“아부지 들어오기 전에 밥부터 묵어야겠다. 용두 니는 들어가라.”

“상구한테 얻어맞은 기 맞제?”

용두에게 자갈을 도둑질했다는 말은 할 수가 없었다. 거짓말로 당장은 넘어가겠지만 나중에 상구 귀에 들어가게 되면 무슨 일을 당할지 몰랐다. 떨떠름한 표정을 짓는 용두를 보내고 마당으로 들어서는데 부엌에서 달그락거리는 소리가 들렸다. 문보는 장독대 옆에서 주춤거렸다.

“빨리 안 들어오고 머하노! 찬장에 호박죽 한 그릇 있을 게다. 갖다 먹어라!”

가실댁이 소리를 질렀다. 찬장 문을 열자 죽과 김치 그릇이 보인다.

‘또 호박죽…….’

낮에 일을 하고 왔으니 꽁보리밥이라도 먹을 수 있으려니 기대한 것이 잘못이었다. 죽을 한 순갈 퍼서 입속으로 가져간다. 비릿한 호박 냄새가 입안에 진동했다. 용두 엄마 유원댁은 마을에서 호박죽 끓이는 솜씨는 가실댁이 최고라고 말했지만 문보는 믿지 않았다. 호박죽 맛이 별거 있나. 그래봤자 호박죽일 뿐이었다. 죽 그릇을 찬장으로 밀어넣고 방문을 열었다.

“다들 어디 갔노?”

이불 속에 누워 있던 웅보가 몸을 일으켰다.

“아랫방에서 새끼 꼰다. 형아는 새끼 꼬러 안 가나? 옴마가 뭐라 할 건데?”

“옴마가 와?”

“아까 아부지하고 싸웠다. 옴마가 아부지한테 놀러가지 마라 했는데 아부지가 고함을 지르고 나갔다. 옴마가 성이 나서 아부지 찾아오라고 큰 누야 보냈다.”

“나는 모르겠다!”

문보는 이불 속으로 파고들었다. 아랫방에서 뭐라고 소리가 들리는 것 같아 문보는 이불을 뒤집어썼다. 새끼 꼬러 오라고 부르면 못 들은 척할 참이었다. 따뜻한 아랫목으로 발을 뻗자 추위에 얼었던 몸이 노곤해진다. 문보는 일부러 코 고는 소리를 냈다.

문보는 바깥의 소란스러운 기운에 잠을 깼다. 방문을 열자 싸늘한 공기가 확 몰려왔다. 마당에 햇살도 퍼지지 않은 이른 시각이었다. 문보는 눈을 비비면서 잠에 취한 걸음으로 봉당에 내려섰다. 가실댁은 망연자실한 모습으로 장독대에 걸터앉았고, 아버지는 헛간 모퉁이에서 담배연기만 내뿜고 있었다.

“벼룩의 간을 빼먹지. 세상에 쥐새끼도 굶어죽는 형편에 남 줄 보리쌀이 어디 있더나. 이놈의 가시나야! 내가 어제 니 아부지 델고 오라 했나 안 했나?”

넋두리를 늘어놓던 가실댁이 형순을 향해 소리쳤다.

"아부지, 이기 마지막입니더! 더는 안 됩니더. 한번만 더 하몬 지도 가만 안 있습니더!"

큰형의 목소리가 야무지게 들렸다. 가실댁이 한숨을 쉬며 손사래를 쳤다. 큰형이 보리가마니를 등에 지고 나간다. 문보는 작은형 눈치를 살피며 물었다.

"성아, 큰성이 보리가마니는 와 지고 나가는데?"

"니는 뭐 할라고 나왔노? 퍼뜩 방에 들어가라!"

판보가 대문 밖 골목에 가마니를 부려놓았다. 골목 어귀에 가마니를 쌓아두는 것은 방아를 찧기 위해 고장에서 내놓을 때뿐이었다. 부곡정미소 한 씨 아저씨는 이틀에 한번 해거름에 마을에 들렀다. 한 씨는 사람들이 어귀에 내어놓은 가마니를 수레에 싣고 갔다.

"아부지도 너무합니더. 우리 형편에 무슨 노름입니꺼? 그 돈으로 문보 중학교나 보내지예."

"남순 너도 그렇게 말하는 건 아니다. 아들만 자식이가? 나를 국민학교 졸업이라도 시켜줬으면 이렇게 까막눈은 안 됐겠제. 버스 타고 어디 가려고 해도 글자를 알아야지. 우리 집에 가시나는 사람도 아니다."

"이 자식들이 시방 뭐라 주둥이를 놀리고 있노?"

아버지가 소리를 버럭 질렀다. 노름으로 보리 세 가마니를 날리고도 목소리 힘을 주는 배짱이 부러웠다. 아버지의 막무가내를 조금만 닮았어도 상구한테 맞장을 떠볼 만도 할 텐데. 문보는 보리 한 가마니면 보리밥이 몇 그릇이 나오는지 계산해보지만 머릿속만 복잡했다.

학생들이 삼삼오오 앞서거니 뒤서거니 걸어가고 있었다. 집안의 소란으로 아침도 먹지 못하고 나왔으나 선뜻 등굣길로 들어서지 못했다. 학교에서 상구를 만날 생각을 하자 머리칼이 주뼛거렸다. 뒷먼당으로 올랐다. 사방이 훤히 트인 언덕은 바람막이가 없다. 들판에서 불어오는 차가운 바람을 피할 장소로는 마땅찮았다. 손바닥으로 낯짝을 비비며 산등성이로 향했다. 산마루의 무덤으로 쏟아지는 햇살이 눈부시다. 묘지 뒤를 둘러친 담장은 나지막했지만 그런 대로 훌륭한 바람막이 역할을 하고 있다. 봉분에 등을 대고 비스듬히 누웠다.

문보가 눈을 떴을 때는 해가 중천에 와 있었다. 깜박 잠이 들었나 싶었는데 몇 시간을 잔 모양이었다. 몸을 부르르 떨면서 기지개를 켰다. 옷가지에 묻은 잡풀을 툭툭 털어내고 주위를 휘휘 둘러보았다. 아무도 없었다. 세상에 혼자 남겨진 기분이다.

책보를 빙빙 돌리며 터덜터덜 산을 내려갔다. 산기슭 후미진 곳에서 무엇인가 꼼지락거리는 것이 보였다. 계집아이가 흙장난을 하고 있었다. 어른 서넛은 들어갈 수 있을 만큼 움푹 파인 곳에 햇살이 가득 찼다. 아이는 손으로 흙을 파는가 하면 경사진 면을 따라 미끄럼틀을 타기도 했다. 옷은 온통 붉은 황토로 더럽혀져 있다. 문보가 다가가자 아이가 움찔했다. 아홉 살 먹은 숙이는 학교에 다니지 않는다. 명절 때 파마머리에 입술을 빨갛게 칠한 아이 엄마를 몇 번 본 적이 있었다. 아이가 엄마에게 손을 잡힌 채 표정 없이 고샅을 돌던 모습도 기억했다. 명절이 끝나면 엄마는 떠났고 아이는 할머니와 마을에 남았다.

아이가 고개를 돌려 문보를 쳐다보았다. 눈빛이 흐리고 얼굴색이 하얗다. 아이가 얇고 가는 손가락으로 흙을 파냈다. 흙이 잘게 부서지며 손가락 사이로 흘러내린다. 아이가 흙을 집어 입으로 가져갔다. 입가로 침 묻은 흙이 배어나왔다. 황토의 속살은 진한 홍색이었다. 밀가루에 붉은 물을 들인 것 같았다. 아이가 먹는 것을 보고 있자니 진짜 먹음직스럽게 보였다. 뱃속에서 꼬르륵 소리가 들렸다.

"배 아프면 어쩌려고 흙을 먹노? 그만해라."

아이는 손으로 입가를 훔치고는 흙을 한 줌 집어 문보에게 내밀었다.

"배 안 아프다. 니도 먹어봐라."

문보가 머뭇거리자 아이는 보란 듯이 흙을 자신의 입으로 가져갔다. 아이가 입술을 우물거렸다. 밥 먹는 모습과 똑같다. 행동이 자연스러워 군침마저 돌았다.

"바보……."

아이가 입술을 비죽거렸다. 문보가 팔을 휘두르자 아이는 흙을 뿌리고 달아났다. 어디선가 고소한 냄새가 솔솔 풍겼다. 문보의 눈길이 아이가 흙을 판 곳에 멈춘다. 주위를 힐끔 돌아보고 조심스레 손가락으로 흙을 긁었다. 빨간 황토 속살이 주르르 흘러내렸다. 손바닥으로 겉흙을 쓸어내고 두 손가락을 모아 속살을 집었다. 혀끝을 조심스럽게 흙에 대보았다. 먹을 수 있는 것인지 확신이 서지 않았다. 작년에 피마자를 먹고 며칠 동안 배앓이로 고생했던 기억을 떠올렸다. 먹어도 죽지 않는다는 상구 말에 피마자 밭에서 날것을 한 됫박이나 꾸역꾸역 먹었다. 토하고 설사하기를 반복하자 남순은 한심한 눈빛을 보내다 못해 아예 바보 취급을 했다. 생각만 해도 느끼함이 느껴져 속에서 토악질이 올라올 것 같았다.

혀끝으로 느껴지는 흙 맛은 떫긴 하지만 피마자처럼 역겹지는 않았다. 흙을 이빨로 잘게 씹었다. 침이 고이자 따뜻한 느낌이 오면서 떫은 기운이 조금씩 가시는 것 같았다. 이번에는 조금 더 많이 입에 넣었다.

목구멍으로 흙이 넘어가는 것이 회충약을 먹는 느낌이었다. 흙이 입천장에 붙는다. 속이 메스껍고 거북하다.

당산 쪽에서 웅성거리는 소리가 들려왔다. 고개를 빼서 산 위를 올려다보았다. 마을이 바로 내려다보이는 당산의 완만한 경사지는 매끈한 풀밭이다. 두 개의 무덤이 마주 보고 있는 공간은 몸을 함부로 구르기에 안성맞춤이었다. 상구가 아이들을 모아놓고 떠들고 있었다. 상구와 맞닥뜨리면 무슨 일이 벌어질지 알 수 없었다. 어제 일을 들추게 되면 용두에게 거짓말한 것까지 탄로난다. 고개를 숙이고 빠르게 걸음을 옮겼다.

"문보야, 니 오늘 학교 와 안 왔노?"

상구 목소리였다. 속에서 욕지기가 나온다. 도망가고 싶지만 뒷일을 감당할 자신이 없었다. 상구는 아이들을 두 패로 갈라 전쟁놀이를 시작했다. 상구의 나무칼이 문보 머리로 사정없이 내리꽂혔다. 문보는 넘어지면서 머리를 감싸쥔다. 손바닥이 끈적거린다. 용두가 잔디를 뜯어 이마의 피를 닦아주었다. 상구가 느물거리며 문보 허리를 쿡 찔렀다.

문보는 몸을 가누면서 일어섰다. 키 작은 소나무 가지 위에 앉은 햇살이 눈을 찌르고 바람이 지나가면서 햇빛을 흔들었다. 어지럽다. 흙을 먹은 것이 잘못된 것인지 속도 메스껍고 거북했다. 얼른 집에 가서 쉬고 싶었다. 눈에서 눈물이 주르륵 흘러내렸다. 서러워서인지 배고파서인지 알 수 없었다. 산비탈을 달려 내려갔다. 몸이 균형을 잡지 못해 넘어질 듯 기우뚱거렸다. 누군가 부르는 소리가 뒤에서 들렸다. 뒤도 돌아보지 않고 집으로 달렸다.

부자가 되어

문보는 누런 보리 이삭을 툭툭 건드리며 길섶을 따라 걷는다. 영근 씨알은 손가락으로 건드리기만 해도 땅으로 떨어졌다. 보리까락이 어딘가에 붙었는지 손가락 사이가 껄끄럽다. 손으로 이마의 땀을 훔치자 이마가 까끌까끌하다. 손등으로 문지르자 이번에는 얼굴 전체가 따끔거렸다. 눈에 보이지도 않는 까끄라기는 건드릴수록 더 성을 냈다. 수업은 오전으로 끝났지만 하굣길에서는 늑장을 부렸다. 집에 가야 먹을 것도 없으니 서두를 일도 없었다. 보리밭에 듬성듬성 나 있는 깜부기를 보고 발길을 주춤하다가 돌아선다. 보리깜부기는 아무리 먹어도 배부른 느낌도 없고 먹고 나면 똥이 새까맣게 되는 것이 영 싫었다. 소나무 가지에서 솔잎을 훑어 입속에 집어넣었다. 떫은맛에 비위가 상한다. 두어 걸음 가다가 오리나무 잎을 따서 입속에 넣고 잘근잘근 깨물었다. 텁텁한 수액이 마른 목을 적셨지만 허기는 더하다.

앞서가던 용두가 고갯길 언덕바지에 주저앉았다. 문보도 용두 옆에 털썩 앉았다. 허기도 지고 걸을 힘도 없었다.

"배고프네, 도시락이나 묵을란다."

용두가 책보를 풀고 도시락을 꺼냈다. 도시락 통은 재봉틀 공구함으로 쓰는 작은 양철통이었다. 뚜껑을 열자 새까만 보리밥이 김칫국물과 범벅이 되어 있었다. 용두가 한 숟갈 떠서 입으로 가져가는 것을 보자 문보 입 안에 군침이 괬다.

"꼰대는 풍금도 못 치면서 툭하면 수업도 제멋대로 빼먹노?"

담임이 일이 있다면서 오전수업으로 끝냈다. 문보는 용두 도시락에서 눈을 떼지 못하면서 괜히 담임선생에게 화살을 돌렸다.

"방구 할배집은 맨날 밥 먹겠제?"

문보는 말머리를 돌렸다.

"방구 할배 별명이 와 방구 할배고? 맨날 많이 묵어서 방구를 뿡뿡대니 방구 할배지."

"엊그제 복판샘터에서 놀다가 방구 할배가 방구 뀌는 거 보고 우스워서 죽을 뻔했다."

"어쨌는데?"

"지나가는데 뽀오옹 방구 소리가 나더라. 조금 있다가 또 뽀오옹 하더라. 가만히 보니까 세 걸음마다 뽀오옹, 하나둘 셋 뽀오옹, 또 뽀오옹! 웃지도 못하고……. 으흐흐!"

"나는 언제 그런 방구를 뀌노? 배는 꼬르륵 대는데 소리는 안 나고 물방구만 피식 나오고 만다. 맨날 죽만 먹는데 방구가 나오겠나."

"얼마나 많이 먹었으면 그렇게 방구를 뀌겠나. 방구 할배는 흰쌀밥도 자주 먹겠제?"

명절과 제삿날에나 구경할 수 있는 하얀 쌀밥, 꽁보리밥이라도 하루 세 끼 거르지 않고 먹을 수만 있다면……. 문보는 목이 콱 멘다.

"우리 집도 부자가 될 수 있을까?"

"그걸 내가 어째 아노? 너 아부지한테 물어바라! 아부지, 우리는 언제 부자 됩니꺼, 이렇게 물어보면 되지."

용두가 어른 말투를 흉내내며 낄낄거렸다. 용두가 아버지를 가지고 장난치는 것 같아 기분이 더럽다. 조잘대는 저 입을 쥐어박고 싶었다.

"그라지 말고 토끼 키워봐라!"

용두가 히죽히죽 웃었다. 문보는 말귀를 얼른 알아듣지 못했다.

"토끼가 새끼를 한번에 열 마리도 더 낳는다. 두세 달에 한번씩 낳으면 일 년이면 몇 십 마리 되제."

"그래서?"

"그래서는 무슨 그래서고? 토끼 새끼 팔아서 돼지 새끼 사면 되제? 돼지도 몇 마리씩 낳은 게 일 년이면 몇 십 마리가 되고……."

"그라고?"

"돼지 팔아서 송아지 사고, 송아지가 큰 소 되면 맨날 송아지만 팔아도……."

"부자 되겠네!"

문보는 함박웃음을 짓는다. 용두가 잘난 척하는 꼴은 보기 싫지만 듣고 보니 맞는 말이었다. 급장은 뭔가 달라도 달랐다. 용두 말대로만 된다면 부자가 되는 것은 시간 문제였다. 이렇게 쉬운 일을 어른들은 진작 하지 못했을까. 웃음이 킥킥 나왔다.

뱃속에서 꼬르륵 소리가 났다. 문보는 호주머니에서 앵두를 꺼냈다. 점심 대신 먹으려고 아침에 형순 누나 몰래 따온 것이다. 겨울이 지나고 제법 온기가 자리잡을 때쯤 마당 끝에 있는 앵두나무는 빨간 열매를 탐스럽게 달았다. 그때부터 형순은 눈에 불을 켜고 앵두나무를 지켰다. 형순은 앵두를 칠원읍내 오일장에 조금씩 내다 팔았다.

상구가 아이들과 함께 밭길을 올라오고 있었다. 용두가 재빨리 도시락을 책보 속에 집어넣었다. 문보 얼굴이 굳어진다. 하필 이 순간에 나타난 상구가 얄밉다.

“그거 앵두 아이가? 한 개 묵어보자!”

상구가 문보 손을 낚아채면서 앵두 한 알을 입에 넣었다. 문보가 뺏으려하자 상구가 뒷걸음을 치며 또 한 알을 입에 날름 넣었다. 아껴 먹으려다 정작 자신은 한 알도 먹지 못했다는 것이 무지 억울하다. 상구가 뒤따라오는 종천에게 한 알을 던져준다. 땅에 떨어진 앵두를 종천이 집었다. 종천이 입맛을 다셔가며 앵두를 먹는다. 나이도 두 살이나 어린 것이 상구를 졸졸 따라다니며 부하 노릇을 하더니 간덩이가 부었다.

“종천 새끼야! 니가 와 내 앵두를 먹노! 나도 아직 한 개도 못 묵었다 말이다!”

문보는 머리로 종천의 가슴을 들이받았다. 종천이 얼떨결에 문보 허리춤을 잡았다. 문보는 종천을 넘어뜨리려고 안간힘을 썼다. 종천의 팔이 점점 문보 허리를 죄어왔다. 이대로 넘어지면 끝장이다. 육 학년이 사 학년한테 졌다는 소문이 퍼지면 얼굴을 들고 다닐 수가 없었다.

“문보야, 다리 걸어! 다리!”

옆에서 용두가 외쳤다. 문보는 얼른 밭다리를 걸었다. 종천의 몸이 기우뚱했다. 종천이 어깨로 문보 가슴을 밀며 되치기로 들어왔다. 균형을 잃은 문보는 넘어지고 말았다. 하늘이 노랗다. 예기치 않게 벌어진 싸움이지만 되돌릴 수가 없었다. 상구에 대한 화풀이를 종천에게 대신하려 했던 것인데 상황이 묘하게 꼬여간다.

“어버버!”

아이들의 시선이 일제히 소리나는 쪽을 향했다.

“버부리닷!”

누군가가 소리쳤다. 언덕 아래에서 괴상야릇한 소리를 지르며 낫을 치켜들고 달려오고 있는 사람은 콩밭 주인인 황 씨였다. 문보는 그제야 자신이 황 씨 밭두둑을 헤집고 있다는 것을 알아차렸다. 등굣길 양쪽으로 펼쳐져 있는 황 씨 밭은 지뢰밭보다 무서운 곳이었다. 황 씨는 행인들이 작물을 해칠까봐 눈에 쌍심지를 켰다.

아이들이 도망치기 시작했다. 문보 위로 올라타려던 종천도 놀란 닭처럼 후다닥 몸을 일으켰다. 문보는 흘끔 뒤를 돌아보았다. 황 씨가 치켜든 낫날에 반사되는 햇빛이 눈을 찔렀다.

“문보야, 머하노? 퍼뜩 안 오고!”

앞서 달리던 용두가 소리쳤다. 상구가 밭 가운데를 가로지른다. 아이들은 상구를 뒤따랐다. 콩대가 무참하게 꺾이고 있었다. 아이들은 콩밭을 가로질러 산 아래로 멀어졌다. 둔덕에 서서 울부짖던 황 씨가 혼자 떨어진 문보를 향해 달려왔다. 문보는 언덕길을 달렸다. 숨이 목까지 차올랐다. 오리나무 숲을 헤치면서 넘어질 듯 비틀거렸다. 황 씨가 턱밑까지 쫓아왔다. 황 씨의 억센 손이 문보의 뒷덜미를 낚아챘다. 문보의 몸이 허공에서 대롱거렸다. 이리저리 버둥거려보지만 황 씨의 손아귀는 점점 죄어왔다. 몸이 공중에서 도는 듯싶더니 하늘을 붕 날고 있다는 느낌이 들었다. 정신이 아득해졌다.

웅성거리는 사람들의 목소리에 문보는 정신을 차렸다.

“문보야, 괘안나? 다친 데는 없나?”

애자가 햇빛을 등지고 서서 내려다보고 있었다. 문보는 눈을 껌벅거리며 기억을 더듬었다. 황 씨가 자신을 팽개친 것까지는 알겠는데 그 뒤는 생각나지 않았다. 머리는 어지럽고 몸은 아직도 공중에 떠 있는 느낌이었다. 황 씨는 어디로 갔는지 보이지 않았다.

“니 또 쌈질했제? 맞아도 싸다 싸!”

점순이 가시나는 하는 말마다 밉상이다.

“니는 무슨 말을 그래하노? 문보 다친 거 안 보이나?”

애자가 점순이를 나무랐다. 점순이 입술을 비죽거리며 뭐라고 옹알거렸다. 애자가 문보 무릎에 난 상처를 보더니 침을 손가락으로 찍어 발랐다. 문보는 벌떡 일어났다.

“더럽게! 니 뭐하는 거고?”

문보가 짜증을 내자 애자가 등을 찰싹 때렸다.

“가만 있거라 이 머스마야. 더럽기는 뭐가 더럽노? 이렇게 발라야 빨리 낫는다!”

“문보야, 니 애자 시키는 대로 해라. 안 그래도 애자가 버부리 아재한테 말해 갖고 이만하기 다행인 기다, 알겠나? 애자 아니면 누가 니한테 그리 해줄 끼고?”

정아가 키득거리면서 보조개를 지었다.

문보는 책보를 어깨에서 허리로 대각선으로 걸머지고 저수지로 내려갔다. 논둑에 엎드려 수로에 머리를 박고 물을 벌컥벌컥 들이켰다. 못자리 논에서 흘러내린 흙탕물이었지만 월남사탕보다 달았다. 손등으로 입술을 닦아내자 시커먼 진흙이 묻어나왔다.

장마가 끝나고 시작된 가뭄이 한 달째 계속되고 있었다. 가뭄과 함께 찾아온 무더위는 세상을 무기력하게 만들었다. 산마루의 뜨거운 열기가 마을로 쏟아져내려오면 사람들은 불볕을 피해 그늘로 몸을 숨겼다. 대숲 바람 소리가 사라지고, 바람의 움직임이 멈춘 텅 빈 고샅에는 한낮의 햇볕이 맴돌았다. 아버지는 매일 물꼬 때문에 논으로 나가지만 저녁에 집으로 돌아오는 얼굴에는 주름이 더 깊게 패였다. 여름방학을 앞두고 학교에서도 오전수업만 했다. 일찍 마치는 것은 좋지만 집에 빨리 오는 만큼 일할 시간도 많아지는 것은 불만이었다. 풀을 베러 가거나, 웅보와 쇠똥을 줍는 일이 늘어났고, 산으로 소 먹이러 가는 것도 일이었다.

문보는 마루에 걸터앉아 무료하게 발놀림을 하고 있었다. 자신은 풀을 한 지게 베어오겠다며 웅보를 산으로 소 먹이러 보내놓고 게으름을 피우고 있는 참이었다. 토끼가 죽은 뒤 문보는 툭하면 웅보에게 짜증을 냈다. 엄마가 심부름을 시키면 웅보를 대신 보냈고, 아버지나 형이 일을 시키면 웅보에게 미뤘다. 웅보가 하기 싫은 눈치를 보이거나 말을 듣지 않으면 주먹으로 머리를 쥐어박았다. 웅보는 대체로 문보에게 고분고분했고, 오히려 엄마나 누나가 동생을 괴롭히지 말라며 문보를 나무랐다. 그렇든지 말든지 문보는 마음 내키는 대로 웅보를 부려먹었다. 멀리 부봉산의 반듯한 모습이 눈에 들어왔다. 남쪽 하늘을 가로지르면서 서에서 동으로 펼쳐지는 능선은 사회 교과서에서 보던 궁궐의 용마루처럼 단아하고, 앞산 마루를 따라 완만한 곡선을 만들며 부드럽게 뻗어나간 것이 잘생긴 기와집 처마와 닮았다. 달랑 들어다가 집으로 삼아 높고 넓은 대청마루에 서서 상구를 마당 아래 꿇어앉히고 싶었다.

매번 상구에게 당하고 있지만 뾰족한 대책이 없었다. 키도 작고 힘도 약하기에 상구를 제압할 수 없다. 식구들의 도움을 빌릴 수도 있겠지만 그랬다간 상구의 보복이 뒤따른다. 상구가 왜 유독 자신만 더 괴롭힐까 하는 고민은 도움이 되지 않았다. 자신이 무슨 생각을 하든지 중요하지 않았고 현실은 힘센 상구의 손아귀에 있었다. 문보의 삶을 온통 지배하고 있는 상구를 극복하지 않고서는 편안한 미래는 없었다. 상구가 이사를 가거나, 자신이 마을을 떠나거나, 아니면? 매끼 밥을 먹고 방귀를 뀌는 부자가 되어 키가 크고 힘이 강해진다거나.

저녁으로 밀기울 죽 한 그릇을 후딱 비운 문보는 마루에 걸터앉아 앵두나무를 바라보고 있었다. 어둠에 묻힌 앵두나무 너머로 보이는 마을 앞산 산등성이에 별이 떴다. 여느 때 같으면 용두를 불러내어 반딧불이 잡이라도 하겠으나 모든 것이 귀찮았다.

학교에서 월사금 독촉을 받은 지 한 달이 넘었다. 이달 들어 가실댁에게 몇 번이나 졸랐지만 매번 다음 장날에 돈을 마련하겠다는 말만 되풀이했다. 장날이 세 번이나 지나갔지만 약속은 지켜지지 않았다. 담임은 월사금을 제때 가지고 오지 않는 학생을 유독 미워했다. 회초리로 손바닥을 때리거나 손들고 서는 벌을 주었다. 오늘도 담임은 문보를 불러 세우고 내일까지 가져오지 못하면 부모님을 모시고 오라고 으름장을 놓았다. 물귀신 같은 월사금, '월사금'이란 단어를 없애고 싶었다. 월사금만 없어도 학교는 다닐 만했다. 넓은 운동장, 그네와 미끄럼틀도 있다. 가끔 배식되는 누런 강냉이죽 맛도 잊을 수 없었다.

"엄마! 우리 토끼 한 마리 사자. 풀 먹이고 키우는 거는 내가 할게."

"갑자기 토깐이는 와 들먹이노? 쓸데없는 소리 고만하고 퍼뜩 잠이나 자라."

해진 양말을 기우고 있던 가실댁이 시큰둥하게 대답했다. 가실댁이 호롱불 심지를 돋웠다.

"토끼 한 마리만 사도고!"

"이거나 끼워봐라. 눈이 침침해서 구멍이 어딘지 안 보인다."

가실댁이 문보에게 바늘과 실을 준다. 실이 바늘귀에서 빠진 모양이었다. 문보는 바늘을 가실댁에게 건네며 치맛자락을 잡고 다시 졸랐다.

"토끼 한 마리만 사몬 대번에 부자 되는 건데……."

"이 자식이 오늘 따라 이리 시근 없는 소리만 하고 있노!"

문보는 밖으로 나왔다. 용두에게 뾰족한 방도가 있을지 몰랐다. 대문을 나서다가 앵두나무에 흘깃 눈길을 주었다. 발자국을 죽이며 앵두나무로 다가가 앵두 몇 개를 잽싸게 훑었다.

용두는 놀러간 모양인지 집에 없었다. 연못까지 내려갔으나 용두 모습은 보이지 않았다. 연못을 지나 쌍점네집 대나무 숲이 가까워지자 슬슬 겁이 났다. 선돌네 변소까지 굽은 길은 대나무 숲 그림자 때문에 윤곽조차 보이지 않았다. 댓잎이 바람에 흔들리면서 으스스 소리를 냈다. 당장이라도 대숲의 빗자루귀신이 튀어나올 것 같았다. 돌부리에 발이 걸려 넘어졌다. 어이쿠, 문보는 제 목소리에 놀란다.

"누구고? 문보?"

맑은 종소리처럼 고운 목소리가 밤하늘에 울렸다.

"이리 온나. 나랑 같이 가자. 무서워서 못 지나가겠다."

정아 목소리가 문보의 가슴을 먹먹하게 만들었다. 문보가 다가가자 정아가 반색을 했다.

“내가 안 왔으면 어쩔 뻔했노? 고맙제?”

“아따 머스마가 말도 많네. 입 다물고 퍼뜩 가자!”

정아가 문보 등을 톡톡 친다. 정아의 작은 주먹질이 전해주는 촉감이 야릇하다.

“이거……. 앵두”

문보가 뒤돌아서서 손바닥을 펴보였다. 정아가 앵두를 집는다. 스치는 손길이 솜처럼 보드랍다. 칠흑 같은 어둠이 도사리고 있는 대숲에서 차가운 기운이 몰려왔다. 문보는 무섭다는 말은 못하고 까치발로 살금살금 걸었다. 선돌네 변소가 오른쪽 시야에 잡혔다. 머리칼이 쭈뼛 서고 발걸음은 빨라진다. 문보 옷깃을 잡은 정아 손길이 팽팽하게 전해졌다. 손바닥에 땀이 뱄다. 문보 시선이 언뜻 변소에 머물렀다. 변소 거적문이 스르륵 열리면서 하얀 옷을 입은 귀신이 쑥 나왔다. 통시각시가 두 팔을 벌리며 다가왔다.

“무운보야……. 무운보야 니랑 나랑 같이 놀자…….”

“통, 통시각시다!”

문보는 비명을 지르며 급하게 몸을 돌리다가 바짝 붙어 뒤따라오던 정아와 부딪쳤다. 정아를 밀어낸다는 것이 엉겁결에 정아 가슴을 움켜쥐었다. 물컹거리는 느낌이 오묘하다. 정아가 깜짝 놀라며 문보 손을 뿌리쳤다.

“이 머스마가!”

“통시각시다! 퍼뜩 뛰라! 안 뛰고 뭐하노!”

문보는 정아를 앞세우고 달렸다. 금방이라도 통시각시가 뒷덜미를 잡아챌 것 같았다. 통시각시는 틀림없이 친구하자며 문보를 통시로 끌고 들어갈 것이다. 그러면 평생 통시각시와 변소에서 살아야 한다. 문보는 울먹거리면서 달렸다. 마을 중간 샘터에 이르자 정아가 멈추었다.

"머스마가 그리 간이 작나? 통시각신가 아인가 살피나 보면 안 되나?"

"하얀 통시각시가 머리를 가슴까지 풀고 너풀너풀 춤을 추면서 날아왔다. 무운보야, 무운보야 부르면서!"

문보는 목소리 흉내까지 냈다.

"참말로 귀신이 무운보야 부르더나?"

"하모!"

"그라면 귀신 아이다. 귀신이 우째 말을 하노?"

정아가 하얀 이를 드러내며 웃었다. 달빛을 받은 정아 얼굴이 눈에 시리다.

"니 말 듣고 보니 많이 듣던 소리 같기도 하고……."

"됐다. 그만해라. 그라고 바보처럼 머스마가 울기는 와 우노?"

문보는 정아 말을 무시해버렸다. 자신을 바보라고 한 것은 서운하지만 통시각시에게 붙들리지 않았으니 상관없었다. 정아가 문보 손을 잡았다. 또다시 가슴이 두근거렸다. 그러잖아도 아까부터 때 없이 자꾸만 정아 가슴을 흘끔대는 스스로의 눈길을 다 잡느라 용두를 만나 부자가 되는 방법을 물어보려던 생각은 이미 달아나고 없었다.

아침을 먹자마자 문보는 용두 집안을 기웃거렸다. 어젯밤 일을 떠올리면 얼굴이 달아올랐다. 용두집은 조용했다. 책보를 둘러메고 뒷먼당을 넘고 저수지 부근에 이르자 애자와 점순이 팔짱을 끼고 가고 있었다.

점순을 지나치다가 문보는 달리기를 멈추었다. 뒤돌아서서 점순의 얼굴을 흘끔 보았다. 눈길이 점순의 가슴에 머물렀다. 어젯밤 얼떨결에 정아 젖가슴을 만졌던 느낌이 되살아났다. 문보가 천천히 다가가자 점순이 눈을 동그랗게 뜨며 뒤로 물러섰다. 문보는 두 손을 뻗쳐 점순의 양쪽 가슴을 와락 잡았다.

"이 머스마가!"

점순이 화들짝 놀라 문보의 팔을 내리쳤다. 문보는 점순의 화난 얼굴을 보면서 고개를 갸웃거렸다. 가슴 만진 것이 무어라고? 점순이 매서운 눈초리로 쏘아보며 사정없이 등짝을 후려쳤다. 문보가 주춤거리자 다시 때릴 기세로 나왔다. 문보는 놀라서 후딱 달아났다.

문보는 자신을 잡아먹을 듯한 점순의 눈초리가 자꾸만 떠올랐다. 점순이 화를 내는 이유가 납득이 되지 않았다. 어제 정아는 이러지 않았고 오히려 부끄럼을 탔다.

'정아는 되고 와 점순이는 안 되노? 정아가 날 좋아해서 그라는 건가…….'

답답하던 속이 후련해졌다. 머리가 어지럽고 얼굴이 화끈거렸지만 느낌이 싫지 않았다. 쉬는 시간에 교실의 여자애들을 힐끔거렸다. 지금까지 몰랐는데 의외로 가슴이 나온 애들이 많았다. 뒷줄에 앉은키가 큰 여자애들이 유난히 볼록했다. 점심시간에 친구들과 말타기 놀이를 하면서도 측백나무 울타리 밑에서 고무줄놀이를 하고 있는 정아에게 시선이 갔다. 용두가 몇 번 말을 붙여왔으나 시시했다. 눈길은 자꾸만 정아에게로 향했다.

열흘째 장마가 계속되고 있었다. 문보는 고무신을 질질 끌면서 봉당을 내려섰다. 벌써 몇 번째 토끼장을 오가고 있다. 오들오들 떨고 있는 토끼를 보며 담장을 덮어놓은 헌 가마니를 가져와 토끼장 위에 얹었다. 바닥의 건초는 비에 젖었다. 축축해서 먹지도 못할 것 같았다. 문보는 헛간에서 건초를 한 움큼 가져와 바닥에 깔아주었다. 마루에 걸터앉아 시무룩한 표정으로 마당의 토끼장을 바라보았다. 토끼의 움직임이 눈에 보일 정도로 처져 있었다. 반짝거리던 눈망울은 구름장이 낀 것처럼 멀겋고, 반지르르한 털 윤기도 덜한 것 같았다.

그동안 하루 종일 토끼장에 붙어살았다. 아침마다 연하고 보드라운 토끼풀을 뜯어 토끼장 앞에 충분히 두었고, 하교하자마자 달음박질로 집으로 돌아와 토끼가 얼마나 컸는지 어림잡아보기도 했다. 틈만 나면 토끼장으로 달려가는 웅보에게도 가까이 가지 말라고 꼭뒤를 질렀다.

'내 토끼가 어떤 토낀데…….'

지난 달 아버지가 장에서 토끼 두 마리를 사왔다. 영문을 몰라 하는 문보에게 작은형이 머리통을 쥐어박으며 말했다. "니가 토깐 사겠다고 하면서 맨날 밖에서 얻어맞고 온 게 그렇제." 지난 달 철이 아저씨는 닭 사료용으로 개구리 3마리를 1원씩 쳐주겠다고 했다. 문보는 온종일 들판을 쏘다니며 개구리를 잡았다. 토끼를 사고 부자가 되는 길이 훤히 보이는 듯했다. 하루에 백 마리면 삼십 원, 보름만 고생하면 암수 두 마리는 살 수 있다. 개구리 주둥이를 허리춤의 철사 줄에 꿸 때마다 신명을 냈다. 그러나 가는 곳마다 상구와 부딪쳤고 상구는 문보가 잡은 개구리를 빼앗았다. 상구에게 대들다가 얻어맞았다. 상구를 피해 이웃 마을로 개구리를 잡으러 갔다가 동네 형들에게 맞았다. 결석까지 하면서 개구리를 잡았으나 상구 고자질로 담임에게 또 매를 맞고 개구리소년이라는 별명까지 얻었다. 아버지는 문보에게 회초리를 들었고 밥까지 굶겼다. 문보는 굶으면서도 토끼 타령을 했다.

토끼 한 마리가 죽었다. 용두는 부정을 탔기 때문이라고 했다. 얼마 전 어디서 나타났는지 황갈색 능구렁이가 담벼락에 타고 앵두나무로 기어가는 것을 보았다. 문보는 놀라서 구렁이를 쫓아내려고 막대기를 들고 집적거렸다. 부엌에서 나온 어머니가 “아이고 우리 대감님!” 하면서 건드리지 못하게 했다. 집지킴이 구렁이가 집을 나가면 집안이 망한다면서 어떻게든 도로 집안으로 들이려고 했지만 결국 능구렁이는 대나무 숲으로 사라지고 말았다. 용두는 그것이 토끼 때문이라고 했다. 토끼가 자꾸만 앞발로 땅을 파는 바람에 능구렁이가 놀랐다는 것이다.

“집지끼미가 너 집에서는 더 이상 못 살겠다고 나간 기라. 그게 부정 탄 기라.”

그래서 토끼가 새끼 한 마리 낳지 못하고 죽어버렸다는 설명이었다. 능구렁이가 나가면서 집안의 복도 함께 가져갔기 때문에 이제는 부자가 될 수 없을 것이라며 말꼬리를 흐렸다.

문보는 용두와 생각이 달랐다. 토끼가 죽은 것이 상구 때문이라고 확신했다. 상구는 문보가 부자 되는 것을 바라지 않았다. 문보가 부자가 되어 흰쌀밥을 원 없이 먹고 힘이 세지는 것을 상구는 지레 겁을 먹고 있다. 약한 문보를 괴롭히는 일을 즐거움으로 삼고 있는 상구에게 문보의 토끼는 그에겐 재앙의 씨앗이 될 것임을 알았기 때문일 것이다.

죽기 전날도 상구가 토끼를 괴롭혔다. 상구가 토끼 귀를 잡고 들어올려 손으로 머리를 톡톡 쳤다. 토끼를 괴롭힌 것이 그날이 처음이 아닌 것이 분명했다. 문보가 집에 없을 때마다 몰래 와서 못살게 굴었음이 틀림없었다.

며칠 뒤 남은 한 마리도 죽었다. 죽은 토끼로 국을 끓여먹던 날 남순은 장마 때문에 병이 났다며 문보를 두둔했다. 국을 더 달라고 보채는 웅보에게 가실댁은 말없이 국물을 채워주었다. 입을 굳게 다물고 있던 아버지는 형순의 나무람에 눈물을 뚝뚝 흘리는 문보를 보자 숟가락을 놓았다. 토끼가 죽은 뒤 문보는 부자가 되겠다는 자신감을 잃었다.

새로운 시작

편직기 왕복대가 좌우로 움직일 때마다 쉭쉭거리는 소리가 난다. 소리는 규칙적이고 단조롭다. 몸을 흔들 때마다 삐걱거리는 마룻바닥의 널빤지 소리가 편직실 전체를 진동시키고 있었다. 실내는 실오라기 먼지로 가득했다. 벽면 판자 사이로 새어 들어온 햇빛을 받은 먼지가 오색으로 빛난다. 오색 눈가루는 소리 없이 입으로 코로 귀로 뚫린 곳이면 어느 곳이든 사정없이 파고들었다. 코를 후벼 재채기를 만들고, 눈알을 갉아 눈물을 만들었다.

문보의 세계는 단순하다. 삶은 평면이고, 움직임은 일정하고, 경계는 분명하다. 자신의 존재는 지금 딛고 있는 공간 범위 안에서만 의미가 있었다. 그의 영역을 표시하는 것은 규칙적으로 교차하는 머리와 몸통이다. 이 세계에서 탈출할 수 있는 방법은 간단하다. 쓰고 있는 마스크를 벗어버리거나. 하루 열두 시간 눈가루 마시기를 거부하든가, 자신이 비워준 공간에 내일 또 다른 누군가가 차지하는 것에 대해 이유를 달지 않는 것으로 해결된다.

"이 새끼야, 침 고만 뱉아라. 대갈통에 피도 안 마른 게 담배를 물고 있노? 뼈 녹는다!"

김지태가 맞은편 종규를 향해 얼굴을 찌푸렸다.

"아따 성님도 너무 그러지 마소. 내가 그러고 싶어 그라요, 가래가 목구멍에 콱 끼어 간질거리니까 그러지."

종규가 이쪽으로 얼굴을 비쭉 내밀며 소리를 질렀다. 소음 때문에 말소리가 끊긴다.

"그러니까 마스크나 좀 쓰고 하제. 문보 하는 거 안 보이나?"

"시간이 조금만 지나보이소. 문보도 마스크고 뭐고 소용없다는 거 알걸요."

"와 이랍니꺼? 지도 요꼬밥 먹은 지 반 년이 넘었다고요."

문보의 대꾸는 종규의 노래 소리에 묻혔다. 스피커에서는 나훈아의 〈바보 같은 사나이〉가 귀청을 때린다.

실내를 가득 메우고 있는 자욱한 먼지를 보며 문보는 마스크를 고쳐 쓴다. 본능적으로 횡편기를 움직이고 있지만 시큰거리기 시작하는 무릎에 신경이 간다. 횡편기를 흔드는 것은 상체와 팔힘에 의존하지만 무게중심이 좌우로 끊임없이 반복하기 때문에 다리에 주는 부담도 만만치 않았다. 무리가 가지 않도록 무릎에 신경을 쓰다보면 어느새 허리 결림을 느끼게 된다. 문보는 통증을 잊으려고 노래를 따라부른다.

정태 형이 고향을 떠나던 날 이 노래를 불렀다. 작년 가을걷이가 끝나고서였다. 정태 형은 막걸리 주전자를 젓가락으로 두드리며 처연한 목소리를 냈다. 외항선을 타러 부산으로 간다고 했다. 농촌에서 머슴살이 하는 놈한테 어떤 여자가 시집을 오겠느냐며 쓸쓸하게 웃었다. 큰누나 형순이 산정 골짜기 마을로 시집간 다음 달의 일이었다.

"홍 반장은 맨날 우리한테만 삼십육수만 주나!"

종규가 담배를 발로 비벼 껐다.

"삼십이수면 어떻고 삼십육수면 어떻노. 그게 그거지? 일 조금 더 하면 되지."

김지태는 종규의 시비조 말투가 거슬린다는 표정을 지었다. 문보는 종규의 불만이 정당한 것인데도 그것을 또 다른 불만으로 받아들이는 김지태의 태도가 마땅치 않았다.

"제가 뭐라 합니꺼? 홍 반장이 건수 모자란다고 트집만 안 잡아도 아무 말 안 합니더."

"그건 니가 제대로 못해서 그런 건데 누구한테다 원망하노?"

"성님도 참, 삼십육수면 한 시간이나 일을 더 해야 되니까 하는 소리지예. 굵기가 얼만데요? 스웨터 하나 만드는 건 육수나 이수나 똑같으니까 하는 말이지예."

문보는 겨울밤에 아랫방에서 온 식구들이 새끼를 꼬던 일을 떠올렸다. 아버지는 언제나 굵은 새끼줄을 꼬았다. 문보는 누나와 형처럼 볏짚 한 가닥씩 넣어 가느다란 새끼줄을 꼬았다. 식구들은 각자에게 할당된 볏짚을 모두 꼬아야만 일어설 수 있었는데 한번에 볏짚을 몇 가닥씩 넣는 아버지의 굵은 새끼줄 꼬기가 그렇게 부러울 수 없었다. 아버지의 짚단 부피가 줄어드는 모양이 눈에 보이는 듯했다. 아버지는 힘이 더 들고 자칫 새끼줄을 망칠 수 있기 때문에 아무나 굵은 새끼를 꼴 수 없다는 말했지만 문보는 핑계라고 생각했다.

"그만해라. 쓸 데 없는데 열 내서 힘 빼지 말고……. 저기 홍 반장 온다!"

홍 반장의 스포츠머리는 멀리서도 눈에 띄었다. 눈 주위로 주근깨가 검게 내려앉았다. 짙은 눈썹과 위로 치켜뜬 눈꼬리가 영락없는 살쾡이 형상이었다. 김지태가 동작을 멈추고 홍 반장을 향해 두 손을 모으며 머리를 조아렸다. 홍 반장이 고개만 까딱하고 지나간다.

"반장님!"

문보가 홍 반장을 불렀다. 홍 반장이 고개를 돌렸다.

"우리는 오늘도 삼십육수네예? 야간반은 삼십이수만 했다 그러던데?"

김지태와 종규가 동시에 놀란 표정으로 문보를 바라보았다.

"이 새끼가 지금 뭐라고 주둥이를 놀리고 있어? 이름이 뭐야?"

"김문본데예."

"자식이 되게 말 많네, 뭐가 그리 불만이야!"

홍 반장이 주먹으로 문보 가슴을 탕 치고는 돌아섰다. 숨이 턱 막혔다. 슬쩍 친 것 같은데 쇠몽둥이로 맞은 느낌이었다. 김지태가 안쓰러운 표정을 지었다.

"홍 반장 깡패 거 몰랐나? 저 사람은 말보다 주먹이 먼지 나오는 사람이다."

"성님, 그래도 문보 용기 하나는 끝내줍니더. 홍 반장한테 저리 말할 사람 누가 있습니꺼?"

"그나저나 다음 일이 걱정이네, 괜한 소리했다가 스웨터 검사 불합격시키면 문보만 손해지."

김지태가 불안한 눈빛을 보냈다. 제품이 작업지시서와 다르거나 무게에서 오차가 나올 경우 불합격이었다. 어느 정도 비슷하면 넘어가는데 결정권자는 홍 반장이었다. 불합격된 제품은 다시 편직해야 하고 합격될 때까지 새로운 작업지시서를 받을 수 없었고 그만큼 일당은 줄어들었다.

"걱정하지 마이소. 제가 틀린 말한 것도 아이고."

문보는 말은 그렇게 했지만 홍 반장이 막무가내로 자신을 무시하리라고는 생각지 못했다. 두 사람의 불평은 당연했기 때문에 대수롭지 않게 말을 꺼낸 것인데 결과적으로 하지 않은 것만 못한 것으로 되고 말았다.

요란한 벨 소리가 공장을 진동한다. 기계 소리가 일시에 멎는다. 짧은 정적의 순간이 끝나자 벼락치듯 마룻바닥이 울린다. 수백 명이 한꺼번에 출입구 계단으로 몰려간다. 점심시간마다 보는 광경이지만 아직도 눈에 익숙하지 않았다. 문보는 고개를 설레설레 저었다.

'자식들, 걸신이 들렸나? 빨리 가면 누가 한 그릇 더 준다 하드나…….'

본관 건물 이층 식당으로 들어서면서 눈살을 찌푸렸다. 바닥은 곳곳에 국물 흘린 자국으로 더럽고, 식탁은 앞서 먹은 사람들이 쏟거나 떨어뜨린 국과 반찬들로 지저분했다. 배식구에서 길게 줄을 선 공원들은 빨리 달라고 아우성이었다. 서쪽 창가 직원식당의 푸른 칸막이가 오늘따라 도도하게 느껴졌다. 저곳에서는 식판도 거무튀튀한 고무 식판이 아닌 스테인리스 식판이라는 말을 들었다. 밥그릇 국그릇이 따로따로 나오고 모자라면 얼마든지 더 먹을 수 있다고 했지만 문보는 그러려니했다.

하얀 명찰을 단 사무실 직원들이 칸막이 식당으로 들어가는 것을 보면서 문보는 시래기된장국에 밥을 말았다. 밥을 보자 숟가락을 들기도 전에 침이 넘어간다. 한 숟갈 가득 떠서 입속에 넣는다. 이 순간만큼은 주위 시끄러운 소리도 들리지 않았다. 스피커가 찢어질 듯 울려나오는 사가, 시멘트 바닥을 탁탁치는 슬리퍼 소리, 밥 많이 달라고 아우성치는 공원들 목소리까지.

정신없이 숟갈질하던 문보의 손이 멈췄다. 건너편 식탁의 여공에게 시선이 꽂혔다. 풀을 빳빳하게 먹인 흰 작업모가 유난히 눈에 띄었다. 여공의 얼굴이 정아를 닮았다. 반듯한 이마와 하얀 피부, 오뚝한 코까지 영락없었다. 여공과 마주앉아 등을 보이고 있는 남자는 뜻밖에 홍 반장이었다. 여공은 간간히 고개를 들고 홍 반장을 향해 미소를 보냈다. 양 볼 보조개가 살짝 팬 해맑은 얼굴이 시궁창 같은 이 식당과는 어울리지 않았다. 푸른 칸막이 너머 정규직 직원 식당이면 또 모를까. 여공이 고개를 들다가 문보와 눈이 마주치자 황급히 눈길을 돌렸다.

천장 수은등이 꺼진 복도는 터널처럼 껌껌했다. 남과 북 양쪽 출입구로부터 스며드는 햇빛은 안쪽까지 미치지 못했다. 방모실과 방직실에서 간간히 스미는 조명으로 얼굴 식별이 가능한 정도였다. 문보는 다리를 절뚝거리며 어두컴컴한 복도를 따라 걸었다. 온몸이 쑤신다. 조금 전 식당 계단에서 굴러 넘어지면서 여기저기 부딪친 모양이었다. 도망치듯 복도로 들어왔으나 몸을 쉴 곳이 마땅찮았다.

‘자식들! 누가 요꼬쟁이 아니라고 했나…….’

2층 식당 외벽의 계단은 좁았다. 오르내리는 사람들로 가득 차 몸도 제대로 가누지 못하고 떠밀려 내려가는 중이었다. 누군가 어깨를 부딪치며 막무가내로 밀쳤다. 균형을 잃고 넘어지면서 난간에 무릎을 심하게 부딪쳤고 그대로 계단을 굴렀다. 주위에서 비명 소리가 들리고 자신을 둘러서서 내려다보고 있는 사람들의 눈길이 부끄러워 황급히 자리를 떴다.

복도 양편으로 염색 작업을 기다리고 있는 원사 박스가 3단 높이로 적재되어 있었다. 박스 사이사이 여공들이 선잠을 자고 있다. 문보는 염색사 출고실 맞은편 빈 공간을 발견하고 얼른 자리를 잡았다. 폐박스를 바닥에 깔고 앉아 바지를 걷어 무릎을 살폈다. 껌껌해서 잘 보이진 않지만 크게 다친 것 같지는 않았다. 숨을 깊게 들이쉬고 박스를 벽으로 삼아 등을 기댔다. 방직실에서 나온 여공이 힐끔거리며 출고실로 들어갔다.

문보는 복도 끝에 있는 2층 건물을 올려다보았다. 편직실과 요꼬쟁이, 문보는 사람들이 그렇게 부르는 섬유회사 공돌이가 되었다. 부산에서 마산으로 들어오는 시가지 입구에 자리잡은 공장 부지는 고향 들판만큼 넓었다. 봉화산과 천주산에서 시작된 두 물줄기는 동과 서 양쪽에서 공장을 에워싸며 시커먼 개울물을 마산만으로 흘려보냈다. 동쪽 개천을 가로지른 다리를 건너면 공장 정문이었다. 출입구에는 차량이 통과하는 철문과 검신소가 나란히 붙어 있었다. 검신소를 나서면 태극기와 새마을운동기, 사기가 걸린 3층 건물 본관이 우람한 모습으로 버티고 있다. 광장을 중심으로 오른쪽 길은 벙커C유를 원료로 섬유를 만드는 제조공장으로 가는 길이다. 제조공장 지붕을 뚫고 하늘에 닿을 듯 높이 솟은 여러 개의 굴뚝에서는 시커먼 연기가 한시도 멈추지 않고 피어올랐다. 왼쪽은 섬유에서 실을 뽑아내고 편직하는 방직부로 향하는 길이다. 왼쪽 대로로 백여 미터 걸어가면 2층 공장 건물이 동서 양쪽으로 들어섰고, 두 건물 사이 복도에는 천장을 만들고 그 위에 목조 가건물을 얹었는데 바로 문보가 일하는 편직실이었다.

문보는 자신을 밀친 그들을 비난했지만 따지고 보면 자신도 요꼬쟁이었다. 쉴 틈도 없이 편직 기계를 좌우로 흔들어대는 것이 쉬운 일은 아니지만 그럭저럭 참을 만하고, 주야간 2교대 근무라는 올빼미 생활이 리듬을 뒤죽박죽 만들고 있지만 익숙해지고 있다. 내세울 학력도, 특별한 기술도 없는 자신에게 단순한 작업으로 스웨터를 짜는 이 일이야말로 안성맞춤이었다. 많지 않은 일당이지만 밥을 굶는 일도 없다.

김지태는 이 일이 몸을 망가뜨린다는 이유로 오래 할 일은 아니라고 했지만 그런 것은 아무래도 상관없었다. 지금 생활이 만족스럽지는 않지만 다른 일이 있는지 알 수도 없고 누가 가르쳐주지도 않았다. 자신에게 기다리고 있는 미래가 어떤 것인지, 그것을 위해 무엇을 해야 하는지 모른다. 현재의 능력으로는 앞으로의 모습을 그려보거나 상상하는 일은 불가능한 것이었다.

작년 겨울 장동으로 나뭇짐을 하러 갔을 때였다. 상구가 폐광에서 오소리를 잡겠다고 설치다가 막대기로 갱도 침목을 내리쳤고, 갱도 천장에서 떨어져 내린 돌무더기에 무릎을 심하게 다쳤다. 사고를 당한 뒤로 걸음걸이가 불편하고 조금만 무리하게 힘을 주면 눈에 띌 정도로 다리를 절룩거렸다. 지게 짐을 줄이고, 무거운 것은 될수록 피했다. 심한 일을 하고난 뒤면 후유증으로 잠을 이루기 힘들었다.

상구의 강요가 사고의 원인이 되었지만 자신에게도 문제가 없었던 것은 아니었다. 늘 바보처럼 당해온 것이 결코 자랑은 될 수 없었다. 단 한 번도 자신의 의지를 상구에게 보여주지 못했다. 그것은 새로운 길을 스스로 개척하지 않는 한 언제까지 계속되어야 할 자신이 미래였다. 자신의 존재를 고통을 통해서만 인식해야 하는 현실을 숙명처럼 받아들이는 일은 견디기 어려운 일이었다. 상구를 원망하는 것이 자신의 삶을 변화시킬 수 없다는 사실을 인식하면서 점점 혼란에 빠져들었다.

초등학교 졸업 후 한씨방앗간 중머슴으로 들어가거나, 소작논을 늘려 부자에 대한 희망을 끝까지 놓지 않으려고 했지만 무릎을 다치고 난 뒤 생각을 접었다. 무릎 사고는 부자에 대한 막연한 기대에 대한 현실 감각을 일깨워준 셈이었다. 그것은 부자가 되겠다는 희망이 철없는 아이의 유치한 생각에 불과하고 얼마나 허망한 것이었는가를 깨달아가는 과정이기도 했다. 문보를 더욱 좌절시킨 것은 부자가 되지 않고서도 충분히 살아갈 만한 이유를 발견하지 못한 점이었다. 미래는 불투명했고 확실한 것은 아무것도 없었다. 희망이 없는 삶은 농촌이든 도시든 가릴 이유가 없었다. 용두가 마산의 고등학생이 되는 것을 보면서 그 생각은 굳어갔다. 작년 가을 추수가 끝나고 문보는 짐을 쌌다. 가실댁은 천 원짜리 몇 장을 손에 쥐어주었다.

"우선 모자라는 대로 써라. 여긴 걱정하지 말고 니 몸이나 지대로 간수 잘해라."

가실댁은 이미 준비를 하고 있었던 듯했다. 어디로 가는지, 무엇을 할 것인지도 묻지 않았다. 아버지에게는 말문을 닫았다. 반대한다면 거짓말을 지어낼 생각이었다. 종종 말은 생각과 다르게 나올 수 있다. 그것을 거짓말이라고 부르지만 중요한 것은 느낌이었다. 문보는 처음으로 자신의 의지에 대한 실체를 보는 것 같았다. 고향을 떠난다는 행위 그 자체보다도 중요한 것은 뜻의 실현이었다. 설령 그것이 고향을 떠나는 일이 아니라고 해도 소중함의 비중이 결코 떨어지지는 않을 것이라는 믿음까지 생겨났다.

복도를 오가는 여공들의 서두르는 발자국 소리에 눈을 떴다. 복도 천장의 수은등이 불빛이 눈을 찔렀다. 점심시간이 끝난 모양이었다. 문보는 눈을 비비며 자리에서 일어섰다.

"이 자식! 아직도 안 들어갔네. 빨리 안 가고 뭐해!"

놀란 문보가 눈을 뜨자 홍 반장이 자신의 가슴팍 명찰을 뚫어지게 내려다보고 있다.

"이 새끼 눈깔 까는 거 봐라. 맞고 나서 정신 차릴래?"

홍 반장이 느닷없이 주먹을 내질렀다.

"사람을 와 때립니꺼? 말로 하이소!"

"이 요꼬쟁이 새끼가 죽으려고 환장했나?"

홍 반장이 구둣발로 정강이를 찼다. 주먹이 날아와 명치에 꽂혔다. 그 순간 상구 얼굴이 떠올랐다. 이들의 대화 방법은 폭력이다. 때리는 것이 일상화되어 있고 죄의식이라고는 없는 이들에게서 자비와 양심을 기대하는 것은 무리였다. 홍 반장의 눈알이 시뻘겋다. 악다문 이빨은 셰퍼드보다 무섭게 느껴졌다. 콧잔등의 시커먼 주근깨가 점점 커지고 있었다.

"홍 반장님!"

누군가 부르는 소리에 홍 반장이 주춤했다.

"아침에 작업시킨 견본사, 염색실에서 지금 나왔대요. 얼른 들어가보세요!"

여공이 홍 반장 팔을 이끌었다. 여공이 뒤돌아보면서 문보를 채근했다.

"이봐요, 점심시간 끝났는데 얼른 들어가야 쓰겄어요! 빨리 가서요!"

문보는 슬금슬금 뒤로 물러나면서 여공에게 시선을 주었다. 문보를 향해 살짝 웃는 양 볼에 보조개가 팼다.

오후 내내 멍한 기분으로 횡편기를 움직였다. 이상하리만치 작업에 집중이 되지 않더니 결국 제품 불량을 내고 말았다. 김지태의 잔소리를 들으면서 퇴근시간을 넘겨 야간반 교대 시간이 되어서야 겨우 마쳤다. 서둘러 정문을 나왔으나 통근버스는 보이지 않았다. 통근차가 떠나고 없는 로터리 광장으로 자동차 불빛이 끊임없이 맴돌았다.

수출자유지역 공장 불빛이 불야성을 이루고 있었다. 거리는 쏟아져나오는 여공들로 넘쳐흘렀다. 귓전으로 흘러드는 사투리가 낯설지 않았다. 문보는 이곳에 와서 한국말도 서로 조금씩 다르다는 것을 알았다. 사투리는 서로 달라도 웃음소리는 같다. 그 여공의 웃는 얼굴이 떠올랐다. 차가워 보이지만 수은등처럼 하얀 얼굴은 티 하나 묻을 것 같지 않게 선명하고 깨끗했다.

구마산역 광장에 교복을 입은 학생들이 옹기종기 모여 있다. 나무 밑 벤치에 앉은 두 여학생을 중심으로 남학생 몇몇이 서서 떠들고 있었다. 여학생들의 웃음소리가 하얀 교복처럼 깨끗했다. 약간 비뚤게 쓴 모자와 하얗게 빛을 내는 모표, 훅과 첫째 단추 하나를 풀어 제친 검은 교복. 문보는 여공을 떠올렸다. 푸른 작업복을 벗기고 하얀 칼라의 교복을 입혀보았다. 찰랑거리는 단발머리가 잘 어울렸다. 그 옆에 교복 입은 자신도 세워보았다. 문보는 알지 못할 부끄러움을 느끼고 다리를 절뚝거리며 골목길로 몸을 숨겼다.

일주일째 비가 내리고 있다. 7월 중순인데도 햇빛 보기가 어려웠다. 통근버스가 회사 정문에 멈추었다. 빗줄기는 약해질 기미를 보이지 않았다. 집을 나설 때만 해도 가랑비였다. 방문 앞에 있던 비닐우산을 펼치다가 우산살이 몇 개나 부러진 것을 보고 그냥 나왔다.

버스에서 내려 빠른 걸음으로 다리를 건넜다. 정문에 도착할 때쯤 옷은 흠뻑 젖었다. 검신소 양쪽으로 우비를 입은 경비들이 지키고 있었다. 출근하는 직원들을 주시하는 눈초리가 꼭 죄인을 감시하는 듯했다. 타임레코드를 찍고 검신소를 나섰다. 정면 3층 본관 건물을 향해 차렷 자세를 한다. 거수경례를 하며 '애사!'라고 구호를 외친다. 매일 하는 행동이지만 낯간지러웠다. 처음 회사에 들어왔을 때 이 행동이 익숙하지 않아 경비에게 혼나기도 했다.

빗물이 머리에서 얼굴로 흘러내렸다. 옷이 다 젖었지만 서두를 이유는 없었다. 어차피 작업을 시작하면 윗옷을 벗게 될 것이고 시간이 흐르면 저절로 마를 것이다. 방모실 앞을 지나는데 누가 우산을 받쳐준다.

"비가 이렇게 오는데 우산도 안 가져 오셨어요?"

여공이 미소를 지었다.

"이쪽으로 몸을 당기세요. 비 다 맞잖아요."

"괜찮십니더. 그쪽 옷만 버립니더. 제 옷은 다 젖어습니더."

문보는 여공과 간격을 벌렸다. 여공이 우산을 문보 쪽으로 기울였다. 여공의 손등이 팔을 스친다.

"올해는 장마가 길게 가네요. 이젠 그만 왔으면 좋겠어요."

여공의 목소리가 메아리처럼 울렸다. 문보를 향해 고개를 돌리는 얼굴의 날선 콧등에서 김이 피어올랐다. 눈이 마주친다. 양볼에 보조개가 핀다. 푸른 작업복 가슴에 달린 명찰로 눈길을 주었다.

유인주.

복도는 여공들로 발 디딜 틈조차 없었다. 오전반 근무를 마치고 퇴근하는 여공들과 오후반 근무를 위해 출근하는 여공들로 시끌벅적했다.

문보는 천천히 걸으면서 주위를 힐끔거렸다. 이번 주는 3교대 근무를 하는 인주의 오전반 근무 주일이다. 오후 두 시, 인주는 퇴근길에 구내식당을 들른다. 오전반 근무 직원들에게는 점심시간이 없었다. 두 시가 조금 지나 복도를 어슬렁거리면 인주와 눈을 마주칠 수 있었다.

문보는 출고실 입구에 서 있는 인주를 발견했다. 그녀는 하얀 명찰을 단 남자 직원에게 얼굴을 닿을 듯 마주 보며 환한 미소를 보내고 있었다. 가슴이 뻥 뚫리면서 서운함이 몰려들었다. 문보에게 사무실 직원은 감히 넘볼 수 없는 존재였다. 그녀의 상대가 될 만한 사람이 갖추어야 할 기본적인 수준을 가늠하면서 잠시나마 인주를 마음에 두었다는 사실이 부끄러웠다. 홍 반장이 들어서는 것을 보고 문보는 얼른 몸을 숨겼다. 인주의 웃음소리가 맑고 높았다.

"최 주임도 같이 가실래요? 오늘 홍 반장님이 메도골드 사주신대요?"

"나는 오늘 약속이 있어."

"그럼 나중에 맛있는 저녁 사주세요!"

원사박스 뒤에서 지켜보고 있던 문보는 갑자기 인주가 유치하게 느껴졌다. 멀고 어렵게만 생각되던 인주의 존재는 평범한 여공으로 바뀌었다. 누구든 말을 붙일 수 있고, 짓궂은 농담도 던질 수 있는 수많은 공순이들 중의 한 사람일 뿐이었다. 사무실 직원도, 염색과 공돌이도, 출고실 포장 인부도 스스럼없이 말을 걸 수 있는 그런 흔한 여자였다.

어쩌면 애초부터 인주를 특별하게 바라보려던 문보의 마음이 상투적인지도 몰랐다. 사무실이라는 분리된 공간에서 문보와는 다른 문화적 차이를 느꼈다는 것도 단지 이쪽 편에서 느끼는 자격지심일 테지만, 문보는 그것을 인주가 만나야 하는 남자의 경계로 구분 짓고 스스로 자신의 못남이 인주의 특별함과 어울리지 않는다고 여겼는지도 모를 일이었다. 심란한 마음에 문보는 용두를 만났지만 여전히 편한 마음은 느낄 수 없었다. 용두와 상구에게 떠밀려 정아 자취방까지 와버린 탓이었다. 퇴근길 인주 행동이 머릿속을 들쑤셔놓는 바람에 통근버스까지 놓쳤다. 시내를 배회하다가 용마산 자락 아래 마산상고 건물을 보고는 용두를 찾았다. 보고 싶어서라기보다 무릎이 아파 잠깐 쉬어갈 요량이었다. 문보가 마산에 온 뒤로 두어 번 용두 자취방을 찾았지만 그럴 때마다 자신의 방문을 귀찮게 여기거나 공부에 방해되는 것으로 생각하지나 않을지 걱정했다. 용두가 고등학교에 들어가면서 문보는 부쩍 위축감을 느꼈고 뭔지 모를 거리감을 느꼈다.

용두 자취방에는 뜻밖에 상구가 와 있었고 둘은 다방으로 문보를 데리고 갔다. 학생이 다방에 가도 되냐는 문보의 물음에 둘 다 피식 웃었다. 학교 허가도 없는 야간 고등공민학교에 다니는 상구라면 몰라도 모범생인 용두까지 스스럼없이 다방으로 가는 모양이 낯설었다. 문보에게 찻값을 내게 한 상구가 갑자기 상남동 정아 자취방에 가보자는 말을 꺼냈고 얼떨결에 떠밀려 이곳까지 왔다.

회색 대문의 나무빗장이 열리는 소리가 들렸다. 문보는 엉거주춤 뒤로 물러섰다. 초록색 원피스를 입은 정아는 놀랄 만큼 어른스러워졌다. 볼록하게 솟은 왼쪽 가슴에 붉은 카네이션이 수놓아져 있다. 하얀 운동화에 레이스가 달린 백색 양말을 신었다. 손에 든 고동색 손가방이 앙증맞다. 낯선 여자를 대하고 있는 느낌이었다. 정아에게서 풍기는 어렵고 서먹서먹한 기운이 문보를 당황하게 만들었다.

"어쩐 일로? 니가 대문 두드렸나?"

"상구가 가보자고 해서. 용두가 너 집 가르쳐줬다."

정아가 얼굴을 살짝 찡그렸다. 정아가 발자국을 디딜 때마다 숨이 턱턱 막혔다. 골목 입구에서 정아를 대하는 용두와 상구의 행동도 어색했다. 이곳으로 오면서 보였던 용기와 당당함은 찾아볼 수 없었다.

"너그들한테 미안해서 어째, 여기까지 왔는데……. 친구 약속이 있어서 나가는 중이야, 그 친구가 마산 지리를 잘 모르거든."

정아는 낯빛 하나 변하지 않았다. 머리핀을 꼽은 단발머리에서 윤기가 흘렀다. 정아가 용두와 상구의 손을 번갈아가며 잡았다.

"미안하데이! 담에 보자."

정아가 가버리자 용두는 기말고사 핑계를 대면서 몸을 돌렸다. 상구가 두어 번 불렀으나 용두는 뒤돌아보며 손사래를 쳤다. 무학산 산등성이에 해가 반쯤 걸렸다.

"가시나가 여고생이 되더만 우리는 안중에도 없네. 김이 팍 새네. 막걸리나 한 잔 하자!"

문보는 용두처럼 자신도 집에 가겠다는 말을 꺼내지 못했다. 상구만 보면 그냥 주눅이 들어 고개를 푹 숙이고 코뚜레 꿴 소처럼 따라간다. 상구는 태양극장 맞은편 포장마차로 들어갔다.

"니하고 마산에서는 처음 보네. 진작에 한번 만났어야 되는 건데!"

듣기만 해도 끔찍한 소리다. 문보는 억지웃음을 지었다.

"요꼬 짠다며? 소문은 들었다. 힘 안 드나?"

"안 든다!"

"힘 든다던데?"

상구가 담뱃불을 붙이면서 능글맞게 웃었다. 문보는 연거푸 몇 잔을 들이켰다. 상구가 입을 오므리며 담배연기를 허공으로 뿜었다. 문보 눈앞에서 원이 만들어진다.

"니도 피워바라!"

상구가 담배를 건넸다. 문보는 담배를 입술에 문다. 필터의 촉감이 은근히 좋다. 성냥불을 붙이는 동작이 스스로 멋지게 느껴진다. 담배연기를 조심스럽게 빨아들였다. 머리가 어지러웠지만 뭔가 모르게 짜릿한 느낌이었다.

문보는 집으로 돌아오는 길에 '한산도' 담배 한 갑을 샀다. 어른이 된 듯한 것이 묘한 기분이 들었다. 자취방에 들어오자마자 양말도 벗지 않고 방바닥에 벌러덩 드러누웠다. 담배를 꺼내 물고 성냥으로 불을 붙였다. 방바닥과 천장이 빙글빙글 돈다.

정아 생각이 났다. 헤어질 때 자신에게만 손을 잡아주지 않았다는 것이 마음에 걸렸다. 어린 시절 무심결에 정아 젖가슴을 만지고, 또 그녀가 자신의 손을 잡아주던 장면을 떠올리면서 고개를 흔들었다. 정아가 사라지고 인주의 활짝 웃는 얼굴이 나타났다. 홍 반장과 사무실 직원의 얼굴도 떠올랐다. 그들을 향해 헤픈 웃음을 날리던 인주. 오히려 그것이 그녀의 매력이고 장점일 수도 있다. 문보가 요꼬쟁이인 줄 알면서도 말을 걸어주고, 우산을 씌워주고, 웃어주었던 것이 그것을 증명했다. 공순이 인주와 여고생 정아는 분명히 다르다. 인주는 문보와 같은 공간에서 비슷한 의식 수준으로 서로의 삶을 이해하고 공유할 수 있는 여자였다.

담배를 끄고 종이와 파란 볼펜을 꺼냈다. 메도골드를 사주겠다는 편지를 쓰면 인주는 틀림없이 좋아할 것이다. 아이스크림치고는 너무 비싸다. 가게에서 10원이면 살 수 있는 아이스크림인데 한 개 50원이라니.

문보는 고개를 설레설레 흔들다가 볼펜을 꾹꾹 눌러가며 글을 쓰기 시작했다.

홍 반장의 두 번째 주먹이 명치를 가격했다. 팔용산 마루 위 하늘색이 검푸르다. 이번에는 왼 주먹이 가슴팍으로 날아들었다.

"이 새끼! 뭐가 어쩌고 어째? 바늘 가는 데 실 가는 법이라고 했냐? 요 꼬쟁이 새끼가 뭐 안다고 어디서 주둥이를 함부로 나불거려?"

이제야 홍 반장에게 맞는 이유를 알게 되었다. 조금 전 막걸리집에서 술을 마시던 홍 반장이 느닷없이 뺨을 때렸다. 문보가 대들자 홍 반장은 건방지다는 이유로 주먹을 날렸다. 술집이 소란스러워지자 김지태가 얼른 문보를 데리고 나왔다. 홍 반장은 그것으로 끝내지 않았다. 문보를 골목으로 끌고 와서 다시 시작했다.

"고만하소! 문보도 인자 알아들었을겁니더. 뭐 때문에 그러는지는 모르겠지만 지가 한번 더 다짐을 받을기라예."

김지태가 사이를 파고들었다.

"지태 성님 말이 맞십니더. 반장님 고만하이소. 잘못한 게 있으면 우리가 알아듣게 말할게예. 반장님이 참으시소!"

홍 반장이 발길을 거두었다.

"앞으로 조심해라. 한번만 더 걸리면 그날이 니 제삿날이다. 알았어? 새끼야!"

맞은 것이 분하고 억울하지만 문보는 고개를 주억거렸다. 홍 반장이 떠난 뒤 김지태가 문보를 근처 술집으로 이끌었다.

"홍 반장이 한 잔 하자 그럴 때부터 눈치를 챘어야 하는 건데 이렇게 막 나올 줄 알았습니꺼? 문보 패는 거 본 게 까닥하면 사람 죽이겠십디

더. 그 자식 진짜 깡패 아입니꺼?"

"뭔가 일이 날 줄 알았다니까. 문보, 너그들 말한 거 녹음 다 했다면서? 그걸 간부회의 석상에서 틀고, 지금 회사가 발칵 뒤집힌기라!"

김지태의 표정이 어두워졌다.

"문보가 잘못한 건 없습니더. 말하라고 해서 말한 것뿐인데."

"그래도 그게 아니지. 문보야 무슨 잘못이 있겠노. 부장이 사장한테 엄청 깨졌다는 소문이더라. 부장은 가만있겠나, 과장 조지겠지. 그라면 과장은 또 가만있겠나?"

문보는 술잔을 한 입에 털어넣었다. 지난 주에 사장이 현장 직원의 생생한 의견을 참고하여 회사 운영에 반영하겠다며 각 부서에서 몇 명씩 노무과 회의실로 불러 모았다. 김지태는 대수롭지 않은 일로 치부하고 문보에게 참석하도록 했다. 사장이 허심탄회하게 애로점을 말하라고 했지만 영문도 모르고 참석한 문보로서는 특별히 할 말이 없었다. 문보는 자신의 차례가 오면 무슨 말을 할까 고민하다가 문득 지난 주 인주가 하던 말을 떠올렸다.

잔업 때문에 늦게 퇴근하는 길이었다.

"저기요."

고개를 돌리자 인주가 빠른 걸음으로 다가왔다.

"무슨 생각을 그렇게 깊이 했어요. 불렀는데 듣지도 않고……."

인주의 목소리는 살가웠다.

"구내식당 밥이 먹기 싫어서 일부러 천천히 나왔어요. 친구들과 같이 퇴근하면 어쩔 수 없이 같이 가야 되거든요."

문보는 뭐라 대꾸를 해야 할 것 같은데 입이 떨어지지 않았다.

"우리가 아무리 방직공장 여공이라고 해도 이건 아니죠. 바늘 가는 데 실 간다는 말도 있는데 젓가락도 주지 않는 식당이 대한민국에 어디 있어요?"

인주 목소리에 불만이 잔뜩 묻어 있었다.

"말이 나왔으니 하는 말인데요, 식당에 칸막이는 왜 쳤을까요? 회사에서는 인화단결 어쩌고 하면서 삼팔선도 아니고 그게 뭐에요? 그리고 칸막이 친 저쪽에는 식판도 다르고, 밥도 얼마든지 더 먹을 수 있대요. 당연히 젓가락도 같이 나오고요."

듣고 보니 맞는 말이었다. 문보는 지금까지 그런 생각을 해본 적이 없었다. 그저 좀 지저분하다는 생각만 했을 뿐이다.

"우리 회사가 한가족이라는 말이 부끄럽지도 않은지, 안 그래요 문보 씨?"

녹음기 버튼이 눌러지고 테이프 돌아가는 소리가 들리자 자신도 모르게 속에서 울컥하는 느낌이 들었다. 인주가 했던 말에 자신의 생각을 더 보태어 목소리를 높였다.

문보는 오전에 편직과장의 호출을 받으면서부터 일진이 이상하게 꼬이고 있다는 느낌을 가졌다. 일 년에 한번 얼굴을 볼까말까 하는 과장이 일개 요꼬쟁이를 직접 부른다는 것은 예사로운 일이 아니었다. 과장은 커다란 회전의자에 비딱하게 앉은 자세로 콧잔등까지 내린 안경 너머로 문보를 째려보았다. 무슨 불만사항이 있느냐는 물음에 문보가 특별한 것은 없다고 대답하자 그것으로 면담은 끝났다.

"문제야 문제!"

문을 나서는 문보 등 뒤로 들려오는 과장의 목소리가 뒤통수를 때렸다.

김지태나 종규에게 이 말까지는 할 수가 없었다. 그들이 도와줄 수 있는 것도 아니었다. 오늘은 홍 반장에 몇 대 맞는 것으로 끝났지만 앞으로 어떤 일이 벌어질지 불안했다.

통근버스가 북마산역 정류소에 멈추었다. 우르르 내리는 여공들을 따라 문보도 내렸다. 아침 햇살이 눈부셨다. 역 수하물 취급소 입구에는 리어카꾼들이 옹기종기 모여 담배를 뻐끔뻐끔 피우는 모습이 보였다. 함안 쪽에서 오는 행상들을 기다리고 있는 모양이었다. 역사 왼쪽 구름다리에는 출근하는 사람들이 계단을 내려오고 있었다. 구름다리를 넘어 구멍가게로 들어서는데 출입구의 아이스크림 판매대가 눈에 들어왔다. 판매대 가장자리에 메도골드 홍보지가 붙어 있었다. 문보는 잠시 눈길을 주다가 고개를 돌렸다. 샌드위치 한 봉지와 우유를 샀다.

야간근무는 언제나 피곤했다. 방바닥에 벌러덩 누워 샌드위치를 우걱우걱 씹었다. 목이 칵 막힌다. 캑캑거리다가 일어나서 우유 한 모금을 입안 가득히 머금었다. 샌드위치의 퍽퍽함이 고소한 맛으로 변한다. 처음 자취 생활을 시작할 때는 삶아놓은 보리쌀에 쌀을 조금 섞은 보리밥을 먹었다. 어느 날 보리쌀이 떨어져 큰맘 먹고 쌀로만 밥을 지었다. 냄비 뚜껑을 열고 김이 서린 하얀 쌀밥을 보는 순간 눈물이 날 뻔했다. 한 숟갈을 입에 넣자 그대로 혀에 녹았다. 하얀 쌀밥과 간장, 태어난 뒤 처음 맛보는 가장 아름다운 성찬이었다. 샌드위치와 우유를 만나기 전까지는 그랬다. 정말 신기한 음식이었다. 허기를 채워줄 뿐 아니라 포만감도 그만이었다. 한 끼 식사로는 이만한 것이 없었다. 문보는 다시 시계를 보았다. 가슴이 벌렁거리고 설렘과 두려움이 교차된다. 오늘이 오기를 매일 손을 꼽으며 날짜를 셌다.

홍 반장에게 폭행을 당한 며칠 뒤 놀랍게도 식당의 칸막이가 철거되고 식권 색깔이 하나로 통일되었다. 식판이 바뀌고 숟가락과 함께 처음으로 젓가락이 나왔다. 배식구에는 커다란 밥통을 비치하고 얼마든지 더 먹을 수 있게 했다. 후생과 주임은 점심시간 배경 음악을 유행가에서 클래식으로 바꾸었다. 김지태는 문보 어깨를 툭툭 쳐주었다. 대단한 일을 해냈다며 추켜세웠다. 사원들은 영문을 몰랐고 회사에서는 공장 새마을운동의 연결고리 중의 하나로 홍보했다. 시간이 흐르면서 편직실이나 방직실 몇몇 공원들 사이에서 언뜻 언뜻 편직실 요꼬쟁이가 물꼬를 텄다는 이야기가 나돌았지만 힘을 얻지 못하고 사그라졌다. 식당 환경과 운영 방법을 바꾼 엄청난 일의 발단이 일개 요꼬쟁이로부터 시작되었다는 사실이 설득력이 없었기 때문이었을 것이다.

보름 전 주간근무가 끝나던 토요일 퇴근길이었다. 종규와 가고 있는데 여공들의 대화 속에 낯익은 목소리가 들려왔다. 고개를 돌리자 인주가 다가왔다.

"문보 씨 대단해요. 소문 다 났어요. 한턱내요."

인주가 웃으며 보조개를 만들었다.

"지가 뭘 압니꺼? 인주 씨 덕분입니더. 녹음기는 돌아가지, 입은 얼어붙었지, 머릿속은 하얗게 되지, 그때 인주 씨가 했던 말이 떠올랐습니더. 메도골드 사주까예?"

문보의 가슴이 빈 양철통처럼 가벼워졌다. 심장 뛰는 소리가 귀에까지 들렸다. 감당하지도 못할 말을 왜 꺼냈는지 알 수 없었다.

"오늘은 일이 있어서 안 되고……. 음, 야간조 근무 끝나는 다담 주 일요일쯤 어때요?"

동료들과 거리를 둔 인주 입에서 뜻밖의 대답이 돌아왔다. 인주 얼굴이 노을을 받아 홍시처럼 붉게 물들었다.

문보는 물방울무늬가 박힌 반팔 셔츠로 갈아입는다. 유일한 여름 외출복이지만 입을 일이 거의 없었다. 인주의 옷차림이 궁금해졌다. 회사 근무복이 아닌 다른 옷을 입은 모습은 상상이 되지 않았다. 푸른 근무복 바지는 인주에게 어울리지 않았다. 기숙사 주변이나 출퇴근 통근버스 속에서 하나같이 똑같은 푸른 바지를 입고 있는 여공들의 모습은 왠지 슬퍼 보였다. 이유 없이 천하고, 가볍고, 헤퍼 보이는 것이 싫었다.

약속시간에서 한 시간이 지났다. 호주머니 속의 영화표를 꺼내보았다. 영화는 이미 시작되었다. 그동안 중앙극장 버스정류장을 지나간 13번 버스는 셀 수조차 없었다. 인주가 혹시 13번이 아닌 다른 번호의 버스를 타고 오더라도 사거리에 서 있는 자신의 시야를 벗어날 수는 없었다. 용변을 보고 싶지만 자리를 비운 사이 왔다가면 큰일이었다. 햇살이 정수리로 쏟아졌다. 서 있기만 해도 땀이 흐른다. 두 시간이 지났다. 당장이라도 활짝 웃으며 버스에서 내릴 것 같았다.

그날 이후 공장에서의 인주 모습은 한결같았다. 늘 입고 있는 푸른 근무복, 풀을 먹여 꼬리를 빳빳하게 세운 하얀 작업모, 현장근무자임을 말해주는 초록 명찰. 수백 명 여공들 중 한 사람일 뿐이었다. 표정도 특별히 변한 것은 없었다. 활짝 웃음과 보조개는 누구에게나 공유된 것이었다. 조장에게나 조원들에게나, 최 주임이나 홍 반장에게도 똑같은 웃음을 지어냈다. 기계로 찍어내듯이 항상 같은 표정, 같은 보조개를 만들었다.

인주는 여전히 문보를 향해 웃음을 날리고 눈웃음을 쳤다. 출고실로 들어가던 인주가 문보에게 보내준 미소는 예전처럼 가슴을 설레게 하지 못했다. 조작된 연기로 가공된 표정은 메마르고 황량했다. 문보가 할 일은 인주의 가식적인 가면 뒤에 숨어 있는 참 얼굴, 배신과 증오를 찾아내는 일이었다. 그것은 웃음에 응답하지 않고, 시선을 외면하는 방법으로 이루어져야 했다.

아무 일이 없을 것이라던 부장의 말은 공염불이었다. 입바른 소리가 자신과 회사를 위하는 길이 될 것이라고 호언하던 과장의 제스처도 방편이었음이 드러났다. 9월에 접어들면서 그날 모임에 갔던 공원들 중 하나 둘 회사를 그만두었다는 소문이 퍼졌다. 회사의 강압이 아니라 개인적인 사정 때문이었다고 했지만 그것을 곧이곧대로 믿는 사람은 없었다.

회사는 어려워지고 있었고 근무환경은 나빠졌다. 중동 석유파동으로 원료값이 빠르게 고공행진을 하면서 대규모 감원사태가 올지도 모른다는 흉흉한 소문이 퍼졌다. 출근시간 정문을 통과하며 외치는 구호도 '애사'에서 '원가절감'으로 바뀌었다. 수출길이 막혀 재고가 늘어나는 바람에 창고 공간이 부족해 방직2부 작업실에도 일만 박스나 쌓여 있다고 걱정을 하던 관리과 배 계장은 이번 달 월급은 제때 받지 못할 것 같다며 고개를 흔들었다. 출입문 검신소도 부쩍 강화되었다. 검사실 지도공은 회사가 사원들을 모두 도둑으로 몰아간다며 신경질을 냈다.

자정이 되자 전반기 근무를 끝낸 공원들이 야식을 먹기 위해 식당으로 우르르 몰려갔다. 밤을 새우기 위해서는 조금이라도 배를 채워두어야 하겠지만 만사가 귀찮았다. 이제 이런 올빼미 생활도 진절머리가 난다. 도대체 세상 사람들과 낮밤을 바꿔 지내는 것은 할 짓이 아니었다. 몸도 축이 나지만 세상살이에서 소외되었다는 박탈감이 더 힘들게 했다.

문보는 작업복 단추를 풀고 슬리퍼를 질질 끌면서 복도로 내려섰다.

음침한 복도는 으스스한 기운마저 감돌아 두더지소굴 같았다. 복도 양쪽에는 방직부로 들어갈 백사 박스, 편직부로 투입될 스웨터 원사 박스들이 3단으로 쌓여 있었다. 원사들은 생산이 되자마자 하루 이틀 복도에 쌓아두었다가 바로 수출용으로 포장되거나 작업장으로 이송이 되는 것이었는데 지금은 작업장 출입구만 빼놓고는 이중으로 천장에 닿을 듯 쌓였다. 수출 부진으로 창고가 넘쳐나자 복도가 창고 역할을 대신하고 있었다.

염색과를 지나다가 얼핏 고개를 들었다. 멀리서 인주가 걸어오고 있었다. 인주가 이쪽을 바라보았다. 복도를 오가는 공원은 아무도 없었다. 출고실을 가려면 어차피 문보와 맞닥뜨려야 했다. 두 사람의 간격이 십여 미터로 좁혀졌을 때 인주가 걸음을 멈추더니 갑자기 몸을 돌려 방직부로 들어갔다. 인주가 사라진 뒤 문보는 한참 동안 그 자리에 서 있었다.

후텁지근한 복도를 벗어나자 상쾌한 바람이 불어왔다. 두 팔을 벌리고 새벽바람을 가슴에 담았다. 여공들의 움직임이 부산하다. 모두들 잠에서 깬 듯한 부스스한 얼굴이다. 후반기 작업시간이었다. 편직실로 돌아갈 기분이 나지 않았다. 발길 가는 대로 걸었다. 소모과 설물 집하장이 어렴풋이 보였다. 이곳은 하루 종일 날리는 양털 때문에 낮에도 인적이 드문 편이었다. 외등조차 없어 주위는 어둠침침했다. 담벼락을 지주삼아 야적되어 있는 양털을 담은 설물 마대가 작은 산을 이루었다. 문보는 마대 두 개를 끌어내려 나란히 늘어놓는다. 푹신한 마대 위에 누워 하늘을 쳐다본다. 눈이 스르르 감겼다.

“이 자식이 지금 몇 신데 일은 않고 잠만 자?”

문보는 고함소리에 놀라 벌떡 일어났다. 눈앞에 사모를 쓴 몸집이 뚱

뚱한 사람이 눈을 부라리고 있었다. 왼쪽 팔에는 숙직반장이라는 완장을 찼다.

"스웨터쟁이네? 빨리 들어가서 일하고 내일 퇴근할 때 노무과로 와!"

숙직과장 손에는 문보 명찰이 들려 있다. 명찰을 떼어가는 것도 모르고 잠에 빠진 모양이었다. 숙직과장에게 걸리면 지위 고하를 불문하고 곤욕을 치렀다. 오늘 숙직과장은 하필이면 악명 높기로 유명한 노무과장이었다. 명찰을 뺏겼으니 어쩔 수 없이 노무과로 가야 했다. 명찰 없이는 회사 출입을 할 수 없다. 그렇지 않아도 무슨 건수가 없나 하고 불을 켜고 있는 과장이었다. 조그마한 건더기라도 잡으면 해고와 연결시켰다. 근무 중 취침으로 걸렸다면 절대 그냥 넘어가지 않을 것이다. "문제야 문제!"라고 멸시하던 과장 목소리가 머릿속을 때렸다. 담배꽁초를 아무렇게나 던져버리고 편직실로 향했다.

퇴근시간을 얼마 남겨놓지 않은 새벽녘이었다. 갑자기 정전이 되었다. 종규가 짜증을 냈지만 문보는 상관하지 않았다. 곧 불이 들어오고 언제 그랬냐는 듯이 기계는 다시 돌아갈 것이다. 편직공원 몇몇이 밖으로 나가는 것이 보였다. 어디선가 "불이야!" 하는 외침이 들렸다. 남쪽 창문 너머로 시뻘건 불길이 보였다. 편직실은 순식간에 아수라장으로 변했다. 문보는 황급히 편직실을 빠져 나왔다. 복도는 공원들로 가득 차 있었다.

불길은 정사실 맞은편 설물장 쪽에서 치솟고 있었다. 염색실 지붕으로 번지고 있는 불길이 출고실로 옮겨가는 것은 시간문제로 보였다. 복도는 방직실에서 쏟아져 나온 여공들로 가득 메워져 있었다. 문보는 출고실로 눈을 돌렸다. 새파랗게 질린 인주의 얼굴이 눈에 들어왔다. 인파를 뚫고 출고실로 들어가는 것은 쉽지 않아 보였다. 염색실로 들어서자 뜨거운 열기가 몰려왔다. 천장에는 연기가 자욱하고 남쪽 벽까지 불길이 옮겨 붙었다. 몇몇 남자 직원이 솥 가마를 열고 물을 끼얹고 있으나 역부족으로 보였다. 문보는 염색실 안쪽 출고실과 통하는 미닫이문을 밀쳤다. 출고실 여공들은 복도 쪽 출입문에 몰렸고 출입문은 넘어진 원사 박스들로 출구가 막혀 있었다. 여공들은 넘어진 박스 틈을 비집고 서로 나가려고 아우성이었다. 몇몇 여공들이 뒷문으로 연결된 염색실을 통해 나가려고 하다가 불길이 염색실 벽을 타고 실내까지 번져 있는 것을 보고 혼비백산 다시 발길을 돌렸다.

천장이 갈라지는 소리가 들렸다. 문보가 고개를 들자 나무판 사이로 빠져나온 불길이 발밑으로 떨어졌다. 문보의 눈길이 수불대 쪽으로 향했다. 이빨을 악물고 나무 벽을 향해 돌진했다. 몸뚱이가 벽면에 부딪치자 우지끈하는 소리가 났지만 벽은 끄떡없다. 문보는 다시 어깨로 벽에 충격을 가했다. 벽을 버티고 있던 기둥이 부러지면서 벽이 허물어졌다. 여공들이 우르르 몰려들어 서로 먼저 빠져나가려고 아우성을 쳤다. 누군가 쓰러진 문보의 손을 잡아 일으켰다. 인주였다. 문보는 여공들의 틈새로 인주 등을 떠밀었다. 그녀는 인파에 휩쓸려가면서 문보에게 무언가 말을 했지만 시끄러운 소리 때문에 들리지 않았다.

화재 원인은 누전으로 판명났지만 직원들의 뒷공론은 달랐다. 회사에서 일부러 불을 냈다는 이해하기 힘든 소문도 나돌았다. 이미 섬유수출산업은 사양길로 접어들고 있었고 원사나 편직물 창고 재고만 늘어났다. 계속 나빠지는 경기 때문에 몸집을 줄이기 시작한 회사로서는 수천 명의 편직공들이 골칫거리였다. 그렇다고 방치할 수도 없는 형편이고 보니 누군가가 고의로 불을 냈다는 것이 소문의 진상이었다. 그것이 사측의 사주에 의한 것인지에 관심을 가질 만큼 한가한 처지에 있는 사람은 없었다.

문보는 자연스레 회사를 그만두었다. 노무과장에게 명찰을 받으러 가지 않아도 되었지만 마냥 좋은 것은 아니었다. 편직기계도 모두 타 버렸다. 편직 기술은 실상 기술이랄 것도 없는 것이어서 그것으로 다른 취직자리를 구한다는 것이 불가능했다. 한 달여 직장을 구하러 다녀보았지만 허탕만 쳤다. 회사에서는 공식적으로 편직공에 대한 대책을 내놓았다. 남은 임금은 곧 지불될 것이며 공장이 복구되는 대로 다시 일을 할 수 있도록 하겠다는 요지였다. 시내를 배회하다가 때때로 회사 근처까지 가보곤 했는데 한 달이 지나도록 변한 것은 없었다. 공장은 복구될 기미가 보이지 않았고 회사에서 그런 의지가 있는지조차 의심스러웠다. 염색과 옆 하늘 높이 치솟은 굴뚝에서는 더 이상 시커먼 연기를 올리지 않았고, 철골조만 앙상하게 드러낸 채 방치되고 있는 편직실 건물은 음산한 기운마저 풍겼다.

회사로부터 나머지 일급을 찾아가라는 연락을 받은 날 정문에서 김지태를 만났다. 김지태는 트럭 조수 일을 다시 시작했다면서 씁쓸하게 웃었다. 그는 종규 소식도 전해줬다.

"엄한 사람 죽이는 거 아닌가 싶어서……. 걔는 촌에 다시 가기 싫다지만 제가 그랬습니더. 고생 안 시킬 테니 내려가자고. 공장 생활 삼 년에 성한 몸 다 버리겠더라 말입니더, 저는 도시에 미련 없습니더. 우짜든지 살살 달래서 같이 내려 갈랍니더."

종규가 방직실 여자 친구와 시골로 내려가겠다는 말을 전하면서 혀를 끌끌 찼다. 김지태는 문보에게 신마산 댓거리의 자동차 정비소를 소개시켜줬다. 난색을 표하던 정비소 사장은 김지태의 통사정에 떨떠름한 표정으로 고개를 끄덕였다. 문보는 그곳에서 타이어 펑크를 때우거나 오일을 보충하는 잔일을 하면서 두어 달을 보냈다. 해가 바뀌자 사장은 정비소를 다른 사람에게 넘겼다. 사장은 새 주인이 문보를 원하지 않는다면서 미안해했다.

"쪼매만 참아봐라. 동해안에서 석유도 날 거라니 세상 더 좋아지지 않겠나?"

대통령이 연두 기자회견에서 영일만에서 석유가 발견되었다고 발표하면서 한국도 산유국 대열에 들어섰다는 뉴스로 온 나라가 흥분하고 있을 때였다. 문보는 시큰둥했다. 취직자리 구할 일만 걱정될 뿐이었다.

도시의 뒤편

쇠를 깎는 선반기계의 마찰음이 귀를 찢는다. 심장을 긁는 듯한 소리를 따라 쇳가루가 어지럽게 날린다. 출입문 쪽에는 용접 마스크를 쓴 공 기사가 새파란 용접 불꽃과 씨름하고 있다. 인상을 잔뜩 찌푸린 사장의 눈매가 날카롭다. 공구함을 정리하던 문보는 한걸음 물러선다.

"문보 이 자식아! 누가 이 키로짜리 철근 갖고 오라더나? 이 키로 하고 삼 키로짜리 분간도 못하나? 정신을 어디다 팔고 다니노?"

사장이 소리를 질렀다. 기름때가 낀 장갑으로 이마의 땀을 닦아내던 문보는 화들짝 놀란다.

"퍼뜩 갖다놓고 이 용접똥 얼른 떼내라, 알겠제?"

창고로 걸어가는 문보 등 뒤로 공 기사의 다그치는 목소리가 들려왔다. 밖으로 나오자 저녁 햇살이 눈을 찔렀다. 철공소 앞 도로 가장자리로 벌건 물이 흐르고 있었다. 움푹 팬 도로에 고인 시커먼 녹물에서 역

한 냄새가 풍겼다. 문보는 욕지기를 느끼며 손으로 코를 막았다. 길 건너 형제철공소 직원이 셔터를 내리고 있다. 철공소 경기가 옛날 같지 않다던 공 기사 말대로 퇴근시간이 조금씩 빨라졌다.

철근을 가지고 작업장으로 들어서는데 사장이 작업용 장갑을 벗어 선반 작업대 위에 던진다. 공 기사도 마스크와 장갑을 벗고 바지를 툭툭 털고 있다. 문보는 용접 슬래그 제거 망치를 들고 함석판 앞에 앉았다.

"문보야, 그건 나중에 하고 막걸리 한 주전자만 받아온나!"

사장의 말이 떨어지자 공 기사 얼굴에 화색이 돈다. 하루라도 술을 마시지 않는 날이 드문 공 기사였다. 사장은 술을 적게 마시라는 말을 입에 달았다. 철공소 밥 먹은 지 십수 년에 집 한 칸 장만하지 못한 것도 그놈의 술 때문이 아니냐며 핀잔을 주었다. 공 기사는 그때마다 머리를 긁적였으나 술 없는 세상이 어디 사람 사는 세상이냐며 하고 싶은 말은 다 했다.

"일은 할 만하나? 자동차 정비소하고는 다를긴데? 일이 만만치 않제?"

사장이 콧수염에 묻은 막걸리를 손으로 쓱 닦으며 문보에게 잔을 내밀었다. 술판으로 삼은 공구함 위에는 안주로 열무김치와 멸치가 놓여 있다.

"힘이 안 든다면 거짓말이고예. 그래도 아직 몸뚱이 하나만은 쓸 만합니더."

"문보가 처음에 고구마통 만들어 달라고 왔을 때는 키도 쪼맨한 게 영 아니다 싶더만 가만히 보니까 힘이 보통이 아니라니까예. 참말로 일꾼입니더."

공 기사가 열무김치를 손으로 집으며 맞장구를 쳤다.

자동차 정비소를 나온 뒤 직장을 구하지 못해 군고구마 장사를 했다. 십 원짜리 군고구마 몇 개 더 팔려고 바득댄 것이 화를 불렀다. 불종거리에서 깡패를 만나 심하게 다투고 고구마통을 망가뜨리면서 접고 말았다. 지난 겨울 고구마통을 만들기 위해 찾았던 이곳 철공소 사장에게 몇 번씩 머리를 조아리며 일을 하게 해달라고 부탁했던 것이다.

"몇 년만 고생하면 시다 소리 떼고 기술자 될기다. 요즘 세상에는 뭐라 해도 기술이 최곤기다. 선반 기술만 제대로 배우면 어디 가더라도 밥은 안 굶는다. 가진 거라고는 성한 몸땡이 하나밖에 없는 우리 처지에 기름밥 묵는 것도 감사하게 생각해야제."

사장이 문보 어깨를 툭툭 쳤다. 문보는 고개를 주억거렸다. 내색은 하지 않았지만 철공소 일은 녹록치 않았다. 퇴근하고 집에 들어가면 몸은 녹초가 되었다.

"문보야, 니는 사장님한테 고맙다 해야 된다. 사장님이 맘이 워낙 좋아서 너 받아준 거 모르몬 안 된다. 있는 사람도 내보내는 세상이다. 무신 말인지 알겠제?"

공 기사 말대로 요즘 직장 구하기가 쉽지 않았다. 거리 분위기도 썰렁하고, 음악다방 디제이의 목소리도 한결 풀이 죽었다. 나라에서 경제개발계획을 떠들면서 사람들은 썰물처럼 농촌을 빠져나가 도시로 몰려들었다. 도시로 나온 사람들은 다시 농촌으로 돌아가지 않았다.

철공소를 나서는데 길 건너 수출자유지역의 희미한 불빛이 눈에 들어왔다. 수만 평 바다를 메워 만든 곳에 들어선 공장은 대부분 일본회사였다. 지금은 절반 이상이 본국으로 철수했거나 인건비가 싼 동남아로 옮겼다. 남은 회사들도 설비를 줄이면서 수많은 여공들이 실업자가 되었다. 짙은 어둠에 묻힌 공설운동장이 을씨년스럽다.

용두가 불쑥 방문을 열고 들어온다.

“술이나 한 잔 하자!”

모처럼 쉬는 일요일이었지만 특별히 갈 데도 없어 이불 속에 파묻혔다가 낮잠이 들었다. 요즘 용두는 틈만 나면 문보를 찾아 술타령이었고, 군대 지원이라도 해야겠다는 말을 입에 달고 다녔다. 술이 들어가면 용두는 어김없이 세상을 원망했다.

“중동에서 석유파동이 나는 바람에 은행원을 많이 안 뽑는다네. 작년만 해도 우리 학교에서 몇 십 명은 들어갔는데 올해는 열 명도 안 되는기라. 진짜 내가 운이 없는 놈이야.”

은행 시험에 떨어진 것이 못 돼먹은 세상 탓이라고 알아듣지도 못할 말을 지껄였다. 용두는 자신이 은행원이 될 것이라는 말을 입에 달고 다녔고, 문보도 당연히 그럴 것으로 여겼다. 문보는 하얀 와이셔츠에 넥타이를 단정히 매고 은행 창구에서 근무하는 용두의 모습을 상상할 때마다 기가 꺾였다. 그런 용두가 올 봄에 신마산 댓거리에 있는 철강회사에 들어갔다는 소식을 들었을 때 세상살이가 오리무중 같다는 생각을 했다. 용두보다 덜 똑똑한 정아가 대학생이 되고, 정아보다 덜 똑똑한 상구도 창원공단에 취직을 했다. 세상을 바꾸겠다고 큰소리치던 용두가 기름밥을 먹고 있는 것은 문보 처지와 크게 다를 바 없었다. 끼니를 거르지 않는 것이 삶의 목표였던 문보는 더 이상 부자 되는 것에 연연하지 않았다. 당연시되던 용두의 입행이 실패하는 것을 보면서 어쩌면 세상은 공평할지도 모른다는 생각을 했다. 그렇다면 자신이 지금은 철공소 일을 하고 있지만 평생 기름밥만 먹으라는 법은 없는 것이다.

용두가 시원한 생맥주가 마시고 싶다는 말을 했을 때 문보는 얼른 고개를 끄덕였다. 오늘은 용두에게 제대로 술을 한 잔 사야겠다고 마음먹는다.

8월 하순이지만 햇볕은 아직 따끔거린다. 반팔 셔츠 목덜미가 땀으로 끈적인다. 중앙극장을 지나자 행인들이 늘어났다. 불경기라는 말은 실감나지 않았다. 사람들과 어울려 걷는 기분이 썩 괜찮았다. 시민극장 맞은편 골목, 생맥주집에 들어서자마자 용두는 무섭게 술을 마셨다. 평소 같았으면 목청을 있는 대로 돋워 세상 원망을 하고 있을 터였다. 골목 틈을 비집고 들어온 오후 햇살 조각이 열린 미닫이 문틀에 걸려 들어오지 못하고 있었다. 조명을 켜지 않은 술집 분위기는 바닥의 맨흙 색깔처럼 검고 탁했다.

"버스 출입구에 기대어 졸았대. 문이 갑자기 열리고 그대로 길바닥에 떨어졌다더라. 뒷바퀴에 깔렸는데 병원으로 옮기던 도중에 죽었어."

"무신 소린고 잘 안 들린다. 술집이 와 이리 시끄럽노?"

"애자가 죽었단 말이다."

"이 새끼야, 담배나 좀 끄고 말해봐라. 방금 니 뭐라 말했노?"

용두가 피우던 담배를 꽁초를 흙바닥에 던지고 구둣발로 비벼 껐다. 낮은 천장에 설치해놓은 선풍기는 실내를 가득 채운 담배연기마저 지우지 못했다. 10평 남짓한 공간을 메운 술꾼들은 다른 사람들의 고성으로부터 자신들의 목소리를 지켜내기 위해 고래고래 악을 썼다. 누구 한 사람 옆 테이블에 신경 쓰지 않았다.

애자는 성격이 털털하고 목소리도 굵었다. 새침을 떨거나 이유 없이 꼬리를 내리는 여자 친구들을 모아 밤놀이 앞장을 서는 것도 애자였다. 문보는 선머슴 같은 애자가 썩 마음에 드는 것은 아니었지만 자신에게만 유독 호감을 보이는 것까지 싫지는 않았다. 애자는 바빴고 늘 지쳐 있었다.

“손님이 하나도 없는데 버스가 흔들리는 거 본 적이 있나?”

애자 말에서는 항상 생기가 넘쳤다. 문보 앞에서 힘들다는 내색을 않았던 애자였지만 삥땅 때문에 몸을 수색 당하면서 모욕감을 느꼈다는 말을 했을 때는 진지한 표정이 되었다. 그렇지만 곧 얼굴색을 바꾸어 쾌활한 모습으로 돌아갔다.

“나도 한다. 삥땅 안 하고 월급 가지곤 못 산다.”

온갖 방법으로 감독과 머리싸움을 하는 것은 누구나 마찬가지라며 킥킥거렸다. 작년 초겨울 어시장 입구 동보극장으로 영화를 보러갔다.

“나 인제 안내양 그만할란다!”

한국과 홍콩 합작 무협영화 관람을 마치고 포장마차에서였다. 애자는 순대를 좋아했다.

“올해까지만 하고 안 할기다. 이 짓도 더는 못하겠다.”

그 뒤로 애자를 보지 못했다. 금방이라도 “오라잇!” 하며 버스를 탕탕 두드리던 애자가 나타날 것 같았다. 버스에서 떨어져 버스에 치어 죽은 버스 안내양은 죽기 전까지 쌀밥 한 그릇 제대로 먹지 못했다. 십 원 하나 마음대로 써보지 못했고, 20살이 되도록 얼굴 화장 한번 하지 않았다. 결혼은 다른 세상 이야기였고 부양할 가족은 애자 세상의 현실이었다.

문보는 팔을 용두 어깨를 두르고 한 손은 호주머니에 찔러 넣는다. 좁은 골목길이 꽉 찬다. 취한 걸음이 편할 때도 있다. 몸에 힘을 빼고 발걸음만 던진다. 사람들은 스스로 알아서 피해갔다. 어깨를 부딪치더라도 문제가 없다. 꾸부정한 자세로 비틀거리는 문보에게 시비 거는 사람은 없었다.

시민극장 앞은 인산인해를 이루었다. 문보는 영화 간판을 쳐다보았다. 〈정무문〉. 홍콩 배우 이소룡이 발차기하는 그림이었다. 주위 가게들은 대낮같이 불을 밝혔다. 옷가게, 레코드가게, 사진관, 다방, 보석점들이 줄지었다. 점원의 호객 소리에 짜증이 나고, 차량들의 빵빵거리는 소리에 화가 났다. 행인들의 역겹고 시끄러운 대화 소리, 아가씨들의 천박하고 과장된 웃음소리, 자신을 깔보는 듯한 팔짱 낀 연인들의 힐끔거리는 눈길. 속에서 메스꺼운 기운이 스멀거렸다. 가래를 목구멍으로 끌어올려 길바닥에 칵 뱉었다. 지나가던 키 큰 남자가 움찔 놀란다. 문보가 고개를 쳐들자 남자는 모른 척 외면하면서 가던 길을 갔다. 사람들이 횡단보도 앞에서 보행 신호를 기다리고 있었다. 문보는 사람들을 헤치고 도로로 내려섰다.

"문보야! 빨간 불이다!"

용두가 뒤에서 소리쳤다. 택시가 문보 앞에서 급정거를 했다.

"이 씨팔새끼가 죽을라고 환장했나!"

택시 기사가 창문 밖으로 고개를 내밀고 소리를 꽥 질렀으나 문보는 들은 척도 않았다. 신호를 기다리고 있는 사람들의 시선이 한꺼번에 자신에게 쏠리는 것을 느낀다. 택시 꽁무니를 향해 침을 탁 뱉었다.

문보는 발길을 돌렸다. 오동동을 지나 구마산역 방향으로 걷는다. 밤이 되었는데도 더위는 수그러들지 않았다.

"볼펜 촉으로 그 새끼 등을 콱 찍었지. 지가 암만 권투를 했다 캐도 쌈은 기술로 하는기 아이고 깡다구지. 그담부터 나만 보면 슬슬 꼬리를 내리는기라!"

집에 가겠다던 용두를 서원곡 순댓집까지 오게 하고, 공교롭게 상구와 맞닥뜨리게 한 문보 앞에서 상구가 순대를 집던 젓가락으로 찍는 시늉을 했다. 용두가 일어섰다.

"낼 아침 출근도 해야 하고……."

"됐다 고마해라 새끼야! 가고 싶으면 가라. 니 없다고 술 못 마시는 것도 아니고!"

상구 목소리는 낮고 예리했다. 단숨에 잔을 비우고 빈 잔을 탁자 위에 소리 나게 내려놓았다. 상구의 서슬에 엉거주춤한 자세로 있던 용두가 의자에 도로 앉았다. 술을 더 시키는 용두의 표정은 조금씩 구겨지고 있었다. 문보를 힐끔거리는 용두의 모습은 선생 앞의 학생처럼 체념한 듯 눈빛을 잃었다. 상구 한마디에 기가 꺾이는 용두는 예전의 그가 아니었다. 나이가 들면서 상구는 점점 더 강해졌고 용두는 상대적으로 약해졌다. 무엇이 그렇게 만든 것인지 문보로서는 알 수 없었다.

"문보 니 술 마이 늘었네."

상구가 문보 잔을 채웠다. 연거푸 마시던 용두가 왝왝거리더니 후다닥 문을 열고 나갔다. 용두가 전봇대를 한 손으로 붙잡고 토악질하는 모습이 창문 너머로 보였다.

"용두 이 자식 많이도 토했네!"

상구는 용두가 붙들고 쏟아놓은 전봇대 아래 토사물을 보며 아무렇지도 않게 허리띠를 풀었다. 엄청난 양의 토사물은 진종일 문보와 먹었던 것들이 형체를 잃고 위액과 섞여 비위를 자극했다. 문보는 속이 울렁대면서 헛구역질이 올라왔다.

“와? 니도 쏠리나? 사내자식이 그리 약해빠져서 뭐에 써먹노?”

상구의 말에 문보는 토사물을 피해 오줌을 누었다. 오줌 줄기가 시원하게 뻗어나간다. 상구가 눈짓으로 개천 쪽을 가리켰다.

“문보야, 저 가시나 따라가볼래? 말만 잘하면 한번 줄란지 우째 아노?”

문보는 아직도 쭈그려 앉아 있는 용두를 내려다보았다. 용두가 손사래를 쳤다. 용두가 비틀거리면서 일어섰다.

“짜식. 남자가 막걸리 한 됫박에 피골이 상접이 됐네. 문보야 우리 둘이 가자.”

상구가 문보 팔을 홱 잡아끌었다. 문보는 상구가 어떤 짓거리를 하려는지 짐작이 갔으나 그에게서 벗어날 수가 없었다. 마음에 거치적거리는 것이 있었지만 자신도 모르는 사이에 상구 뒤를 따라가고 있었다.

여자는 골목을 벗어나 개천 길로 접어들었다. 문보는 상구의 빠른 걸음을 따라잡기 위해 부지런히 다리를 움직였다. 돌부리에 걸리고 무릎에서 삐걱 소리가 나면서 바늘로 찌르는 듯한 통증이 전해졌다. 비명을 지르며 주저앉았다. 상구와 거리가 벌어지고 있었다. 교방천을 따라 다닥다닥 붙어 있는 주택에서 불빛이 띄엄띄엄 새어나왔다. 주택가와 초등학교 사이에 펼쳐져 있는 논으로 어둠이 내려앉았다. 바람에 서걱거리는 볏잎 소리가 처연했다.

드문드문 서 있는 가로등의 흐린 불빛이 여자를 비추었다. 여자의 입술이 유난히 빨갛게 보였다. 상구가 여자를 가로막자 여자가 몸을 돌렸다. 상구의 킬킬거리는 웃음소리가 여자 뒤를 좇았다.

“잡아!”

상구의 외침이 들렸고 문보는 달려오는 여자를 막아섰다. 상구는 풀린 동공으로 여자의 두려움 가득한 얼굴을 보며 고개를 꺾었다.

"와, 와 그랍니꺼?"

여자가 빨간 입술을 오물거렸다. 상구는 손을 뻗어 여자의 빨간 립스틱을 엄지손가락으로 지웠다. 움찔하던 여자가 입을 쓰다듬던 상구의 손가락을 깨물었다. 상구가 여자의 뺨을 후려치고 밤하늘을 찢는 여자의 비명이 동시에 일어났다. 여자의 고성에 넋을 놓은 문보를 여자가 밀치고 문보가 길 아래 논으로 떨어지면서 무릎이 옹벽의 튀어나온 돌에 부딪쳤을 때까지도 문보는 자신에게 무슨 일이 생긴 건지 도무지 정리가 되지 않았다. 바닥에 붙은 머리는 서둘러 일어나야겠다는 생각을 했지만 부딪친 다리는 움직여주질 않았다. 대체 누구를 살려달라는 건지 모를 여자의 외침이 점점 멀어졌다.

경찰서에서 여자는 합의금으로 이백만 원을 요구했다. 상구의 뺨 한 대에 부러진 이빨 두 개 값 치고는 비쌌다. 여자는 강간미수에 상해죄까지 들먹이며 윽박질렀다. 정작 시작한 건 상구였지만 사건의 끄트머리에선 늘 문보 자신이 상구의 일을 매듭짓는 기분이었다. 그건 어릴 때부터 조금도 달라지지 않았다. 경찰이 출동했을 때 상구는 없었다. 여자는 상구에 대해서는 한두 마디로 끝냈다. 형사도 여자의 진술만으로 조사를 마쳤다.

미결수 1594번, 합의금을 마련하지 못해 석전교도소에 수감되면서 붙여진 문보의 또 다른 이름이다. 버스를 타고 마산으로 오가면서 늘 보아왔던 거대한 콘크리트 벽으로 사방이 둘러싸인 회색 건물, 무시무시한 죄인들이 우글거리는 그곳으로 눈길을 주는 것조차 두려워했다. 교도소는 밖에서 보는 것과는 달랐다. 거대한 벽 안에 또 하나의 벽이 있었다. 교도소가 이중의 벽이 있다는 것을 처음 알았다. 안쪽 벽은 바깥보다 훨씬 높았다. 철문은 한번 닫히면 영원히 다시 열리지 않을 것 같았다. 문보는 동쪽 건물 미결수 감방에 감금되었다.

용두가 면회를 왔다. 푸른 수의를 입은 모습을 용두에게 보이는 것이 창피했다. 눈물부터 와락 쏟아졌다. 용두가 운이 좋은 것인지 똑똑해서 용케 액운을 피한 것인지 알 수 없었다. 철창 밖에 서 있는 용두가 부러웠다. 쇠창살로 가로지른 두 개의 세상, 자신과 용두의 갈라진 운명, 자신이 처한 현실이 믿기지 않고 밝은 세상에 있는 용두를 보니 또 서러웠다. 용두의 손을 잡고 용서를 빌었다. 누가 누구에게 비는 것인지 가늠이 되지 않았다.

"용두야, 내가 잘못했다. 다시는 안 그럴게. 술이 취해서 무슨 일이 우째 벌어진 건지 하나도 기억이 안 난다."

"어떻노, 지내기는?"

"참말로 무섭다. 다시는 나쁜 짓 안 할게. 이번 일은 순전히 내 잘못이다. 상구고 뭐고 나는 앞으로는 절대 안 그럴기다."

자신이 무엇을 잘못했는지 모르지만 어쩔 수 없었다. 책상에 앉아 감시하고 있는 간수에게라도 잘못을 뉘우치는 빛을 조금이라도 보이겠다는 일념뿐이었다.

"너무 걱정하지마라. 잘 되겠제. 영치금 천 원 넣어놨다. 먹고 싶은 거 있으면 사묵고."

면회시간이 남았는데도 용두는 돌아섰다. 세상의 환한 햇살을 마음껏 누릴 수 있는 용두는 축복받은 친구였다. 문보를 잡아두고 있는 것이 무엇인지 알 수 없었다. 알고 싶지도 않았다. 교도소에 간 지 보름 만에 문보는 풀려났다. 출감 날 교도소로 찾아온 남순은 두부를 건네면서 매몰차게 말했다.

"니는 우째 이리 하는 짓마다 말썽만 일으키노?"

팔십만 원으로 여자와 합의했다. 남순은 그동안 모은 전 재산을 문보 때문에 날렸다. 문보는 남순 앞에서 고개만 푹 수그리고 아무 말도 하지 못했다. 문보가 마산 생활 3년 동안 조금씩 모았던 이십만 원은 벌금으로 냈다. 합의를 했는데 벌금까지 내는 것은 너무한 것 아니냐고 볼멘소리를 내자 남순은 그만하기 감지덕지라며 문보를 나무랐다.

아직 햇살이 남았는데 사장은 철공소 전원을 내렸다. 오늘 따라 말을 아꼈던 공 기사도 셔터내릴 준비를 한다. 문보는 무겁게 내려앉은 분위기 때문에 하루 종일 마음이 편치 않았다. 사장이 장갑을 벗어 작업대 위에 던졌다. 문보가 빗자루를 들자 사장이 불렀다.

"이런 말을 할 거는 아니다마는……."

사장이 담배연기를 길게 내뿜었다.

"니도 알끼다. 요즘 통 일감이 안 들어오는기라. 섭섭하겠지만 다른 데 알아보거라."

사장은 문보에게 말할 기회를 기다린 듯했다. 며칠 전부터 사장의 눈빛을 보면서 짐작은 하고 있던 터였다.

"나도 알아볼게……. 근데 요새 같은 불경기에 쉽지는 않을끼다."

정해진 결론을 반복하는 절차는 서로에게 피곤한 일이었다. 한번쯤 억지를 부려보고 싶지만 상황을 변화시킬 수는 없다는 것을 안다. 사장이 의식적으로나마 말꼬리를 흐리는 것을 자신에 대한 최대한의 배려라고 받아들였다.

사장이 자리를 뜨자 공 기사가 셔터를 내리면서 어깨 너머로 말을 걸었다.

"니가 쫌 이해해라. 오죽했으면 그러시겠나."

"제가 맘에 안 든다는 거 다 알지에. 공 기사님도 신경 안 쓰셔도 됩니더. 며칠만 더 나올랍니더. 낼모레가 추석 아닙니꺼? 사장님 나오면 슬쩍 말 좀 해주이소."

"한 잔 할래?"

"몸도 좀 안 좋고, 담에 제가 한 잔 사겠습니더."

덤프트럭이 굉음을 내며 철공소 앞 좁은 도로를 질주한다. 빈 트럭 꽁무니로 먼지가 일어났다. 문보는 고개를 돌려 먼지바람을 피했다. 공 기사가 무슨 말을 한 것 같은데 엔진 소리에 묻혔다. 길모퉁이를 돌아가는 공 기사의 어깨가 한결 처져 보였다.

멀리 화재가 났던 섬유회사의 건물 뼈대가 보였다. 양덕천의 시커먼 물길 위에 왜가리 한 마리가 앉았다. 이미 생명을 다한 개천에 무슨 먹을 것이 있다고 왔는지 모를 일이었다. 운동장을 지나 석전동 도축장으로 접어들자 길이 진창이다. 길을 잘못 들은 것 같았다.

공설운동장 너머로 보이는 반월산이 고향 뒷먼당과 닮았다. 뒷산에서 친구들과 전쟁놀이를 하던 기억이 났다. 산마루 소나무숲의 시원한 바람을 떠올렸다. 정월대보름이면 마을사람들은 모두 산마루로 올랐다. 아득히 보이는 청룡산 세 봉우리로 솟아오르는 하얀 보름달을 보기 위해서였다. 능선으로 붉은 빛이 감돌 무렵이면 청룡산 달집 연기가 제일 먼저 피어올랐다. 그곳 사람들은 벌써 보름달을 보았다는 뜻이다. 청룡산 아랫동네 무기부락에서 피운 달집일 것이다. 그와 때를 맞춰 앞서거니 뒤서거니 사방의 산마루에서 달집이 타오르며 연기가 피어올랐다. 청룡산 오른쪽 예곡마을에서는 천마산에 떠오른 보름달을 보았을 것이고, 용산에서 오르는 불은 석전부락에서 청룡산 달을 본 것이다. 뒤이어 칠원읍내와 양정에서 불빛이 번들거리면 한내 하류인 회문리는 산성에서 불을 올리고, 이어서 유원마을 와룡산에서 연기를 높게 띄웠다. 하늘을 향해 수십 개의 불이 난무할 때면 뒷먼당 마을사람들의 눈매가 반짝였다.

잔뜩 긴장하고 있는 사람 들 중 누군가가 달이야! 외치는 소리가 들리면, 애태우며 기다리던 달이 청룡산 위로 금빛 띠를 두르고 모습을 나타냈다. 제주가 달집에 불을 붙이는 것을 신호로 농악패가 꽹과리를 울리면서 대보름 달집축제는 시작되었다. 그때까지 산마루에서 오들오들 떨면서 기다리던 사람들의 몸과 마음은 순식간에 녹아내리고, 저마다 소원을 빌었다. 문보는 남북통일이 되게 해달라고 빌었다. 통일만 되면 압록강 수풍댐 수력발전소 전기도 들어오고, 지긋지긋한 가난도 사라지고, 모두가 잘 살게 된다는 선생님 말씀을 믿었다.

반월산 어귀로 접어들었다. 오르막길이라 무릎이 더 시큰거렸다. 절뚝거리는 자신의 모습은 영락없이 절름발이다. 병신, 아무 쓸모도 없는 병신, 잘난 구석이라고는 한 군데도 없는 병신, 하는 짓마다 말썽인 병신. 길바닥에 주저앉는다. 양손으로 오른쪽 무릎을 주물렀다. 요즘 들어 조금만 걸어도 증상이 도진다. 철공소 다니면서부터 부쩍 심해졌다.

빗방울이 떨어진다. 목덜미에 부딪는 촉감이 시원하다. 나무숲으로 떨어지는 빗소리가 스산하다. 빗줄기가 강해진다. 더 세게 내렸으면 좋겠다. 세상이 물에 잠길 정도로 왔으면. 돌부리에 걸려 넘어진다. 몇 미터를 주르르 미끄러져간다. 산에 올라 마음을 추스르려던 생각을 접는다.

"아이구, 총각 옷이 다 젖었네. 언능 따뜻한 오뎅국물부터 좀 마시제?"

길가 포장마차에 들어서자 아주머니가 수건을 건넸다. 문보는 얼굴과 머리 물기만 대강 닦아냈다.

"가을에 무신 비가 이리 오누? 올 농사 우짤라고. 가을비는 농사에 아무 쓰잘데도 없는데 촌사람들 속 다 타겠네."

소주 두 잔을 연거푸 마셨다. 속에서 열기가 오르기 시작했다. 등받이도 없는 의자지만 몸이 이렇게 편할 수가 없다. 양말을 벗어 물기를 짜내자 땟국이 주르륵 흘러내렸다.

"날씨도 쌀쌀한데 감기 들면 우짤라고 우산도 안 받고 댕기는기요?"

소주 한 병을 비우고 일어섰다. 비가 그칠 때를 기다리는 것이 어떻겠느냐는 아주머니의 말은 귓전으로 흘렸다. 이미 젖은 몸, 감기가 들면 또 어떤가. 몸뚱이 간수하고 싶은 생각은 전혀 없었다. 오히려 부셔버리고 싶다. 멀리서 기적소리가 들렸다. 술기운으로 달아오른 얼굴에 부딪치는 밤바람이 시원했다.

사람들이 문보를 스치며 바쁘게 오고 갔다. 얼굴은 희미하고 형체는 흐릿하다. 유령처럼 하늘을 날기도 하고 바람처럼 몸을 통과한다. 문보는 투명인간이 된다. 세상은 자신의 손이 닿지 않는 곳에 있다. 팔을 뻗어보지만 잡히는 것은 없다. 텅 빈 허공을 허우적거리는 자신의 모습이 우스웠다. 지금 어디로 가고 있는지 알 수 없었다. 지쳐 있다는 느낌은 정신까지 황폐하게 만들었다. 세상은 함부로 발을 들여놓을 수 없는 인형의 집처럼 낯설었다. 그 집에 흠집을 내고 싶지만 또 다른 부담으로만 남을 것 같았다. 담을 넘어온 이웃집 감나무에 대나무 장대를 들이대는 것 같아 오금이 저렸다. 골목길이 낯이 익었다.

'어쩌다 여기까지 온 거고…….'

문보는 불 꺼진 창문으로 눈길을 한번 더 주고 발걸음을 돌렸다. 골목길 입구 담장에 누군가의 그림자가 어른거렸다. 얼른 담벼락으로 몸을 기댔다. 가로등 아래 모습을 드러낸 사람은 정아였다.

"고맙다, 바래다줘서. 안 그래도 되는데."

웃음기 머금은 소리가 약하게 들렸다.

"난 괜찮다. 밤길에 널 어떻게 혼자 보내나?"

남자의 몸은 골목에 반쯤 가려 분명하게 알아볼 수 없었다. 두 사람의 대화가 멈추고 남자가 불빛이 비치지 않는 담벼락으로 정아를 이끌었다. 정아가 발뒤꿈치를 들어올려 남자와 입을 맞추었다.

골목을 빠져나가는 남자를 지켜보고 있는 정아의 뒷모습이 보였다. 문보는 빠르게 골목길을 벗어나 정아가 서 있는 반대쪽 길로 접어들었다. 인기척을 느꼈는지 정아가 뒤돌아보았다. 문보는 고개를 숙이고 내달렸다. 가슴 깊은 곳에서 아픔이 밀려왔다. 자신도 모르게 발길이 이곳까지 왔지만 사실 오래 전부터 마음속에서 정아를 떼어내려고 노력했다. 간혹 어린 시절 정아를 향한 자신의 마음을 들추어낼라치면 그것이 오히려 부끄러운 일이 되고 만다. 정아는 이제 타인으로 남았다. 오지 않았던 것만 못한 일이 되고 말았다.

무의식적으로 정아를 찾아온 자신의 꼬락서니가 서글펐다. 정아는 자신의 손길이 닿을 수 없는 위치에 있다. 여대생과 공돌이. 용두는 정아가 들어간 대학이 줄만 서면 들어갈 수 있는 곳이라고 했지만 정작 용두도 평생 대학생이 될 가능성은 없어 보였다. 정아는 정아와 맞는 남자와 어울려야 했다. 문보가 할 일은 정아가 그렇게 되기를 빌어주는 일뿐이다. 가슴을 떨리게 하는 것만으로도 충분하다. 그것이 두 사람 관계의 현주소였다. 이렇게 직접 만나러 오는 것은 있을 수 없는 일이었다.

제비산은 산이라고 하기엔 조금 높은 언덕 같은 곳이었다. 멀리 희미하게 보이는 돝섬을 쓸어안고 있는 마산만의 야경이 한눈에 들어왔다. 확 트인 시야로 보이는 도시는 평화스러웠다. 문보는 바람을 맞고 서서 촘촘히 들어찬 집들을 내려다보다가 도망치듯 나온 정아 자취방 골목을 어림잡아보았다.

'내가 참말로 바보천친갑네.'

집으로 바로 가지 못하고 계속 정아 주위를 맴도는 자신이 못마땅하지만 오늘 이렇게 돌아서면 평생 후회할 것 같았다. 정아를 만나 무슨 해코지를 하려는 것도 아니다. 그냥 얼굴만 보겠다는 것도 죄가 될 일일까.

자취방에 가까이 갈수록 몸이 덜덜 떨렸다. 정아 방 창문이 환하다. 골목의 짙은 어둠과 대비되어 더욱 빛이 났다. 어시장 부둣가 등댓불처럼 영롱하다. 발소리를 죽이고 창문 앞에 섰다. 닫힌 창문에는 커튼이 쳐 있었다. 심호흡을 하고 창문을 두드렸으나 기척이 없다. 손에 땀에 밴다. 다시 한번 두드린다. 잠시 뒤 커튼이 젖혀졌다. 잠금쇠를 풀고 창문을 열던 정아가 놀란 눈으로 내려다보았다.

"누구? 문보 아이가? 이 머스마가 오밤중에 어쩐 일이고?"

"그냥……."

"깜짝 놀랐네. 조금 전에도 누가 골목을 후다닥 뛰어가는 바람에 아직도 심장이 벌렁거리는데, 무슨 일이고?"

"술이나 한 잔 먹자고."

문보는 자신이 무슨 말을 하고 있는지 몰랐다. 자연스럽게 보이려고 입가에 웃음을 띠어보지만 제대로 되지 않았다. 창문턱에 양 손을 얹었다.

"이 머스마 보래이, 지금 몇 신데 술이고? 니 무슨 일 있나?"

"그건 아니고. 야근하고 늦게 마쳤다. 집에 가다가 비도 맞고, 갑자기 니 생각이 나서……."

"문보야……."

정아가 문보의 이름을 가만히 불렀다. 정아가 문보의 손등에 자기 손을 얹었다. 어릴 때 정아가 손을 잡아주던 그때 느낌과 똑같았다.

"오늘은 너무 늦었으니까 그만 들어가라. 그라고……. 문보 니가 밤에 이렇게 찾아오면 내가 힘들다, 무슨 말인지 알겠제?"

정아는 화사한 미소를 짓고는 창문을 닫았다. 검은 장막이 눈앞에 펼쳐졌다. 빛이 사라진 세상에 남아 있는 것이라고는 희미한 의식뿐이었다. 그것조차 무엇을 추구하고 있는지, 연결된 끈의 뿌리가 무엇인지 알 수 없었다. 닫힌 창문 너머 정아는 이제는 만질 수 없는 무형의 존재로 남았다. 부자가 되고 싶다는 욕망 뒤편에 남아 있던 또 다른 삶의 원천이 사라졌다. 몸속에 남은 기운이 모조리 빠져나간다. 다리에 힘이 풀리고 몸은 그대로 스르르 무너져 내렸다. 담벼락을 기대고 쭈그려 앉은 문보의 머리 위로 한 줄기 바람이 스쳐 지나갔다. 탁하고 메케한 냄새가 문보를 휘감았다.

"오빠야, 이리 온나? 잘해줄게!"

누군가 팔을 붙잡았다. 눈두덩에 시퍼런 칠을 하고, 입술을 새빨간 루

주로 덕지덕지 바른 여자가 껌을 찍찍 씹으면서 헤벌쭉 웃고 있다. 문보는 엉겁결에 뒷걸음을 쳤다. 술집 간판을 보았다. 〈만추〉. 함안옥도, 쌍과부집도 아니고 만추? 술집 이름이 멋있게 느껴졌다. 주위에 비슷한 이름의 간판들이 즐비했다.

"오천 원만 주면 사랑도 해주께. 응? 오빠야!"

문보는 호주머니에서 돈을 꺼냈다.

"달랑 이천 원이네. 오빠, 이게 전부가? 기본이 삼천 원인데……."

문보가 돌아서려하자 여자가 팔을 잡았다. 어둠침침한 붉은 조명이 낯설었다. 여자가 핑크빛 커튼을 밀쳤다. 가운데 테이블 양쪽으로 소파가 놓여 있다. 작은 밀실의 조명은 더 침침하다. 여자가 맥주 두 병과 과일 안주를 들고 문보 옆에 앉았다. 문보는 이천 원을 꺼내 테이블 위에 놓자 여자가 얼른 돈을 챙겼다.

"울 오빠는 성질도 급하네. 오늘은 기분이 좋으니까 이천 원만 받을게. 돈 생기면 천 원 더 갖다주이소. 알았제?"

맥주병을 따는 여자의 손놀림이 날렵했다. 문보가 맥주를 단숨에 들이키자 여자가 얼른 잔을 채웠다. 여자가 과일을 깎는 동안 문보는 소파 깊숙이 엉덩이를 밀어넣고 등을 기댔다. 몸이 나른해졌다.

퇴근 준비를 하고 있는데 사장이 헐레벌떡 들어왔다. 종일 보이지 않던 사장이었다.

"오늘 우리 야근 좀 해야겠다! 무신 말인지 알겠제!"

사장 얼굴에 웃음꽃이 폈다.

"그 사장님이 납품기일을 못 맞출 거라며 내가 말도 꺼내기 전에 고개부터 절레절레 흔드는기라. 다짜고짜 한번만 살려달라고 했다. 무조건

한다고. 단가를 반값으로 한 게 조금 억울하지만 시방 우리 형편에 이런 거 저런 거 가릴 때가 아니란 말이제. 그 자리에서 사장님한테 엎드려 넙죽 절이라도 하고 싶더라.”

사장이 선반기 전원을 올렸다.

“문보야, 뭐하노? 퍼뜩 일 안 하고?”

불그레한 얼굴로 공 기사가 소리쳤다. 선뜻 몸이 움직이지 않았다. 하루 종일 일감이 없어 공 기사와 서로 얼굴만 멀뚱멀뚱 보며 지냈다. 사장이 들어오면 내일부터 그만 나오겠다고 말할 참이었다. 일감을 가지고 온 사장을 보자 먼저 퇴근하겠다는 말을 꺼낼 수가 없었다. 선반 기계가 돌아가는 소리가 유난히 귀에 거슬렸다. 손가락 하나 까딱하기 싫었다. 사장이 당장의 일손 때문에 문보를 잡고 있지만 바뀐 것은 없었다.

마음은 온통 고향 마을의 용두 군 입대 송별회에 가 있었다. 용두는 자원입대하겠다고 큰소리쳤지만 막상 입대 영장이 나오자 겁을 냈다. 문보는 얼마 전 상구 입대 송별회를 기억했다. 상구 낯짝도 보기 싫었지만 정아가 온다는 소식에 눈 딱 감고 시골로 내려갔다. 초저녁부터 상구 집은 발 디딜 틈도 없었다. 안방과 대청마루도 모자라 마당에도 덕석을 깔고 술과 음식을 차려놓았다. 상구 어머니는 술상마다 돌아다니면서 모자라는 음식이 있는지 살피고 다녔다. 막걸리 주전자를 든 정아는 함박웃음을 지으며 친구들에게 차례로 술을 권했다. 정아는 새벽까지 상구 주위만 맴돌았다. 손을 잡기도 하고, 어깨동무도 해주었다. 정아는 한번도 싫은 내색 없이 상구를 대했다. 문보는 그 모습을 보면서 군대에 갈 수 없는 자신의 신세를 한탄했다. 중졸 이상만이 입대가 가능하도록 나라에서 법으로 정해놓았다니 그 법이란 것도 요상했다. 아무리 몸이 튼

튼하더라도 국민학교 졸업이라는 딱지를 떼지 않는 한 군대 갈 수가 없었다. 그래서 마을잔치로 송별회를 열고 정아에게 손을 잡힌 채 오래 오래 위로의 말을 듣게 되는 일은 아예 불가능한 것이다.

낮에 무료함을 참지 못해 공 기사와 나눠 마신 술기운이 오르기 시작했다. 정아 모습이 자꾸만 눈에 밟혔다. 송별회는 밤새 계속될 것이지만 얼른 작업을 끝내고 정아를 만나러 가야 했다. 정아에게 그날 밤 무작정 찾아간 일에 대해서 용서를 구하고 앞으로 좀 더 행동을 조신하겠다는 말도 전하고 싶었다.

문보는 선반기 위로 떨어지는 핏방울을 보면서 사색이 되었다. 오른손으로 왼쪽 집게손가락을 움켜쥐었다. 손가락 마디가 잡히지 않았다. 문보의 비명 소리는 일이 벌어진 다음 아주 짧은 틈을 두고 나왔다. 사장 얼굴이 흙빛으로 변하고 공 기사는 형체도 모를 정도로 뭉개진 문보의 잘린 손가락 마디를 들고 서서는 숨도 못 쉬고 있었다.

왜 나냐고 묻는다. 묻고 또 묻고. 끝없이 되묻는다. 부모님 말씀을 잘 듣지 않아서? 그렇다면 앞으로 그러지 말라고 미리 말해주면 될 것 아닌가. 당산 먼당에 대나무숲에 노는 봉암댁 암탉을 몰래 잡아먹었기 때문이라면 지금이라도 닭 두 마리 값으로 되갚아줄 수 있다. 용변을 보고 있는 동생을 밀어 변소구덩이에 빠지게 했던 것은 평소 말을 잘 듣지 않아 교육을 시키기 위해서였는데 그것 때문이라면 지금이라도 열 번이고 대신 똥물을 뒤집어 쓸 수도 있다. 그렇게 저지른 잘못에 대한 죗값으로 손가락 한마디는 너무 가혹하다. 죗값으로 따지자면 상구가 먼저 벌을 받는 것이 마땅했다. 부모님이나 마을 어른께 대놓고 욕을 하지 않나, 추운 겨울 골목에 구덩이를 파놓고 물동이를 이고 오던 시집 온 지 한 달도 되지 않은 회춘댁 며느리를 넘어지게 하지 않나, 힘이 세다고 심심하면 애들을 두들겨 패지 않나, 점순이를 샘골에서 덮쳐 애를 배게 하지 않나. 용두도 마찬가지다. 화투를 치고 돈을 조금이라도 따면 요리조리 핑계를 대고 도망가는 거라든지, 딱지치기나 구슬치기를 하다가 잃으면 선생님께 고자질을 하는 것도 잘못이라면 잘못 아닌가. 나이 어린 동생들 싸움에 끼어들어 주먹을 휘두르는 것이나, 친구들과 여름밤에 포도나 복숭아 서리 갈 때 달리기가 느리다는 핑계로 자신은 망만 보겠다고 고집피우는 얌체 짓도 그렇다.

살아간다는 것 자체가 무의미하다. 부자가 되고 싶다고? 어리석은 생각이었다. 한 푼이라도 더 모으겠다고 아등바등한 결과가 이런 것이라면 돈 따위는 없어도 된다. 절망은 어디에서부터 오는가. 선택의 기회는 신에게만 주어진 것인가. 그렇다면 인간에게 주어진 생명과 또 그 삶은 무슨 의미를 가질 수 있는가. 인간의 존재를 담보로 장난을 치는 것이 신인가. 문보는 거꾸로 돌아가고 있는 세상의 거대한 바퀴자국을 본다.

병원에 도착했지만 문보는 절망했다. 행여 하는 기대를 가졌지만 의사는 잘린 손가락이 뭉개져 접합수술이 소용없다고 말했다. 울음조차 나오지 않았다.

귀향

요양 차 시골로 내려온 뒤 추수가 끝나고 찬바람이 불고, 해를 넘겨 설을 맞을 때까지 움직이지 않았다. 농촌에 대한 향수나 애착이 아니라 도시에서 새로운 일감을 찾기 위한 시간벌기였다. 봄바람이 불면 취직자리가 나올 것이고 다시 도시인으로 살아갈 생각이었다. 가족들의 문보에 대한 동정어린 시선도 이 생각을 굳히는 데 한몫했다.

"지 팔자가 그런 걸 우짤끼고……."

아버지는 한숨을 쉬었지만 문보와 굳이 눈길을 마주치려하지 않았다. 가실댁도 자극을 줄 만한 행동은 피하면서 어떻게든 사고를 들먹거리게 될 상황을 만들지 않으려고 했다. 명절 고향에 다니러온 형과 누나들도 억지웃음을 지어보였다. 사고가 무슨 벼슬이냐고 한마디 할 법도 했지만, 또 그랬다면 달게 들어줄 용의도 있었지만 아무도 그렇게 하지 않았다. 집안에서 빈둥거리는 일이 일상이 되고 있었지만 예전처럼 아버지가 지게 작대기로 후려치는 일도 없었다. 시골이라는 제한된 공간이 주는 불편함만 감수한다면 큰 어려움 없이 지낼 만했다. 문보가 하는 일이라고는 라디오에서 유행가를 듣거나 구직광고에 귀를 쫑긋거리는 것이었다. 갑갑증이 일어나면 마산으로 바람을 쐬러가곤 했다.

"시원한 사이다가 묵고 싶구만……."

유언이랄 것도 없는 아버지의 유언이었다. 가실댁은 아버지의 직접적인 사인은 배탈이라고 단정했다. 남순이 배탈이 아니라 식중독이라고 하자 그게 그거라며 눈꼬리를 치켜세웠다. 가실댁의 말로는 아버지가 저녁을 먹을 때까지는 아무 일도 없었는데 갑자기 배가 아프다고 뒹굴었다는 것이다. 동네사람들이 리어카에 아버지를 태우고 십 리 길인 칠원읍내로 갔을 때 의원은 고개를 흔들었다.

아버지는 때때로 손님이 오면 소주로 술상을 보았다. 벽장에 숨겨둔 됫병 소주를 작은 병에 덜어 조금씩 내놓았다. 소주는 시골에서 귀한 술이었다. 아버지는 손님에게 소주를 대접한다는 것에 대해 어떤 자부심을 가졌던 것 같았다. 시골에서 농주대신 소주를 맛본다는 것은 흔한 일이 아니었다. 술을 좋아했던 아버지는 간혹 아끼던 소주를 꺼내 두세 잔 마시곤 했다. 그날 어머니가 재봉틀 기름을 벽장에 두었는데 아버지가 밤에 그것을 술인 줄로 착각하고 마셨다는 것이다.

장례를 마칠 때까지 누구도 가실댁을 모시는 문제에 대해서는 입을 열지 않았다. 큰형이 사고로 죽고 없는 마당에 집안을 추슬러야 할 작은형 경보는 끝까지 침묵으로 일관했다.

"사는 게 별 거가? 나도 이대로 살다가 너그 아부지 따라가면 그뿐이다. 내사 너그들 눈칫밥 먹을 생각 없다."

삼우제가 끝난 뒤 가실댁은 가족들의 입을 막았다. 당장 가을걷이가 문제였다. 얼마 되지 않는 농사였지만 아무래도 가실댁 혼자 힘으로는 무리가 있었다. 남순이 결론을 내렸다.

"올해만 엄마하고 촌에서 고생 좀 하고 내년에 마산에 자리 알아보는 게 어떻노?"

뒷먼당 소나무 바람결을 따라온 가을 햇살은 마을을 빨갛게 물들이고 들판을 지나가면서 금가루를 뿌려놓았다. 쟁골저수지 수면 위로 빨간 고추잠자리가 여름 왕잠자리를 대신하면 아이들은 제방에 모여 웃음소리를 높이고, 담 너머로 늘어진 소천댁 감나무에서 아직 여물지 않은 붉은 감을 따서 덥석 베어물다가 퉤퉤 뱉는 혹부리 점실댁의 주름도 펴졌다. 가뭄으로 사람들의 넋을 놓게 했던 푸른 하늘도 부봉산 마루에 한 무더기 구름을 걸쳐놓고 누런 벼이삭에 좋은 볕을 주었다. 집집마다 껍데기뿐이라며 한숨을 쉬면서도 농사는 하늘이 짓는 것이라며 사람들은 새벽같이 총총걸음으로 가을걷이에 나섰다.

올해 가뭄은 유난스러웠다. 봄가뭄이 여름까지 계속되었다. 하늘은 구름 한 점 드리우지 않았고, 청룡산 위의 마른하늘은 바라보기만 해도 눈이 시었다. 세 개의 치솟은 봉우리로부터 뜨거운 열기가 아침부터 저녁까지 들판으로 무섭게 쏟아져 내렸고, 하늘을 향해 고개만 쳐들고 있을 뿐 아무 일도 할 수 없었던 사람들은 논바닥이 쩍쩍 갈라지는 소리를 들으며 한숨만 내쉬었다. 좀처럼 물기가 마르지 않던 도란지 옥답 논바닥도 거북등처럼 갈라졌고, 겨울 내내 방죽을 고치고 파내면서 물길을 손보았던 세 개의 보도 아무 쓸모가 없었다. 들판을 에두르는 광려천이 바닥을 드러내기도 전에 상보는 물론이고 중보, 하보는 먼저 물이 말랐다.

물기를 머금지 못한 벼는 점점 갈색으로 변해갔고, 뜨거운 햇볕을 견디지 못한 줄기는 누렇게 떠서 마르다가 뿌리부터 푸석푸석 문드러졌다. 북쪽 신골 산등성이로부터 들판으로 더운 바람이 내려올 때마다 벼는 몸을 배배 꼬면서 절로 말랐다. 푸른 벼 잎이 바람에 넘실거리면서 구수한 냄새를 풍기고, 바라보는 농부들의 가슴을 뿌듯하게 만들어야 할 넓은 들판은 누리끼리한 황갈색으로 죽어갔다. 사람들은 노랗게 시든 벼를 보며 저항력이 약해져서 도열병이나 잎집무늬마름병으로 번졌다고 아는 체를 했다. 물꼬 싸움도 시들해졌다. 끌어올 물 한 방울 없는 지경에 이르게 되자 싸울 일도 없었다. 석전 용산 산마루의 무덤이 막고 있는 혈을 풀어야 비가 내린다는 도사의 말을 따라 면 유사들이 합동으로 온갖 제물을 차리고 흑룡, 황룡 깃발을 꽂고, 풍물패를 동원하면서 난리를 쳤지만 비는 내리지 않았다.

가을 추수철이 다가오자 사람들은 지난 여름을 잊고 수확하는 손길에 신명을 냈다. 문보도 덩달아 바빠졌다. 장정이 귀한 농촌에서 문보만한 일꾼도 드물었다. 성치 않은 몸이긴 하지만 그래도 힘을 써야 하는 일에는 어지간히 남자 몫을 다했다. 몸 고생은 했지만 품삯은 쏠쏠했고, 품값으로 주머니가 두둑해지는 느낌으로 은근히 일 욕심까지 냈다. 가을걷이도 거의 끝나가고 있었다.

마산 어시장은 사람들로 발 디딜 틈도 없었다. 종천은 눈을 부라리고 사람들을 헤집었다. 행인들과 이리저리 부딪치면서도 걷는 속도를 줄이지 않았다. 수산시장을 거쳐 청과시장까지 돌았지만 두치는 그림자도 보이지 않았다. 하루 종일 추수하느라 지칠 대로 지친 문보는 인파를 헤치며 종천을 뒤따르는 일이 쉽지 않았다. 허리는 욱신거리고 무릎은 저려오고 다리는 천 근이다. 문보는 순대를 팔고 있는 노점상을 보면서 걸음을 멈추었다.

"쪼매 쉬었다 가자. 이래서는 밤새도록 다녀도 못 찾는다."

종천은 조금 전부터 이미 풀 죽은 얼굴 모습을 하고 있었다. 마산으로 오기 전 마을에서 하나밖에 남지 않은 눈에 살기를 띠고 입에 거품을 물며 날뛰던 기세도 많이 수그러들었다. 문보는 길거리에 선 채로 순대를 안주로 소주를 마셨다. 종천의 등쌀에 떠밀려 얼떨결에 마산에 왔지만 처음부터 두치를 잡겠다는 기대는 하지 않았다. 종천의 가망 없는 말에 빠진 자신이 한심스러웠다. 종천의 성화가 아니었다면 지금쯤 고된 몸을 따뜻한 아랫목에 뉘이고 기분 좋게 쉬고 있었을 것이다.

방구 할배의 추수를 일찍 끝내고 저녁 무렵 마을로 들어왔을 때였다. 아랫담 동사 앞에 모여 웅성거리고 있는 사람들의 표정들이 험악했다.

"두치가 날랐다카네!"

탱자나무 장포댁이 하얗게 질린 얼굴로 문보의 팔을 부여잡았다.

"그 돈이 어떤 돈인데 떼먹노 그 말 아니가? 벼룩의 간을 꺼내먹지? 두치가 마을금고 돈을 다 까먹고 야반도주할 줄 누가 알았겠노?"

장포댁이 눈물을 찔끔 흘렸다. 문보는 말도 나오지 않고 가슴만 내려앉았다. 이자를 이 부로 쳐준다는 두치의 말에 구미가 당겨 큰맘 먹고 오만 원을 맡겼다.

"우리 재종 성님이지만 인두껍을 쓴 개돼지 못한 인간 아니겠습니꺼? 당장 찾으러 갑시더. 사람 같지 않은 성님 만나면 주리를 틀어서라도 돈을 받아내고야 말기라예!"

종천이 남은 한 쪽 눈을 떴다 감았다 하면서 미친 사람처럼 길길이 날뛰었다. 누군가가 어제 마산 어시장에서 두치를 보았다는 말을 하더라며 당장 찾으러 가자며 문보 팔을 이끌었다. 마산에서 두치를 찾는 일은 가포 모래사장에서 바늘 찾는 일과 진배없었다. 두치가 바보가 아닌 다음에야 날 잡아가, 하고 대로에 얼굴을 디밀기나 하겠는가. 억울한 것은 돈을 맡긴 문보도 마찬가지였지만 종천이처럼 무턱대고 두치 잡겠다고 마산으로 올 일을 아니었다.

소주 두 병을 마시고 나자 취기가 오른다. 마지막으로 한 바퀴만 더 돌아보자는 종천의 말을 따라 어시장으로 향했다. 큰길로 나온 문보는 눈이 동그래졌다. 도로에는 청년들이 어깨동무를 하고 시위를 벌이고 있었다.

"아무래도 무슨 일이 났는가봐. 우리도 그만 가자! 도망갔으면 어제 진작 갔지 오늘까지 기다리겠노? 못 찾는다! 도망하려는 사람 우째 찾겠노?"

겁을 먹은 문보는 핑계거리를 찾았다. 문화방송 정문에서 시위를 벌이던 청년들이 대로 한복판으로 들어섰다. 자동차 경적이 여기저기서 울리고 길 가던 사람들은 몸을 비켰다. 문보는 인파에 떠밀리는 몸뚱이를 가누기가 힘들어졌다. 부림 시장을 빠져나오다가 시민극장 쪽에서 내려오는 시위대와 맞닥뜨렸다. 얼떨결에 시위대에 휩쓸리고 말았다. 문보는 남성동파출소 앞에서 무릎을 부여잡으며 길바닥에 주저앉았다.

"그만 일나소! 빨리 가입시더. 세상에 이게 무신 난리고!"

종천이 팔을 잡아끌었지만 문보는 꼼짝도 하기 싫었다. 시위대들은 남성동파출소 창문을 향해 돌을 던지기 시작했다. 문 앞에 세워둔 경찰차가 박살났다. 어시장 쪽에서 빵 하는 소리가 들려왔다.

안개인 듯 연기인 듯 거리의 불빛을 지워가는 회색가루가 도시의 밤거리를 뿌옇게 만들었다. 시야는 어둡게 차단되고 네온 조명은 제 빛을 잃고 허공으로 흩어졌다. 길은 만들어져 있지만 앞뒤 출구는 폐쇄되어 막힌 도로는 전체가 거대한 터널 같았다. 매캐한 가스로 뒤덮인 거리 너머 무슨 일이 어떻게 일어나고 있는지 아무것도 눈에 보이지 않았다. 폐쇄된 공간에서 도시는 더 이상 자신의 본래 모습을 보여주지 않았으며 그것은 상상조차 할 수 없는 지금까지 한번도 보지 못했던 낯선 세계였다. 그 누구도 무엇으로부터 보호받을 수 없다는 극심한 공포감이 사람들의 마음을 지배하고 있다는 사실은 일상적이지 않은 섬뜩한 소리들이 말해주고 있었다. 건물이 부서지는 소리와 뒤섞인 사람들의 비명 소리, 쇠판이 갈라지는 소리를 잇는 유리창 깨지는 소리, 귀에 익지 않은 전투차량의 엔진 소리와 끊임없이 터지는 최루탄 발사 소리, 무엇보다도 두려운 것은 그 소리들이 단지 소리로만 들리지 않는다는 것이었다.

소리들이 점점 가까워지고 있다는 것은 점점 크게 들리는 둔탁한 군화발자국 소리로 알 수 있었다. 문보는 뚫어지게 앞을 보고 있었다. 뿌연 가스층 사이로 한 무리의 집단이 모습을 드러냈다. 방석모와 진압 마스크를 쓰고 플라스틱 방패를 든 경찰들이 진압봉을 휘두르며 달려들었다. 사람들은 고래의 이빨을 피해 도망가는 청어 떼처럼 사방으로 흩어졌다. 문보는 일어서면서 따가워진 눈을 손등으로 비빈다. 얼굴이 화끈거리면서 금방 얼굴 전체가 화끈거려 꼼짝도 할 수 없었다.

"이 깡패새끼!"

경찰의 진압봉이 문보의 등짝으로 날아들었다. 매질은 사정을 봐주지

앉았다. 허리로 진압봉이 날아오고 허벅지로 군화발이 꽂혔다. 팔로 얼굴을 가리고 주춤주춤 뒷걸음쳤지만 경찰의 매타작에서 벗어나지 못했다. 여기저기서 사람들이 몽둥이세례를 받고 있었다. 머리에서 피를 흘리는 사람이 경찰들에게 질질 끌려가면서 욕설을 퍼부었다. 종천이 길바닥에 떨어져 있는 깨진 보도블록을 경찰에게 휘두르며 방패막이를 만들었다. 외눈박이, 저렇게 죽기 살기로 날뛰는 종천의 눈은 하나뿐인데도 섬뜩한 느낌이 들었다. 종천이 흔적만 남은 눈마저 치켜뜰라치면 그건 오로지 살아남기 위해 그 자리를 벗어나려던 치열함의 흔적으로 남을 만큼 종천은 맹렬했다. 문보는 경찰들이 그들에게 매달려 그 텅 비어버린 눈이 다시 찢어져 열릴 듯 미친놈처럼 짖어대는 종천을 개 패듯 털어버리는 동안 자신도 기회인 듯 종천을 털어내고 자리를 도망쳐 나왔다. 경찰이 주춤하는 사이 문보는 골목길로 달아났지만 절룩대는 다리가 걸음을 더디게 했다. 다리를 이렇게 만든 상구에게 욕을 퍼부었다.

'우짜다가 이리 됐노! 내가 무슨 죄가 있다고…….'

원망이 종천에게 향했다. 두치를 찾으러 마산 가자고 할 때부터 느낌이 좋지 않았다. 종천이 억지를 부려 괜한 발걸음을 하는 바람에 이런 일이 벌어졌다. 태양극장까지 어떻게 왔는지 기억도 없었다. 문보는 극장 계단에 주저앉았다. 온몸이 욱신거리고 얼굴은 눈물콧물로 범벅이 되었다.

"성님 머리 그게 피 나는 거 아니요? 피네, 피 맞네!"

어느새 따라온 종천이 문보의 머리에 피떡이 진 곳을 아무렇지도 않게 닦아냈다. 문보는 저만 살겠다고 도망왔던 좀 전의 일이 무색해 왼쪽 이마를 손으로 쓸어내렸다. 손바닥에 피가 묻어났다.

"니는 괜찮나?"

종천은 대답 대신 눈앞에서 치솟는 불길에 시선을 뒀다. 그러나 옆에서 본 종천의 한 눈은 감겨 있어 본다는 표현이 적절하지 않을 수도 있었다. 다만 문보는 꿈쩍도 않는 종천의 시선을 좇아 길 건너 북마산파출소가 불타고 있는 걸 보았다. 까만 하늘로 피어오르는 불길이 세상을 집어삼킬 듯 무섭게 솟구쳤다. 불길에 휩싸인 파출소는 형체조차 보이지 않았다. 시위대들이 파출소를 향해 돌을 던졌다. 불을 보던 문보는 울컥하는 느낌이 들었다. 시위대가 있는 곳을 향해 달렸다.

"에라이, 깡패놈들아!"

고함을 지르며 불타는 파출소를 향해 돌을 던졌다. 몰매를 맞은 데 대한 분풀이였다. 몇 개를 던지고 나니 그나마 속이 조금 풀렸다. 중앙극장 쪽에서 경찰차 경광등이 붉은 빛을 뿜고 있었다. 문보는 혼비백산하여 도망쳤다.

"두치가 돌아왔다면서? 낯짝도 두껍긴 하구만."

"허기사 대통령이 총에 맞아 죽는 세상 아닌감? 두치뿐이겠어?"

"마산서 데모도 크게 났다며? 세상이 어째 돌아가려는지 원."

마을회관 평상에 어른 몇 사람이 말을 나누고 있었다. 문보는 데모 이야기가 나오자 슬그머니 평상 모퉁이에 엉덩이를 디밀었다.

"부산서 먼저 데모가 났다지 아마. 대통령이 화가 나서 확 쓸어버리라고 했는데 부하가 그 말을 안 듣고 총으로 쐈다더라. 세상 말세야 말세."

"애시당초 군인들이 나라는 안 지키고 정치판에 뛰어든 게 잘못이제. 몇 십 년간 해먹다 보니 지 아니면 이 나라는 안 되겠다 싶은 거겠지. 그게 노망이 든 게 아니고 뭐겄어?"

"그건 그렇고, 두치는 그동안 객지에서 돈도 없이 얼마나 고생했을꼬?"

막상 두치가 돌아오자 죽을 놈 살릴 놈 하면서 잡아먹을 듯했던 사람들은 언제 그랬냐는 듯이 꼬리를 내린다.

"잠도 제대로 못 잤을 거 아니가? 낯짝이 홀쭉한 기 피골이 상접했더라."

"지도 그러려고 한 건 아니라 안 카나. 우짜노, 한 동네사람인데."

두치의 빚잔치는 동네사람들의 동정심을 타고 빠르게 이루어졌다. 두치가 그런 파렴치한 행동을 저지르고 무슨 낯짝으로 사람들 앞에 나타날 수 있는지도 이해할 수 없었고, 남의 돈을 떼어먹고 이제 와서 나 몰라라하는 것은 더욱 용서할 수 없는 일이었다. 생각 같아서는 감옥살이라도 시키고 싶었지만 마을 어른들은 두치의 빚잔치를 승낙했다.

문보는 날이 어두워지고서야 집으로 돌아왔다. 한 푼이라도 건지려고 마을회관에서 어른들과 실랑이를 벌였으나 젊은 사람이 돈만 밝히는 모양새가 안 좋다는 말에 돌아서고 말았다.

"죽 쒀 갖고 개 좋은 일만 시킨다카더만 니 꼴이 그 꼴이다."

봉당에 올라서는 문보에게 가실댁이 매몰차게 쏘아붙인다.

"어떻게 해서 번 돈인데! 그라면 안 되지. 한 집안 사람이라고 그리 쉽게 놔주나. 두치 그 자식도 그렇제. 집안 어른들만 믿고 뱃대지 내미는 거 바라. 참말로 서러워서 못 살겠다."

대꾸조차 하기 싫다. 가실댁 마음을 모르지 않지만 말을 꺼낼수록 속만 더 상한다.

"저녁은 묵었나?"

"생각 없다!"

"안 묵었으면 찬밥이라도 묵으라. 참 편지 온 거 있더라. 방에 갔다놨으니 봐라."

편지 봉투를 보면서 고개를 갸웃했다. 발신인 주소도 이름도 없었다. 겉봉을 뜯었다. 고향으로 돌아가기로 했다는 간단한 내용이었다. 끝에 작은 글씨로 '인주'라고 썼다. 인주라는 글자를 보자 얼굴이 달아올랐다. 처음부터 다시 한 글자 한 글자 또박또박 읽었다. 인주가 어떻게 주소를 알았는지, 왜 편지를 보냈는지 궁금했지만 그건 나중 일이었다. 편지 끝 부분에 사업이 잘 되느냐는 안부와 함께 그녀의 순천 집 주소까지 적어 놓았다.

11월이라고 하지만 아직 가을 온기가 남아 있었다. 칠원교 너머 동산 마루에 우뚝 솟은 팽나무에 걸린 햇살이 눈부셨다. 유원에서 나오는 마산행 버스가 뒤뚱거리며 읍내 사거리 정류소로 들어왔다. 길 건너 농약방 윤 사장은 한가로운 표정으로 담배를 피우고 있었다.

"사장님, 축하합니더!"

종천이 두루마리 휴지를 들고 들어오면서 찌그러진 눈으로 환하게 웃었다.

"놀리지 마라. 사장은 무슨 사장이고? 구멍가게 같은 건데."

문보는 손사래를 쳤지만 즐거운 마음을 감추지 않았다. 수리하고 있던 자전거를 밀쳐놓고 기름때 묻은 장갑을 벗으며 종천의 손을 잡았다.

"이제 보니 근사하네예. 자전차도 많이 갔다놨네."

"몇 대 안 된다. 돈이 조금만 더 있었으면 경기용 자전차도 두어 대 들여놓고 싶다."

문보는 주머니에서 담배를 꺼내 종천에게 건넸다.

"이거 삼백 원짜리 썬 아이요? 성님이 사장이 되더만 담배 갑이 달라졌네."

"손님 오면 대접할라고 큰 맘 먹고 한 보루 샀다."

문보는 그동안 장에 올 때마다 읍내 사거리의 자전거포를 유심히 보아두었다. 아무래도 성치 못한 몸으로 농사일을 계속하는 것은 쉽지 않을 것으로 판단했다. 지난 달 자전거포 주인이 가게를 내놓았다는 소문을 듣자마자 손가락 사고로 받았던 목돈을 모두 투자하여 자전거포를 인수했다.

읍내에 자리를 잡은 문보의 생활은 평온했다. 자전거포 운영도 염려했던 것보다 괜찮았다. 손을 놀리지 않을 만큼 일감도 들어왔다. 펑크를 때우러 오는 손님이 대부분이었지만 어제는 마수걸이로 자전거도 한 대 팔았다. 자동차 정비업소의 경험이 있어서 일하는 것도 큰 어려움도 없었다. 무료하지도 그렇다고 바쁘지도 않은 적당한 일상이었다. 이웃들과 조금씩 안면을 익혀가면서 제법 농담도 건넬 정도가 되었다.

겨울로 접어들면서 손님이 조금씩 줄어들기 시작했다. 겨울의 읍내는 장날을 빼고는 시골과 비슷했다. 가로를 드문드문 지나가는 차량들은 한가로웠고, 동산 위를 떼 지어 날아다니는 까마귀가 이따금 조용한 하늘의 적막을 깨뜨렸다. 도로 양쪽으로 늘어선 가게들도 느지막이 문을 열었다. 사람들은 늦은 햇살이 성당 첨탑을 비추고서야 퀭한 눈을 비비며 헛기침을 했다. 농약방 문간에 쪼그려 앉아 담배연기만 내뿜으며 청룡산을 바라보는 윤두평의 눈길은 초점을 잃었고, 철물점 앞에서 뒷짐을 쥐고 오가는 사람들을 힐끔거리는 오달영이나 중국집 가게의 문짝 먼지를 털고 있는 차철수도 입을 다물었다. 겨울 해는 동산 너머로 낮게 넘어갔다.

읍내가 잠에서 깨는 날은 장날이었다. 문 앞 도로에 비질도 한번 더 하고, 주인 모르는 삽살개가 천방지축으로 뛰어다녀도 혹시 재수 옴 붙는 일이 생길까봐 고함을 지르는 대신 쉬쉬하며 목소리를 낮췄다. 장터로 들어가는 골목에 늘어선 음식점, 건어물점, 철물점, 대장간, 포목점, 미장원, 새마을상회, 신발가게, 문방구 주인은 대목을 보려는 마음으로 눈매에 생기를 냈다. 대폿집의 흥청거림도 여느 평일과는 분위기부터 달랐다. 장날은 읍내거리를 들뜨게 만들었다. 내 손님이 아니라하더라도 골목마다 넘치는 사람들의 움직임만 보고 있어도 기분이 좋아졌다. 농번기가 지났지만 농약포 윤두평도 장날만큼은 기지개를 켜고 이리저리 지나가는 사람들에게 눈길을 돌렸다. 대성반점 차철수나 철물점 오달영도 하루 종일 가게를 지켰다. 문보에게도 장날은 놓칠 수 없는 날이었다. 아침 일찍 일어나 점포 주변의 쓰레기를 치우고 중간 중간 물을 뿌려 먼지를 재우면서 손님 맞을 채비를 했다. 종천에게 마을 소식을 듣거나, 가실댁을 만나는 날도 장날이었다. 가실댁은 장날마다 자전거포에 들렀고, 문보는 가실댁 손에 몇 푼이라도 돈을 쥐어주었다. 장날의 하루는 정신없이 지나갔다.

"실례합니다."

브레이크 레버를 손 보고 있던 문보가 고개를 들었다. 여자 어깨를 넘어온 가느다란 햇빛이 눈을 찔렀다. 추위를 느끼기에는 이른 때인데도 여자는 숄을 길게 둘렀다. 문보는 하던 일을 멈추고 일어났다. 모래를 실은 트럭이 먼지를 내며 지나갔다. 여자는 트럭을 피해 문보 쪽으로 몸을 돌렸다. 창 없는 빨간 털모자 사이로 삐져나온 머리칼이 바람에 흔들렸다.

"인주?"

문보는 눈을 동그랗게 떴다. 장갑을 벗으려다가 멈칫했다. 악수라도 해야 할 것 같은데 몸이 굳는다. 가슴이 두근거리고 얼굴에 열이 오른다.

"쪼, 쪼매만 기다릴랍니꺼? 요거 손님 거 퍼뜩 끝내고…… 나, 나사만 조이면 됩니더."

문보는 일을 서둘렀다. 하던 일이 끝나기 전에 인주가 돌아간다고 할까봐 조바심이 났다. 브레이크 나사를 빠르게 조인 뒤 손잡이를 손을 탕탕 두드려보고는 손님에게 건네준다.

"다 됐습니더. 인자 핸들이 안 흔들릴 겁니더!"

"고생했구마. 얼마 주면 되노?"

중절모를 쓴 노인의 표정은 흡족한 모습이었다.

"손만 좀 본 건데 돈은 무신 돈입니꺼, 고만 가이소!"

노인의 입이 벌어졌다. 문보는 노인이 자전거를 타고 멀어지는 것을 지켜보았다. 물채고개 위에 걸려 있던 해가 넘어가면서 남긴 노을이 노인의 등판을 쓰다듬었다. 노을빛을 받은 인주 콧날이 문보의 붉은 눈동자를 저민다.

"고향 간다더만……. 다시 돌아온 겁니꺼?"

"보름 전쯤 고향에 다녀왔어요. 급한 집안 일 때문에 갔다가 문보 씨 편지를 봤어요."

"후딱 치우겠습니더. 저녁이라도 같이합시더."

"아니에요. 마산에서 아는 언니 만나기로 했어요. 시간이 좀 남아서 문보 씨 얼굴도 볼 겸 한번 들러봤어요."

"그래도 글치, 아닌 밤중에 홍두깨마냥 사람 놀래놓고 훌쩍 가버리면 우짭니꺼?"

인주 대답을 기다리지 않고 주섬주섬 주변을 정리했다. 세수를 하고, 방에서 옷을 갈아입는 동안 인주에게 눈길을 주지 않았다. 혹시 마주치기라도 하면 혼자 가겠다는 말을 꺼낼까 두려웠다. 인주가 간다고 하면 잡을 수 없다. 거리에 어둠이 내리고 있었다.

"뉘고?"

택시를 기다리는데 윤두평이 알 듯 모를 듯 웃음을 띠고 턱짓을 했다. 얼굴이 화끈거렸다. 지나가는 사람들이 인주를 힐끔거렸다. 문보가 봐도 인주의 차림새는 사람들 눈에 확 드러났다. 허벅지가 드러나 보일 정도로 짧은 치마에 검은 가죽 반코트를 걸친 옷차림새가 시골 분위기와는 맞지 않았다. 붉은 입술과 푸른 눈화장도 튀었다. 인주와 함께 있는 것이 뿌듯하면서도 어색했다.

인주는 마산역 앞에서 택시를 세웠다.

"미안해요. 선약이 있어서……."

인주가 문보 손을 잡았다.

"빨리 끝내고 올게요. 잠시만 기다려주실래요."

"내 걱정 하지 말고 일 보고 오이소."

총총걸음으로 걸어가는 인주의 뒷모습을 물끄러미 바라보았다. 등 뒤로 짙은 어둠이 자취로 남았다. 세상이 어둠 속으로 빨려 들어가고 있었다. 빛과 소리가 한꺼번에 사라졌다. 인주는 세상에서 가장 아름다운 신기루였다. 신기루는 처음부터 존재하지 않았기에 흔적을 남기지 않는다. 그것은 무섭고 두려운 허상이다.

문보는 시계탑 주위를 서성인다. 새로 지은 역사가 우람하다. 마산 통합역이 생긴 지 얼마 되지 않은 탓인지 주변은 황량했다. 건물도 띄엄띄엄 보이고 오가는 사람도 많지 않았다. 택시 승강장에는 택시 기사 서너 명이 손님을 기다리면서 담배를 피우고 있었다. 시간은 더디게 흐른다. 인주가 오지 않을지도 모른다. 가슴이 먹먹해진다. 지금과 비슷한, 아니 똑같은 느낌이 5년 전에도 있었다. 중앙극장 앞에서 한없이 인주를 기다리던 그날, 다시는 되풀이하고 싶지 않는 쓰라린 기억이었다. 역 광장으로 매운바람이 사정없이 몰아친다. 옷깃을 세우며 손을 비빈다. 대합실에 들어가고 싶은 마음이 꿀떡 같다. 소변도 마렵지만 그 사이 혹시 올까봐 자리를 뜰 수가 없다.

"많이 기다렸죠? 미안해요."

인주가 어느 틈에 곁에 와 있었다. 바람이 멎고 추위는 온데간데없다. 인주를 따라온 휘황한 빛이 순식간에 어둠을 지웠다. 빛은 문보의 눈을 뜨게 하고 머릿속 모든 나쁜 기억을 없앤다. 그 자리에 오롯이 인주가 들어앉았다. 문보의 세상은 인주의 웃음소리로 새롭게 열린다.

"배고파요. 우리 어디 가서 뭣 좀 먹어요."

인주가 팔짱을 낀다. 문보가 흠칫하자 인주는 손에 힘을 더 준다. 팔짱만 끼었을 뿐인데 온몸이 따뜻해진다. 체온이 전해주는 것은 온기뿐만 아니다. 문보는 인주의 가슴이 열리는 소리를 듣는다. 아카시아 꽃무리를 지나가는 5월의 바람처럼 느리고 부드러운 흐름을 읽는다.

생선회가 나오기도 전에 술잔을 비우는 인주를 보면서 문보는 마음을 진정시켰다. 인주와 이렇게 가까이 있다는 것, 그것도 단 둘만의 공간에 같이 있다는 것, 믿기지 않는 현실이다.

"그래도 옛날 회사 다닐 때가 좋았어요. 그때 문보 씨 나 좋아했죠?"

자신의 마음을 받아주지 않는데 대한 안타까움과 원망이 교차되던 그 시절, 인주 주위를 맴돌며 치근대던 남자들의 얼굴도 하나씩 머릿속을 지나갔다.

"너무 급히 마시는 거 아닙니꺼? 술 취하겠습니더."

"몰래 나 훔쳐보고 있었던 거 다 알아요. 나도 생각이 없었던 건 아니거든요. 근데 말예요, 메도골드 하나 못 사주는 좀생이라는 생각이 들게 만든 뒤부터는 영 아니더라구요……."

문보는 옛날 기억을 더듬었다. 메도골드를 사달라는 것으로 약속을 만들었던 인주였다. 문득 잊고 있었던 궁금증이 고개를 들었다.

"근데 그날 왜 안 나왔습니꺼?"

인주가 고개를 들고 빤히 바라본다. 문보는 단숨에 술을 입속으로 털어넣고 숨을 골랐다.

"회사 댕길 때 인주 씨와 시내에서 만나기로 약속했지예, 중앙극장 앞에서……."

인주가 눈을 동그랗게 떴다.

"난 왜 기억이 없죠? 진짜 기억이 안나요. 그랬다면 지금 사과할게요."

비밀은 비밀이었을 때만 비밀이다. 인주는 그동안 문보에게 달과 같은 존재였다. 달이 가지고 있는 물리적인 속성이 밝혀졌지만 사람들은 정월 대보름달에 소원을 빈다. 달 표면에 사람 발자국이 생기고 그곳에 계수나무 아래 옥방아를 찧는 토끼가 존재하지 않는다는 사실을 아는 것과는 무관하다. 인주가 약속을 기억하지 못했다는 것이 문보에게 별다른 의미를 주지 못하는 것과 같다. 인주의 대답으로 비밀은 신비감으로 한 겹 더 포장되고 있었다.

인주가 갑자기 울음을 터뜨렸다. 손님들이 힐끔거렸다. 휴지로 콧물을 닦으면서 쑥스러운 표정을 짓던 인주가 문보와 눈이 마주치자 배시시 웃는다. 울다가 웃는 인주를 어떻게 대해야 할지 가슴이 조마조마해진다.

"내가 일 그만두겠다고 하니까 언니가 뭐래는지 알아요? 글쎄 삼십만 원을 내라는 거예요. 내가 쓴 화장품, 옷값이래나 어쨌다나? 그게 말이나 돼요? 문보 씨 한 잔 줘요!"

문보는 술잔을 채워주고 슬그머니 고개를 돌렸다.

"지난 가을에 갑자기 엄마가 넘어져서 시멘트 바닥에 머리를 부딪쳤어요. 병원에서는 뇌출혈이라는데 수술비가 장난이 아니에요. 수술은 잘 끝났지만 병원비도 이만저만이 아니고. 고등학교 다니는 동생도 학교 그만두겠다잖아요. 사실 큰동생이 어릴 때 홍역으로 죽고 나서 내가 많이 미안했거든요. 그래서 어떻게든 남은 동생은 반듯하게 키워보고 싶었는데……."

인주가 손가락으로 눈물을 찍어냈다.

"어떻게 해요, 직장은 쉽게 구해지지 않고 당장 돈은 필요하고. 집안일만 아니었으면 작년에 회사 그만둔 뒤 바로 고향 갔을 거예요. 그러나 어쩌겠어요. 식구들이 모두 나만 바라보고 있는데. 그래서 친구 소개로 그 집에 나갔어요."

그 집, 인주가 말하고 있는 그 집 〈만추〉. 문보가 차마 입 밖에 꺼내지 못했던 말이었다. 인주가 보낸 편지에 대한 궁금증이 풀린 것은 두치 빚 잔치가 있은 며칠 뒤 종천으로부터였다. 그날 경찰에게 흠씬 얻어맞고 찾아간 곳이 상남동 그 집이었다. 종천이 술값이 비싸다고 고개를 흔들었지만 문보는 종천에게 미안한 마음에서 억지로 데리고 들어갔다. 종천은 그날 상남동 술집에 늦게 도착한 아가씨가 잠이 든 문보를 보면서 놀라는 표정을 짓더라는 말을 했다.

"성님을 깨울라니까 그 아가씨가 한사코 말리더라 아닙니꺼? 아가씨는 바쁘다면서 성님이 어디서 뭐하고 사는지 몇 마디만 묻고는 바로 나갔지예. 성님을 아는 눈치 같아서 성님을 그냥 사장이라고 내가 뻥을 쳤습니더."

문보가 인주의 순천 집 주소로 답장을 보낸 것은 자전거포 계약을 마친 뒤였다. 인주가 술집에 나간다는 사실 때문에 망설였지만 자신의 부끄러운 일까지 밝혀가면서 편지를 보내준 인주의 용기에 힘을 얻었다. 그러나 직업에 대해서는 직접 말을 꺼낼 수는 없었다.

"그 집에 나가면서 매일 후회했어요. 아무리 생각해도 이건 아니다 싶었어요. 이럴 바에야 고생을 하더라도 고향 가서 일을 찾는 것이 낫겠다 싶었거든요. 그래서 그만두겠다고 하니까 갑자기 옷, 화장품값 어쩌고 하면서 삼십만 원을 내라잖아요. 문보 씨, 세상이 이렇다니까요."

문보는 대답을 할 수 없었다. 인주가 주정을 부리는 것으로는 느껴지지 않았다.

"내가 술집에 다녔다고 욕해도 좋아요. 이런 내가 나도 싫어요. 우리 집이 싫고, 가난이 싫어요. 나도 왜 부자가 되고 싶지 않겠어요? 좋은 남자 만나 사랑도 받고, 시집도 가고, 이쁜 애들도 낳고. 생각할수록 인생이 서러워, 문보 씨 내 맘 알겠어요, 알겠냐구요?"

"삼십만 원이라 했습니꺼?"

얼떨결에 튀어나온 말이었다. 문보는 뱉은 말을 쓸어담을 수 없다는 사실을 담담하게 받아들였다. 인주가 눈총을 주었다.

"내가 괜한 소릴 했어요. 신경쓸 거 없어요. 술김에 신세타령 해본 거예요."

"너무 걱정하지 마이소. 내가 어떻게든 해보겠습니더."

문보는 미리 준비하고 있었던 것처럼 자연스런 자신의 행동에 스스로 놀랐다. 당연히 자신이 책임져야 할 것 같다는 느낌이 드는 이유는 알 수 없었다.

맥줏집으로 자리를 옮겼을 때 인주는 문보 옆자리에 앉았다. 맥주를 마시고 싶다고 말했지만 입에 대지도 않았다. 굳게 다문 입술도 떨어질 줄 몰랐다. 인주는 문보 어깨에 머리를 기댄 채 눈을 감고 있었다. 문보는 인주 등 뒤로 팔을 둘렀다. 인주 어깨에서 힘이 빠지는 것이 느껴졌다. 인주의 머리가 문보 가슴팍으로 기울었다.

"그게 어째된 거고 하면 말입니더……."

문보는 왜 자전거포를 하게 됐는지 말해주고 싶었다.

"인주 씨는 저를 잘 모를 겁니더. 얼마나 생각하고 있었는지 안다면 거짓말이지예. 어릴 때 친구 땜에 무릎을 다치고 다리병신 절름발이가 됐제, 촌에서 못 살아서 도시 기름밥 먹다가 손가락 두 마디가 날아가서 손병신 됐제, 세상 살고 싶지 않았습니더. 딱 죽어버렸으면 좋겠더만 모질지 못해서 그러지도 못하고……. 산다고 해도 사는 게 아니고, 아무 낙도 없습디더. 근데도 제가 와 자전거포를 내려고 했냐면 말입니더……."

지난 일을 생각하자 설움이 북받쳤다. 종천이 처음 술집에서 인주를 만났을 때 문보를 사장이라고 거짓말을 했지만 문보는 그것을 현실로 만들고 싶었다. 물론 그것이 이유의 전부는 아니었지만 적어도 인주를 염두에 둔 것만은 사실이었다. 문보는 맥주로 입술을 축였다.

"내가 말입니더……."

인주의 코 고는 소리가 낮게 들렸다. 잠든 인주를 내려다보았다. 얼굴을 덮고 있는 머리칼을 쓸어올렸다. 눈길이 인주 입술에 머물렀다. 꽃잎을 겹쳐놓은 듯 두껍지도 얇지도 않은 입술 모양이 아름다웠다. 조심스럽게 손을 볼에 갖다댔다. 보드라운 피부 감촉이 짜릿하게 전해졌다. 가슴이 쿵쾅거렸다. 깜짝 놀라 손을 떼려하자 인주가 손으로 문보 손등을 가만히 눌렀다.

인 연

인주를 태운 택시가 차량 물결에 휩싸여 빠르게 사라졌다. 문보는 그 자리에 멍하니 서 있었다. 낯선 사람들이 바람처럼 스쳐지나가고, 수많은 차량들이 헤드라이트 불빛을 뒤섞으며 경적을 뿜어냈다. 하늘은 검고 낮게 내려앉았고 안개인지 매연인지도 모를 회색 띠가 스멀스멀 피어올랐다. 어디선가 퀴퀴한 냄새가 난다.

"중리! 중리 막찹니다!"

시내버스 안내양이 소리친다. 아까부터 정류소에 서 있던 버스였다. 승객은 좌석의 절반도 차지 않았다. 안내양은 한 명이라도 더 태우려고 무작정 기다리고 있다. 운전석에 앉아 담배를 피우고 있는 버스 기사의 표정도 느긋하다. 기사가 언제 담배를 끄고, 핸들을 고쳐 잡고, 브레이크를 풀고, 변속 기어를 넣어 무거운 쇳덩이를 굴러가게 할지 알 수 없었다.

"출발합니다!"

안내양이 다시 소리를 질렀다. 시외버스는 이미 끊어졌다. 시내버스를 타면 종점인 중리에서 내려 읍내까지 이십 리 길을 걸어서 가야 하지만 다른 방법이 없다. 문보가 버스에 오른 뒤 안내양은 기어이 서너 명을 더 태우고서야 버스를 출발시켰다. 버스는 세상 급할 것 없다는 듯 느림보 거북이처럼 굴러 도시를 빠져나갔다. 차창 밖으로 보이는 겨울 들판이 쓸쓸하다.

부자가 되겠다고 어금니를 악물던 어린 시절이 생각났다. 하루 세 끼를 거르지 않고 먹는 것이 소원이었다. 토끼를 키워 돼지로 바꾸고, 다시 송아지를 사서 부자가 되겠다고 했을 때 상구는 비웃었다. 누가 그것을 모르는 사람이 있느냐. 그런데도 아무도 부자가 된 사람은 없지 않느냐. 문보는 상구 말을 믿지 않았다. 사람들이 부자가 되지 못한 것은 열심히 일을 하지 않아서일 테고 자신은 반드시 부자가 될 것이라고 확신했다. 그런데 10년이 지났지만 변한 것은 없었다. 악착스레 일을 했지만 만신창이가 된 몸뿐이었다.

정아 얼굴이 떠올랐다. 부자가 되면 맨 먼저 자랑하고 싶었다. 부자가 된 자신을 정아가 받아들이는 모습을 오랫동안 상상해왔다. 정아를 포기한 것은 결국 부자가 되지 못한 자신의 신세를 알고 난 뒤였다. 부자가 아닌 자신이 정아에게 내세울 것이라고는 아무것도 없었다. 인주는 정아를 마음속에서 떠나보낸 사이를 교묘하게 파고들었다. 단 한번의 만남으로 자신을 송두리째 흔들어놓았다. 그녀는 깊은 눈으로 삽시간에 문보를 빨아들였다. 그 속에 있는 무한한 세계에서 허우적거리도록 만들었다.

버스가 중리로 접어들자 청룡산이 눈에 들어왔다. 달빛을 받은 세 개의 봉우리가 선명하다. 어릴 때 마을 뒷산 마루에서 보던 청룡산은 산 중의 산이었다. 주위의 야트막한 산들은 그것에 비하면 구릉이었다. 만산을 거느리며 우뚝 솟은 청룡산은 세상의 신비였으며 꿈의 상징이었다. 지금은 세상에서 제일 높은 산이 청룡산이라고 우기지 않는다. 무수히 많은 높은 산들이 있다. 문보는 자신이 어른이 되었음을 느낀다. 세상은 꿈이 아니라 현실이고, 하루하루를 지내는 것이 만만치 않다는 것, 자신은 아직도 밑바닥에서 헤어나지 못하고 있고 앞으로의 삶도 특별하게 바뀌지 않으리라는 사실도 모르지 않았다. 그런데 갑자기 인주가 나타났다. 변화 없는 문보의 삶에 회오리바람처럼 나타났다. 30만 원이라는 큰돈과 함께.

'삼십만 원…….'

벼가 사십 가마니다. 큰소리를 쳤지만 돈 마련할 일이 난감했다. 수중에 있는 돈이라고는 자전거를 새로 들여놓기 위해 남겨둔 우체국 예금 5만 원이 전부였다. 아무리 머리를 굴려봐도 며칠 내로 그 돈을 만들어내는 것은 불가능했다.

인주, 그녀를 자신의 여자로 만들 수 있다면. 할 수만 있다면 무엇이든지 하고 싶다. 또 다른 욕구가 뇌를 뚫고 밖으로 나온다. 그것이 탐욕이라도, 자신이 가질 수 없는 욕망이 꼭 인주라고 하더라도 한번쯤은 욕심을 내고 싶다. 인주가 나타난 것은 자신의 욕망을 채우기 위한 어떤 조건이거나 혹은 대가이거나를 묻는 시험대를 보여준 것이다. 인주는 내세울 것 없는 자신을 택할 정도로 미련하지 않다. 몸도 성치 않고 손가락 병신인 자신을 선택했을 때는 이유가 있었다. 이성에 대한 순수한 호기심 때문이 아닌 것은 분명했다. 시골까지 자신을 직접 찾아왔다는 것은 반대급부의 존재를 전제하지 않고서는 설명되지 않았다. 자존심 강한 인주가 술집에 나간다는 것도 그렇고, 관심조차 없던 자신을 찾아 시골까지 온 것도 그렇다.

인주는 문보가 사장이라는 말을 듣고 금전적인 문제를 해결하기 위해 찾아온 게 틀림없다. 문보에게서 솔솔 풍기는 돈 냄새를 맡고 왔다. 인주는 문보에게 분명하게 만남의 조건을 제시한 것이다. 돈을 마련해주지 못하면 바로 돌아설 인주였다. 삼십만 원이 그녀를 받아들일 첫 관문이 되고 있다. 300만 원도 아닌 30만 원만 있으면 마지막 여자일지도 모를 인주를 곁에 둘 수 있었다.

버스에서 내려 방향을 고향 마을로 잡았다. 시오 리가 족히 넘지만 눈에 익숙한 길이라 걸을 만했다. 호계를 지나 평성 삼거리에서 예곡을 오른쪽으로 두고 야촌 들판을 가로질렀다. 광려천 방죽에 올라서서 심호흡을 했다. 들판을 두 동강내버린 구마고속도로가 빨래줄 광목처럼 선연하다. 들판은 은은한 달빛을 마음껏 받아들이고 있지만 이미 옛 것이 아니었다. 동산 고갯마루에서 망망대해처럼 보이던 그 들판은 사라지고 없었다. 곱기만 하던 들판을 흉측하게 잘라먹은 고속도로는 낯선 손님처럼 불편했다. 하루 종일 마을을 진동시키는 차량 소음을 막을 방법이 없고, 들판을 뛰놀던 아이들의 발도 묶였다. 몇 백 미터마다 뚫어놓은 지하 농수로가 아니면 고속도로 건너편 논에는 갈 수가 없어 농로는 점점 멀어지고 지게 멜빵은 더 두꺼워졌다.

길은 전혀 생각지도 않은 곳에서도 열리고 또 닫힌다. 논을 길로 만드는 세상이다. 예측하지 못했기 때문에 당황하게 되고, 느끼고 받아들이는 데 시간이 걸린다. 그 과정에서 나타나는 증상은 아픔의 완곡한 표현인 심리적 거부감이다. 주체가 무시되었다는 소외감이고, 혼자 간직하고 있던 비밀이 바깥으로 완전하게 노출된 데 대한 부끄러움이다. 문제의 중심에서 자신이 밀려나버린 것에 대한 원망이고, 다시는 돌아갈 수 없는 공간에 대한 향수이다. 길이 잘못 난 것이 아니라 결국 그렇게 될 일이었다. 땅뙈기 하나에 목숨을 걸던, 한 평이라도 더 논을 만들기 위해 논두렁 싸움을 하던, 그래서 하루 세 끼라도 굶지 않는 일에 목숨을 걸었던 어른들의 이야기도 이제는 전설이 되었다. 인주가 정아를 대체할 수 없지만 인정해야만 하는 이유이기도 했다.

"무슨 일이고? 이 밤중에?"

집으로 들어서자 가실댁의 눈이 동그래졌다.

"마산 쪼매 갔다가……."

"밥은 묵었나? 밥 남은 기 있을 건데 차릴까?"

가실댁이 부엌으로 나갔다. 문보는 호롱불 심지를 올리고 이불 밑으로 발을 밀어넣었다. 방바닥에 온기가 없다. 벽장에서 요를 내려 깔고 누웠다. 깜박 잠든 문보를 가실댁이 깨웠다.

"밥을 좀 삶았다. 요기나 하고 자라."

밥상에 삶은 밥과 간장, 김치가 놓여 있다. 그새 불을 지피고 밥을 끓여 왔다. 밥을 보자 시장기가 확 밀려왔다. 문보는 단숨에 밥그릇을 비웠다.

"어무이, 돈 가진 거 없나?"

가실댁이 뜬금없이 웬 말이냐는 표정을 지었다.

"십만 원만. 물건 조금 들이려는데 돈이 모자라. 있으면 조금만 보태주면 안 되겠나?"

"지금 뭐라카노, 내가 돈이 어디 있노? 벼룩에서 간 빼묵을 소리 고만 하고 잠이나 자라."

"아니면 어디 돌릴 데 알아보면 안 되나? 이자는 섭섭지 않게 쳐준다 하고……."

"나는 모르겠다. 갑자기 와서 무신 소리고? 돈 얘기하려면 집에 오지 마라. 꼴 보기도 싫다!"

"내가 어무이한테 돈 달라는 게 아니고 아는 데 있으면 다리라도 놓아 달라는거제. 새 자전차도 몇 대 갖다놓고 제대로 장사 좀 해볼라니까 밑천이 딸린다 그 말이제. 돈이 돈을 번다고 몇 만 원만 어찌 해봐라. 이자도 삼 부로 쳐준다 하고."

"내사 모르겠다. 니 장사니 말아묵든 삶아묵든 내가 우짜겠노. 그러니 나한테 돈 달라 카지 마라. 돈 없는 거 니가 더 잘 알 거 아니가?"

"작답 논 한 마지기 안 있나?"

문보는 결국 말을 꺼내고 말았다. 집으로 걸어오면서 내내 고민했던 것이었다.

"지금 뭐라 했노? 논을 판다고? 그게 니 논이가? 논 판다면 작은성이 가만있겠나. 되지도 않는 소리 고만해라. 인자 본게 니가 우리 집안 말아묵을 놈이네."

"내가 언제 돈 떼묵는다 했나? 장사해서 더 벌어보겠다는 거지. 일 년만 장사하면 논 두 마지기 사는 거 아무것도 아니다. 내가 우리 집 망하게 할라고 이러겠나? 그라고……."

문보는 다음 할 말을 꿀꺽 삼켰다. 처음 서 마지기였던 논이 한 마지기로 줄어든 것은 큰형과 누나의 결혼 비용, 그리고 장사하다가 망한 작은

형의 빚 때문이었다. 문보는 마지막 한 마지기는 자신의 몫이 아니냐는 말을 차마 꺼내지 못했다.

늦잠을 잤다. 머리맡에 아침상이 차려져 있었다. 가실댁은 보이지 않았다. 몇 순갈 뜨다가 상을 밀쳤다. 마을을 빠져나오다가 종천에게 들렀다. 종천이라면 숨겨놓은 돈이 있을지 몰랐다. 돈이라면 사족을 못 쓰고, 제 돈으로 옷 한 벌 사 입지 않는 독종이다.

"오 부 이자는 줘야 할 건데요?"

종천은 눈길도 주지 않고 하던 일을 계속한다.

"그거 오소리 잡을 덫인가보네. 철사줄이 너무 가늘다."

"안 그라요. 노루 큰 놈도 모가지에 한번 걸리기만 하면 꼼짝 몬하요."

"오 부는 너무 쎄다. 요즘 오 부짜리 돈이 어디 있노?"

3부 이자 정도를 예상했는데 5부 소리를 듣자 욕지기가 솟아올랐다. 주둥이를 발로 걷어차고 싶었다.

"모르는 소리 마소. 요즘 돈에 씨가 말라서 오 부도 서로 쓰려고 난립니더."

"알겠다 고마. 그런 게 알아봐. 이자야 나중에 의논하면 될 거고."

"내가 아는 사람이 있어야지예. 성님이 그렇다니까 다음 장날까지 알아보기는 하겠지만 너무 기다리지는 마소."

종천의 말소리가 차갑다. 한마디 더 하려다가 뒤로 물러섰다. 급한 것은 돈이지 이자가 아니었다. 말다툼으로 종천의 심기를 건드리는 것보다 살살 꼬드기는 것이 낫다.

며칠 동안 문보는 몸살로 끙끙 앓았다. 독감까지 들어 어제는 가게 문까지 닫았다. 아침에 눈을 떴으나 몸을 일으키기가 힘들었다. 몇 끼를 건너뛴 것 같은데도 식욕도 나지 않았다. 인주에게서는 아무 연락이 없었다. 마산역에서 만났던 그 다음날 전화가 한번 왔을 뿐이다. 인주의 상황을 알고 있는 문보도 그랬지만 인주도 말의 실마리를 꺼내지 못하고 안부 몇 마디만 주고받았다. 문제를 해결하지 못하는 한 만남은 이어질 수 없으리라는 느낌은 인주의 사무적인 말투로 전해졌다. 문보는 안타까움을 숨긴 채 태연한 척 전화를 끊었다.

자전거포 셔터를 밀어올린다. 왈칵 밀려든 햇살이 눈을 찔렀다. 뱃속에서 꼬르륵 소리가 났다. 연탄불에 라면을 끓일 냄비를 얹어놓고 담배를 꺼냈다. 감기 기운으로 머리가 어질어질하다. 자전거포를 둘러보았다. 며칠 동안 청소를 하지 않은 탓에 지저분했다. 타이어 조각이 여기저기 굴러다니고 연장도 제멋대로 떨어져 있었다. 고무대야에 담긴 물은 누렇게 떠서 썩은 냄새가 난다. 대야의 물을 밖으로 내다쏟았다. 먼지떨이로 벽에 걸린 자전거 용품의 먼지를 털고 있는데 전화벨이 울렸다.

"진작 전화를 하려고 했는데 이것저것 밀린 일 좀 처리하느라 늦었어요."

인주 목소리가 가슴을 찌르르 울렸다. 기쁨이 솟고 열기가 전신으로 퍼졌다.

"낼 고향으로 떠나요."

말투가 마른 장작 타듯 탁탁 튄다.

"가는 건가……. 가면 안 옵니꺼?"

"한두 번은 다녀갈지도 몰라요. 오가기가 쉽지 않은 길이라서."

"모레 가면 안 되겠습니꺼? 낼쯤 내 얼굴이나 한번 보고 가면 좋을 텐데……."

마음은 급한데 수화기 저쪽에서는 말이 없었다.

"내가 할 말도 있고예, 바쁘더라도 저녁에 시간을 조금만 내보이소."

"저한테 할 말이 뭔데요?"

"전화로 할 말은 아니고……. 만나서 이야기하겠습니더."

문보가 해야 할 말, 인주가 문보로부터 듣고 싶은 말은 오직 하나뿐이었다. 실망시키지 않으려면 선물을 준비해야 한다. 장담을 했으니 책임져야 했다. 당장 필요한 것은 믿음을 주는 일이었다. 자신이 실없는 사람이 아니라는 것을 보여줘야 했다. 전화를 끊으면서 밝은 웃음소리를 보내던 인주였다. 그 웃음소리를 지켜주어야 했다.

인주가 처음 돈 이야기를 꺼냈을 때 주저 없이 큰소리를 친 것은 단순한 술기운 때문만은 아니었다. 어떻게든 마련할 수 있을 것이라고 막연하게 생각했다. 부딪치다 보면 자연스레 해결 방법이 나올 것이라고 믿었다. 인주가 필요한 것은 30만 원, 수중에 있는 우체국 예금 5만 원, 고리 부담을 안는다면 종천으로부터 5만 원, 나머지 20만 원이 문제였다.

이층 계단으로 올라오던 인주가 문보를 확인하고 눈을 흘겼다. 문보는 졸였던 가슴을 쓸어내린다. 그녀가 목도리를 풀어 원목 탁자 위에 놓았다.

"연말은 연말이네요. 어머, 저 사람들 좀 봐요. 마산 사람들은 여기 다 모인 것 같아요."

"오늘은 통금도 없는 날이지예."

"벌써 올해도 마지막 날이네. 이제 나이도 한 살 더 먹고……."

"한 살 더 묵었으면 인자 스물네 살? 마이 묵었네예. 노처녀 다 됐네예?"

"말 다했어요? 난 스물둘이란 말예요. 생일이 십이 월이거든요. 그러니 이제 스물셋 되는 거죠. 아직 꽃다운 나이지 뭐!"

"가배가 무신 뜻입니꺼? 나는 다방 이름을 가배라 해서 무슨 술집인 줄 알았습니더."

"전에 친구랑 왔었는데 이름도 좋고, 분위기가 괜찮아서 이곳으로 정했어요. 왜 싫어요?"

실내 장식이 여느 다방과 달리 오밀조밀했다. 벽은 적당한 간격으로 창호를 만들었고 새어나오는 조명이 은은했다. 천장은 마룻대를 가운데로 질러 벽의 창호와 자연스럽게 연결시켜 한옥 분위기를 연출했다. 바닥의 높낮이를 다른 것이 아늑한 느낌은 주었다. 문보는 주머니에서 봉투를 꺼내 인주에게 슬며시 밀었다.

"여기……."

아침에 문보는 종천을 다시 찾았다. 종천이 미적거리자 문보는 참지 못하고 화를 냈다. 종천이 노리는 것은 이자 때문이라는 것을 빤히 알기 때문이다. 속이 쓰라렸지만 5부 이자를 주기로 하고 5만 원을 빌렸다. 우체국 통장을 헐어 10만 원을 만들었다.

인주는 잠시 머뭇거리는 듯한 모습을 보였다. 인주가 감동할 것이라는 기대를 가졌던 문보는 의외의 반응에 조금 당황스러웠다. 좋아하는 건지 아니면 당연하다는 건지 표정으로는 속마음을 읽어내기 어려웠다. 문보는 30만 원을 맞추지 못한 사실이 부끄러워졌다.

"시, 시간이 너무 없어서 전부는 못 만들었습니더. 나머지는 며칠만 더 참아주이소."

"아녜요. 미안하고 고마워서. 어떻게든 갚을 테니까 걱정하지 마요."

인주가 문보 손을 잡았다. 문보는 그제야 불안함이 가시고 웃을 수 있었다. 인주가 원한 것은 문보의 그 뒷말이었다. 인주가 갚겠다고 했지만 다시 받을 수 없다는 것을 안다.

거리는 인파로 넘쳐흘렀다. 문보는 지나가는 사람들의 흘끔거리는 시선을 느낀다. 인주와 마산 중심지 창동 거리에서 데이트 한다는 사실이 꿈만 같았다. 솜사탕을 혀로 핥는 인주는 그림에서나 보던 선녀 같았다. 보고만 있어도 열이 솟고, 가슴은 뛰고 입가에서 미소가 피어났다. 극장 좌석표는 아예 없었고 입석표도 마지막 회 상영뿐이었다. 젊은 사내가 주위를 살피며 다가왔다.

"닥터 지바고! 천 원! 지금 바로 들어갈 수 있습니더."

"표 값이 사백오십 원인데 너무 비싸네!"

"그라면 백 원 깎아서 구백 원만 내소!"

인주가 문보 팔을 끌었다. 암표상이 두어 걸음 따라오다가 발길을 돌렸다. 문보는 김희갑이나 서영춘이 나오는 코미디 영화나 홍콩 무협영화가 좋았다. 알아듣지도 못할 말을 지껄이는 외국영화는 흥미가 없었다. 더구나 자막 글씨가 빠르게 바뀌는 바람에 따라서 읽기도 힘들었다. 영화가 끝나고서도 뭐가 뭔지도 모르고 극장을 나오는 때도 많았다.

부둣가 횟집을 나온 인주는 방파제를 향해 걸음을 옮겼다. 겨울 바닷바람이 차갑다. 등대 앞에서 바다를 바라보고 있는 인주의 머리칼이 바람에 날렸다.

"순천 안 가면 안 됩니꺼?"

그녀는 대답대신 미소를 지었다.

"사실은 말예요, 순천은 제 고향이 아니에요."

인주가 문보를 똑바로 쳐다보았다.

"광주에서 조금 떨어진 광산이라는 시골이에요. 국민학교 육학년 때까지 그곳에서 살았어요. 어릴 때 동생과 외가에도 놀러가곤 했죠. 송정이라는 마을인데 우리가 살고 있는 산동네와 멀지 않았어요. 문보 씨 고향과 마산 정도 거리에요. 마당에 감나무가 있었는데 외할아버지께 그네를 매달라고 조르던 기억이 나요. 남동생과 그네를 서로 타려고 싸우기도 했죠. 지는 쪽은 늘 나였지만. 그때가 제일 행복했던 시절이었던 것 같아요……."

인주의 어깨가 가늘게 떨렸다.

"머슴살이하던 아버지가 고향을 떠나 순천으로 오게 된 것은 뱃일 때문이었어요. 우리 집안에 웃음소리가 났던 때가 그 시절이었어요. 살림살이도 조금씩 나아지고……. 내가 중학교에 진학할 수 있을 정도였으니까 제법 여유가 있었던 것 같아요. 중학교 삼학년 때 아버지가 바다에서 사고로 돌아가시자 몸이 안 좋으신 엄마는 자리에 눕고……. 돈 벌 수 있는 사람은 나뿐인 거 있죠. 중학교 졸업하던 해 난 아무 생각도 않고 마산으로 왔어요."

인주가 갑자기 집안 이야기를 꺼내는 이유가 궁금했다.

"고향에는 지금 외삼촌이 살고 있어요."

인주는 담담하게 말을 이어갔다.

"국민학교 일학년 때 한 살 아래 남동생과 함께 홍역에 걸렸어요. 부모님은 나는 거들떠보지도 않았죠. 오직 동생이 어떻게 될까봐 그것만 걱정했죠. 그치만 살아남은 것은 나였어요. 부모님은 한참 동안 나를 보려고도 하지 않았죠. 동생 잡아먹은 년이라고……."

인주 얼굴에 그늘이 진다.

"언젠가는 외갓집에 가보고 싶어요. 아직도 감나무가 있는지, 그때 동생과 타고 놀던 그네도 있는지 궁금해요."

인주가 몸을 부르르 떤다. 문보는 잠바를 벗어 그녀 어깨에 둘렀다. 인주가 문보를 올려다보며 무슨 말을 할 듯하다 문보 가슴에 얼굴을 파묻었다. 가슴으로 부딪치는 바람 줄기가 맵다. 문보는 바람 냄새를 맡는다. 몰려드는 바람 줄기에 비릿한 피마자 냄새가 묻어났다.

"이십에 삼 부로 계산했으니 맞을 기다. 단단히 읽어보고 찍어라. 난중에 딴말 말고."

주인이 계약서를 내밀었다. 가게 보증금을 손대기로 결심한 것은 쉽지 않았지만 그것만이 유일한 방법이었다. 처음 가게를 얻을 때 주인은 월세만 고집했다. 자전거포의 장래에 대한 확실한 믿음을 갖지 못했던 문보는 사업에 대한 두려움과 잘못되었을 경우 다시 시작할 수 있는 밑천은 남겨두고 싶었다. 통사정 끝에 어렵사리 보증금 20만 원으로 가게를 얻었다.

문보는 엄지손가락에 벌건 인주를 듬뿍 묻혀 힘줘 누르고는 돈 봉투를 받아 얼른 품에 넣었다. 인주가 기뻐할 생각에 가슴이 벅차오르면서 봉투가 든 안주머니를 생각 없이 툭툭 쳤다.

"돈이 맞나 안 맞나 세어보고 넣어야제."

"맞겠지예."

"그래도 그게 아니제. 여기서 얼른 세어봐라."

주인은 문보의 행동에 의심을 풀지 못한 미덥지 못한 시선으로 안경을 넘어 문보를 내다봤다. 마지못한 듯 문보는 안주머니에서 돈뭉치를 꺼내

둘둘 만 신문지를 풀어내고 돈을 세었다. 주인의 시선이 문보 손길에서 떠나지 않았다. 문보는 여전히 들뜬 마음으로 고샅을 빠져나왔다. 그동안 하루가 멀다 하고 주인을 찾아 머리를 계속 조아렸다. 낮이든 밤이든 시간만 나면 자전거포 보증금을 월세로 바꿔달라고 사정했다. 돈을 손에 넣고 보니 고생한 일들은 한꺼번에 달아났다. 인주가 돈을 받고 활짝 웃으며 품에 안기는 상상만 했다. 이제 더 이상 마산을 떠나겠다는 말은 하지 않을 것이다. 인주가 돈을 갚고 안 갚고는 다음 문제였다. 적어도 돈을 갚을 때까지는 자신을 홀대하지 않을 것이다. 이제 떳떳하게 나설 수 있었다. 인주에게 당당하게 너는 내 여자라고 소리칠 수 있었다.

자전거포로 돌아오자 휴가 나온 용두가 어깨를 툭 쳤다.

"종천이한테 듣긴 했는데 진짜네. 문보 니가 옛날부터 그리 돈 돈 해쌓더니만 결국 사장님이 됐네! 짜슥, 성공했네!"

문보는 얼른 방으로 들어가 돈뭉치를 가방 속에 집어넣었다. 갑작스런 용두의 휴가가 부담스러웠다. 술자리를 같이 해야겠지만 마산에서 인주와 약속을 해둔 상태였다.

"가게를 왜 그렇게 자주 비워요?"

전화 속 인주 목소리에서 짜증이 묻어났다. 문보는 용두 눈치를 보며 목소리를 낮추었다.

"미안합니더. 친구가 휴가 나와 갖고……."

"미안하다는 소리를 듣자는 게 아니잖아요. 나야 아무래도 상관없어요, 그치만 문보 씨 없는 사이 손님이 오면 어쩌려고 그래요. 그 손님이 다른 점포로 가면 단골 뺏기는 거잖아요. 장사하는 사람이 손님 무서운 줄 알아야죠."

인주가 요모조모 따지며 문보를 다그쳤다. 자신을 추궁하는데도 화가 나는 것이 아니라 웃음만 실실 나왔다. 토라진 말투조차 귀여웠다. 어느새 인주는 자신의 삶 속에 들어와 있었다. 인주의 무게는 예상을 뛰어넘는다. 정수리로부터 전해지는 저릿한 충격은 감전된 것처럼 전신을 휘감는다.

마산 오동동 초가집에서 용두와 마주 앉았다. 군대 있을 때 가장 생각나는 것이 아귀찜이라며 용두가 이곳 구석진 골목의 허름한 할매초가집으로 앞장을 섰다. 문보가 약속이 있다는 말을 꺼냈을 때 용두가 친구를 만나야겠다며 따라오지만 않았다면 인주와 근사한 곳으로 갈 생각이었다. 문보가 눈치를 살피며 인주를 소개했다.

"혹시, 아까 낮에 문보한테 전화했던 그 아가씨? 문보가 자랑하더만 진짜 미인이네예."

용두의 군대 이야기가 장황하게 이어졌다. 문보는 용두 이야기도 지겹지만 군인이 되지 못한 자신의 처지가 인주 앞에서 창피했다.

"됐다, 인자 그만해라. 인주 씨가 뭘 알겠나?"

용두가 문보에게 눈길을 한번 줬다가 다시 말을 계속하려 하자 인주가 얼른 나섰다.

"용두 씨는 휴가 나왔는데 집에 안 가보셔도 돼요?"

"아까 장에서 엄마를 봤습니더. 참, 그러고 본 게 생각나네. 문보야, 정아 시집 간다면서?"

문보는 얼른 알아듣지 못했다.

"설 쇠고 날을 잡을 모양이던데……."

"정아가 누구예요?"

“인주 씨는 모를 겁니더. 우리 동네 여자 동창인데예, 바로 옆집에 살았거든예. 문보가 짝사랑했다 아닙니꺼? 흐흐흐…….”

“이 자식이 뭐라 그러노. 내가 언제? 니가 정아 좋아했다는 거 모르는 사람 없다 아니가?”

정아는 모두의 연인이었지만 누구의 연인도 아니었다. 상구조차 정아는 함부로 대하지 못했다. 용두가 정아와 사귄다는 소문도 잠시 돌았다. 정아를 둘러싸고 동네 형들에 대한 이야기도 심심찮게 흘러나왔다. 그런 상황에서 문보의 짝사랑은 명함을 꺼낼 수준도 아니었다.

“정아라는 그 분이 이뻤나 보네요.”

“아닙니더. 인주 씨에 비하면 턱도 없지예.”

기억을 더듬던 문보는 마음이 착잡해졌다. 그날 정아에게 딱 한번만이라고 부탁했지만 매정하게 거절당했다. 다른 남자와 입맞춤을 하는 것을 보면서 화도 내지 못하고 도망치듯 간 곳이 상남동 술집이었다. 그런데 그 술집이 인연이 되어 인주를 다시 만났다.

“무슨 생각을 그렇게 해요?”

인주의 눈매가 날카롭다. 문보는 눈을 크게 뜨며 고개를 좌우로 흔들었다.

“문보 저 자식, 이쁜 애인 앞에 두고 첫사랑 못 잊고 있는 모양입니더.”

“용두 니는 무슨 말을 그렇게 하노? 내가 언제 정아 생각했다고?”

얼떨결에 말을 뱉었지만 말꼬리가 허공에서 맴돈다.

“저는 바쁜 일이 있어서 먼저 일어날게요.”

문보가 불렀으나 인주는 뒤돌아보지도 않고 나가버렸다. 용두는 고개를 숙이고 술잔만 들이켰다. 두 사람 사이로 무거운 침묵이 흘렀다.

"문보야, 인주 씨 화가 많이 났는가보다. 내가 술이 취해서 쓸데없이 입을 놀리는 바람에……. 나 그만 갈란다. 넌 퍼뜩 인주 씨 따라가봐라."

문보는 용두가 택시를 타는 것을 보고 인주를 찾아나섰다. 월남교까지 갔으나 인주는 보이지 않았다. 문보는 가야 할 방향을 잃었다. 난간에 등을 기대고 길바닥에 퍼질러 앉았다. 바람이 차갑다. 두 팔로 가슴을 감싸안으며 몸을 움츠렸다.

"길에서 잠들면 어떡해요? 감기 들면 어쩌려구?"

언제 왔는지 인주가 문보를 쏘아보았다.

"문보 씨는 눈치도 없어? 술집 앞에 있으면 내가 찾아갈 텐데. 자기 친구라는 그 사람 먼저 보내려고 내가 일부러 화난 척하고 나왔어요. 친구분도 그래요. 적당히 하고 자리를 비켜줘야지, 남자들은 다 그런 거예요?"

문보를 나무라는 말투는 아니었다.

"추워. 몸부터 좀 녹여요."

인주가 문보 팔짱을 꼈다. 다방에 들어오자마자 문보는 가방부터 건넸다.

"열어보소. 안에 신문지에 싼 거……."

"뭔데요……."

문보를 올려다보는 인주 눈망울에 물기가 서렸다.

줄다리기

풍로 위에 올려놓은 냄비에서 물 끓는 소리가 들린다. 삼양라면을 반으로 분질러 끓는 물에 넣었다.

"아무래도 여기 오래 있지 못할 것 같아요. 친구는 괜찮다고 하지만 눈치가 보여 안 되겠어요. 순천 좀 다녀올까 해요."

엊저녁 인주 전화가 마음에 계속 걸렸다. 산호동 친구 자취방으로 짐을 옮겼다는 연락이 온 뒤 이틀 만이었다. 메마른 목소리에서 피곤함이 물씬 배어났다. 다짐 말을 해주지 못하는 것이 안타까웠다. 당초 마산 생활을 정리하고 순천으로 가려던 인주를 붙잡은 것은 문보였다. 인주는 방을 구할 동안 친구에게 잠시 동안 신세를 지기로 한 것이었다. 며칠 전 인주는 조심스레 전세방을 들먹이면서 문보가 그것을 해결해주기를 바라고 있었다. 말끝으로 "혹시 나중에 우리 같이 사용할 수도 있고……"라고 했지만 문보에게 그 말은 귀에 들어오지도 않았다.

자전거포 주인으로부터 받은 보증금 20만 원을 마지막으로 인주의 금전 문제가 완전히 해결된 것으로 믿었다. 물론 월세보다 전세가 좋긴 하겠지만 더 이상 목돈이 나올 구멍은 없었다. 그렇다고 인주가 먼저 전세방 이야기를 들먹인 이상 문보가 다시 월세 이야기를 꺼내기도 뭣했다. 문보가 마지막 기대를 걸고 있는 것은 논이지만 가실댁에게서 논 문서를 꺼내게 하는 것은 불가능했다. 작은형을 설득하면 가능할지도 모르겠지만 서른이 넘도록 장가도 못 가고 있는 형이었다. 시집 간 남순 누나를 떠올렸다가도 고개를 흔들었다.

아무리 머리를 쥐어짜도 묘안이 떠오르지 않았다. 겨울이 접어들면서 매상도 시원찮았다. 가게로 몰아치는 매서운 바람에 섞인 먼지를 피하며 손님 오기를 기다리는 것도 할 일이 못되었다. 거리는 한산하다 못해 음산한 기운마저 풍겼다. 추위 때문에 사람들이 몸을 움츠리고 집에만 틀어박힌 것인지 손님도 뜸했다. 간헐적으로 브레이크 고장 손님, 부러진 바퀴살 손님이 얼굴을 삐쭉 내밀 뿐이었다. 장날 하루만 반짝하고는 거의 일손을 놓다시피 하고 있다. 설날이 지나고 날씨가 풀려 사람들이 바깥바람을 쐬러 나올 때까지 참고 기다리는 수밖에 없지만 마음은 급했다.

라면 냄비에서 끓는 물이 뚜껑 사이로 새어나온다. 풍로의 불을 죽이고 냄비 뚜껑을 열었다. 뜨거운 김이 얼굴로 확 올라왔다. 행주로 냄비 양쪽을 걸쳐 들고 상에 올린다. 뚜껑을 접시로 삼아 젓가락으로 라면 가닥을 뜬다. 소주를 마시고 라면을 안주로 후루룩 빨아들인다.

"김 사장, 뭐하노?"

인주 전화로 알고 급히 받았는데 윤두평이었다.

"일 대강 끝났으몬 한 잔 하러 온나? 차 사장 집에 오 사장님도 와 있다."

문보는 미간을 찌푸렸다. 오달영의 거들먹거리는 꼴이 벌써 눈에 선하다. 자전거포를 처음 열었을 때는 이웃하느라 문보가 나서서 찾았지만 오달영 그 화상이 보기 싫어 거리를 두었다. 문보가 기름장갑을 벗고 갈 차비를 하는데 자전거 브레이크 소리가 들렸다.

"면에서 일 보고 가는 길인데 가다본게 뒤 타이어 바람이 많이 빠졌네."

이장이 펌프를 찾았다. 문보가 자전거를 건네받았다. 펌프질을 끝내고 자전거를 이리저리 살펴보았다. 핸들이 약간 틀어져 있고 브레이크 손잡이도 느슨했다. 문보는 자전거를 가게 안으로 들여놓고 목장갑을 찾아 끼었다. 핸들 바를 풀어 조향장치를 점검했다.

"브레이크 고무도 갈아야겠네예."

문보는 브레이크 레버를 조이면서 이장을 돌아보았다.

"많이 닳았나?"

이장의 말꼬리가 짧아진다. 아까부터 눈치가 편치 않음을 느끼고 있었다. 자전거를 요모조모 살펴보는 문보의 행동을 수리비와 연결시키려는 것으로 짐작하는 모양이었다. 게다가 브레이크 패드까지 갈아 끼우자 불편한 기색이 역력했다. 이장이 주머니를 뒤적거렸다.

"돈은 무슨 돈입니꺼? 기냥 두이소, 나사 두어 번 조인 거뿐입니더."

이장 입이 귓가에 걸렸다. 수리비를 받을 수야 있겠지만 처음부터 그럴 생각은 없었다.

"참, 요새 전답 거래는 좀 됩니꺼?"

문보는 생각나는 대로 말을 던졌다.

“겨울철 아니가? 논이고 밭이고 내놓는 사람도 없는가보네. 와? 누가 전답을 내놨다더나?”

담배를 꺼내 무는 이장에게 얼른 불을 붙여주었다.

“논이야 나오기만 하몬 살 사람이 있을 거구만. 엊저녁에 반성아지매 집에서 난리가 났다 아니가?”

상구네 논이 고속도로로 들어가자 집안형제끼리 보상금을 두고 싸움질이라며 혀를 찼다.

“반성아지매도 이참에 손 털고 말몬 될 건데예. 농사 짓는다고 평생 고생만 했을 건데.”

“그래도 그건 아니지. 내 논이 있는 거하고 없는 거 하고는 천양지차이지. 그런다고 아지매가 무슨 죄가 있노? 돈이 문제지.”

이장이 담배를 발로 비벼 끄고 자전거포를 나섰다. 문보는 뒤뚱거리는 자전거 바퀴를 물끄러미 바라보았다.

창틀에 먼지가 덕지덕지 붙은 미닫이문을 열고 대성반점으로 들어서자 차철수가 손짓을 했다. 주방 옆 작은 방에 술상을 차리고 둘러앉았다. 윤두평이 자리를 만들며 잔을 권했다. 늘 문보를 마뜩찮아 하던 오달영마저 화색을 띠고 있는 모양이 낯설었다.

“오늘 무슨 좋은 일이 있습니꺼?”

“좋은 일은 무슨? 세상이 어지러운 게 언제 죽을지도 모른다 아니가. 나이 한 살 더 묵기 전에 이런 일도 있어야제. 문보는 아직 총각인 게 우리보다야 더 살 것지만서도.”

“아따 두평이 자네도 모르는 소리 말게. 북한 넘이 땅굴을 파고 쳐들어오는 세상 아니가? 전쟁이 나면 늙은 놈, 젊은 놈이 어디 있노? 한꺼번에 싹쓸이하는 거제?

"술맛 떨어지는 소리 고만하고, 우리 한 판 돌리는 게 어떻노?"

오달영의 말이 끝나기도 전에 차철수가 구석에서 화투를 꺼냈다. 자연스럽게 판이 만들어지는 것을 보고 문보는 슬그머니 물러났다.

"젊은 사람이 와 궁둥이를 살살 빼노. 놀기 삼아 하는 거니 그럴 필요 없다. 퍼뜩 이리 들잡아 앉아라. 술도 한 잔 받고!"

10원으로 시작한 섰다판은 빠르게 판돈이 올라갔다. 문보는 호주머니에 잡히는 천 원짜리 한 장을 만지작거리며 오랜만의 어울리는 자리라 이 정도는 잃어도 상관하지 않겠노라 마음먹는다. 판은 점점 커진다. 판돈이 100원으로 오르면서 문보 눈에 핏발이 돋기 시작했다. 100원이면 짜장면이 한 그릇이다. 판세는 적당히 어울리고 있고 음식값, 술값, 담배값과 불전 개평으로 돈이 몰렸다. 새벽 세 시가 지났다. 문보는 취한 눈을 비비며 버티고 있었다. 차철수가 마지막 패를 돌렸다. 문보는 판돈을 노려보았다. 3만5천 원, 문보는 인주 전세값을 떠올렸다. 눈이 충혈되고 패를 잡은 손이 부르르 떨렸다.

자전거를 쓰다듬는 손등으로 눈물이 툭툭 떨어졌다. 아버지 노름빚을 갚기 위해 큰형님이 보리가마니를 나르던 옛 기억이 떠올랐다. 그때 형님은 입을 굳게 다물고 눈물만 흘렸다. 작은누나는 그 돈이면 문보를 중학교에 보낼 수 있다고 절규했다. 초등학교를 졸업 후 중학교에 가고 싶었던 남순은 입학시험 원서에 붙일 사진값만 달라고 애원했다. 학교에 들어가면 학비는 어떻게든 자신이 알아서 하겠다고 울며 매달렸다.

"모질기도 하제. 자식이 고렇게 애원하는데도 아부지는 눈썹도 까딱

안 하더라.”

남순은 남의 일인 양 말했다. 문보가 아버지를 미워한 것은 누나 말을 듣고 나서였다. 노름이 얼마나 무서운 것인지 그때 알았다.

아침 동 트기 전, 문보는 두 대밖에 남지 않은 자전거 중에 한 대를 오달영에게 건네주고 간밤의 노름빚 차용증을 찢었다. 두 대라는 오달영의 말에 한 대밖에 못 주겠다고 을렀다.

“감옥에 처놓고 싶으면 맘대로 하소. 내 손구락 잘라가면서 모은 재산인 게 해볼 자신 있으면 해보소!”

물러설 것 같지 않던 오달영이 문보가 병신 손가락을 내지르며 소리를 높이자 슬그머니 돌아섰다. 문보는 철제 셔터를 올렸다. 홍수처럼 햇빛이 쏟아져 들어왔다. 거리에는 사람들로 가득하다. 아직 새벽인 줄 알았던 문보는 정신이 어질해졌다. 하늘에는 구름 한 점 없었다. 겨울답지 않게 포근한 날씨가 기분 나빴다. 어둠과 함께 사라진 찬바람이 그리웠다. 장터로 몰려가는 사람들의 환한 얼굴이 비위에 거슬렸다. 노인이 자전거를 끌고 들어왔다. 뒷바퀴 펑크다. 몇 푼 되지 않는 수리비, 대체 몇 백 대를 때워야 자전거 한 대 값이나 하려나.

“조금만 기다리이소.”

타이어를 바퀴에서 분리하고 튜브를 꺼내는 손길이 깨지락거린다. 고무대야 물속에 튜브를 집어넣는 손이 시렸다.

“다른 데 빵꾸난 덴 없는지도 잘 좀 보게.”

문보가 펑크 난 곳을 볼펜으로 표시하자 노인이 고개를 빼며 한마디 한다.

“없습니더.”

"그래도 한번 더 보라캐도."

"어르신도 참, 없다고 안 합니꺼?"

사포로 문지르고 본드를 대충 바른 뒤 폐 튜브를 꺼내 가위로 잘라냈다.

"거기도 쓸어야 안 되나?"

고무조각을 구멍에 붙이려는데 노인이 또 참견이다. 문보는 흘끔 눈길을 주고는 노인의 말을 무시했다.

"내 말은 단단히 하면 안 좋나 그 말이제. 다른 데서 하는 거하고 틀린 게 하는 소리제."

"그라면 거기로 가지 와 우리 집에 왔습니꺼?"

웬만하면 넘어가려고 했는데 결국 목소리를 높이고 말았다. 일을 건성으로 마무리하고 자전거를 내밀었다. 노인이 오만상을 찌푸리면서 괴춤을 뒤적였다.

"놔두소. 돈 안 받을 테니 담부터는 오지도 마소. 아침부터 재수가 와 이리 없노!"

"니 지금 뭐라 캤노? 재수가 옴 붙었다고 했나?"

"가는귀가 먹었습니꺼? 제가 언제 재수 옴 붙었다 했습니꺼?"

"이 자식이! 머리 피도 안 마른 게 어른한테 못하는 말이 없네!"

"자식? 제가 할배 자식입니꺼? 어른이몬 말 함부로 해도 됩니꺼? 고만 가이소. 말싸움할 생각도 없은 게 퍼뜩 가서 일이나 보이소! 아침부터……."

"문보야!"

말을 자르는 소리에 문보가 고개를 돌렸다. 가실댁이 함지박을 머리에 이고 손에는 보따리를 들고 들어왔다. 갑작스런 가실댁의 출현이 당황스럽다.

“무슨 일이고? 와 그라는데?”

가실댁과 눈이 마주친 노인이 떨떠름한 표정을 지었다. 노인이 뭐라고 중얼거리면서 자전거를 돌렸다.

“얼른 이거나 좀 받아라. 김치 쪼매 갖고 왔다.”

“무거운 거 뭐하려고 이고 오노? 내가 집에 가서 자전거에 싣고 오면 되는데.”

“됐다. 장 한 바퀴 둘러보고 갈치 한 마리 사가지고 오께.”

“갈치는 뭐 할라고? 어디 돈이나 좀 빌릴 데 없노?”

“돈 버는 사람이 맨날 무슨 돈타령을 하노? 니는 어째 나만 보면 돈 돈 그라노? 니가 지금 하는 일도 고맙다 해라. 자꾸 욕심 부리다가 간이 배 밖에 나오면 하루아침에 쫄딱 망하는기라.”

“잔소리 좀 그만해라. 안 그래도 열받아 죽겠는데 자식한테 무슨 악담을 하노. 낼모레가 자전거 외상 값을 날이라서 융통이나 할까 그러는 거지. 십만 원만 있으면 다 해결되는데.”

“십만 원이 뉘기 애 이름도 아니고. 너무 돈 욕심 내지 말고 주머니돈이나 제대로 간수해라. 그런 심보 가지고 장사 잘하겠다!”

“그러지 말고 논 어찌 안 되겠나? 이장 어른 말이 동네 논 살 사람도 많다던데 이번 한번만 해주고. 장사만 잘 되면 엄마도 고생 그만하고 읍내서 나하고 살면 안 되나!”

치마를 감아올리며 나가는 가실댁 뒷머리를 향해 볼멘소리를 냈다. 가실댁은 들은 척도 않고 모퉁이로 모습을 감추었다.

설밑 대목장 읍내는 사람들로 넘쳤다. 이따금 마을사람들이 자전거포를 지나면서 문보에게 눈인사를 건넸고, 종천이는 담배 한 대를 피우고 칡을 팔러 간다며 얼른 등을 보였고, 이장은 문보 가게에 자전거를 맡기고 누런 서류봉투를 흔들면서 바쁜 걸음을 재촉했다. 점심때쯤 자전거포에 들른 가실댁은 밥만 안쳐놓고 설날 제수 음식을 덜 장만했다면서 총총걸음을 쳤다. 거리는 유난히 차량들로 붐볐고, 시도 때도 없이 경적소리를 울려대는 바람에 문보를 깜짝 깜짝 놀라게 했다.

상구가 종천을 앞세우고 자전거포에 나타난 때는 해질녘이었다.

"말년 휴가 나왔다. 낼모레가 설이라서 내가 소대장한테 땡깡 좀 부렸다. 제대 말년 육군 병장한테 밥풀 하나야 껌 아니가?"

군대 가서 사람 된다는 말은 거짓이었다. 제 자신을 돋보이기 위해 허풍이나 과장에 길들여진 말버릇은 죽어도 변할 게 못되는지 상구는 거드름을 피웠다.

"술 한 잔 사라. 니가 삼 년 동안 돈 잘 벌고 잠 편안히 잔기 다 내가 철책선에서 빨갱이 지킨 덕분 아니가. 그랑게 니는 술을 말로 사도 모자란다."

용두를 보낸 지 며칠 되지도 않았는데 이번에는 또 상구다. 종천은 꽁무니를 슬금슬금 빼려는 눈치였다.

"종천아, 상구하고 먼저 먹고 있거라. 나머지 일 퍼뜩 마치고 갈게. 요 앞에 순대집 있제?"

바퀴살을 수리하고 있는데 이장이 들어선다.

"상구 휴가 나왔는가베? 아까 느그 어매 장에서 봤는데 만났나?"

"아직 못 만났십니더. 쫌 있다가 막차 타고 넘어갈라고예."

"그라면 놀다 온나. 나는 농약방 들렀다가 갈란다. 문보야, 자전거 가지고 간다. 욕 봐라!"

문보는 이장 뒷모습을 보면서 눈을 번뜩였다. 문보는 상구를 향해 웃음을 띠웠다.

"가만 생각해본 게 상구 니가 휴가 왔는데 겨우 순대집에 가겠노? 종천아! 니 대성반점 맞은편에 새로 생긴 맥줏집 알제? 상구하고 거기 있거라. 내가 얼른 마무리하고 건너갈게."

상구와 종천의 얼굴이 동시에 활짝 펴졌다. 두 사람을 보내고 서둘러 일을 끝냈다. 자전거포 문을 절반쯤 닫고 농약방으로 향했다. 이장은 윤두평과 이야기를 나누고 있었다. 윤두평이 이장 어깨 너머로 문보를 확인하고 눈인사를 건넨다. 이장이 고개를 돌리는 것을 보고 문보는 겸연쩍은 웃음을 지었다.

"저하고 술 한 잔 할랍니꺼?"

"술? 갑자기 술은? 무슨 할 말이 있나?"

"그게 아니고……."

"괜찮다. 말해봐라. 뭐꼬?"

"아까 상구를 본 게 전에 이장님 말씀이 기억이 나서예. 반성아지매가 논 살 거라 했지예?"

"확실치는 않겠지만 그런 말이 있기는 했제. 와, 니 논 팔라고?"

"제가 구멍가게라고 내놓고 본 게 농사 짓기도 마뜩찮고예. 자금도 쫌 모자라고 그래서."

"하기사 그럴 만도 하제. 근데 가실아지매도 아나?"

"어무이한테는 말미만 줘놨지예. 이장님이 중간에서 다리 한번 놔주이소. 대충 이야기를 해보면 어무이도 그럴가 싶거든예."

"그거야 어려운 일 아니제. 그 땜시 술 산다 했나? 됐다 고마. 니 술 한 잔 얻어 묵었다치께. 그라고 그 일은 걱정 말거라. 내가 가실아지매한테 말을 잘해보께."

문보는 이장과 헤어져 맥줏집으로 가면서 휘파람을 불었다. 상구에게 넌지시 운을 띄워놓으면 일이 잘 풀릴 수도 있다. 상구가 제 성격을 부려 막무가내로 나가주면 더 좋다.

소주 한 병을 비우고 잠을 청했다. 벽 쪽에 밀쳐둔 이불을 잡아당기며 누웠다. 방바닥에 온기가 없다. 연탄 갈 때를 놓친 것 같았다. 연탄 밑불이 완전히 꺼졌다면 새 연탄에 불을 붙이는 일은 쉽지 않았다. 겨울철 냉방에서 자는 일은 익숙했다. 이불을 얼굴 위로 끌어올렸다.

문 두드리는 소리가 들렸다. 벽을 더듬어 전등 스위치를 찾았다. 백열등 불빛이 눈을 찔렀다. 철제문 너머 나지막한 목소리를 확인하고 화들짝 놀라 문을 올렸다. 반쯤 열린 문으로 인주가 허리를 굽혀 들어왔다.

"방 구하러 다니다가 시간 가는 줄 몰랐어요. 혹시나 해서 터미널 갔더니 마침 막차가 있더라구요. 그래서 그냥 올라탔죠."

인주가 익숙하게 방문을 열었다. 이불 밑으로 손을 넣던 인주가 얼굴을 찡그렸다.

"불도 안 넣고 자는 거예요?"

"연탄불이 꺼져서, 이불 푹 덮고 자면 괜찮습니더."

"왜 이렇게 살아요. 조금만 품만 팔면 될 걸 가지고. 빨리 숯이나 좀 사와요."

눈을 흘기는 인주가 밉지 않다. 문보가 숯을 사가지고 들어왔을 때 인주는 설거지를 하고 있었다. 방에 널려 있던 옷가지는 옷장 옆에 가지런히 정리되어 있고 상도 말끔히 치워져 있다. 인주 행동이 자연스럽고 익숙해 보였다. 문보는 헌 신문지를 연탄아궁이에 넣고 불을 붙였다. 숯에 자전거용 윤활유를 적셔 종이 위에 올려놓았다. 검은 연기가 사정없이 피어나면서 자전거포를 가득 채웠다.

"암만 생각해도 안 되겠네. 연탄불 언제 피워서 방 따뜻해지겠습니꺼? 나는 괜찮은데 인주 씨는 우짭니꺼? 마산 가는 막차도 없을 건데."

"택시를 타고 가든 트럭을 얻어 타고 가든 내가 알아서 할 테니 신경 쓰지 말아요."

인주가 그렇게 말을 했지만 문보 마음은 편치 않았다. 밤 늦게 자신을 찾아왔을 때는 문보가 모르는 다른 생각이 있었을 수도 있었다. 그렇다고 냉방에 둘 수도 없었다.

"우리 시골집에 가볼랍니꺼? 여기까지 왔으니. 엄마한테 인사도 드리고……."

인주는 말이 없었다. 문보는 연탄 아궁이 불구멍을 반쯤 막아놓고 나섰다. 문보가 택시를 잡으러 나가자 인주도 볼 일이 있다면서 자리를 떴다. 잠시 뒤 인주는 손에 청주 한 병을 들고 나타났다.

"낼모레가 설인데 빈손으로 갈 수는 없잖아요. 제수라도 가지고 가려구요."

시골집 마당으로 들어서는데 안방에서 도란거리는 소리가 났다. 주뼛거리는 인주 손을 잡고 봉당으로 올라서면서 문보가 인기척을 냈다. 문이 열리고 가실댁이 얼굴을 내밀었다. 가실댁 너머로 둘째 누나 남순의 얼굴도 보였다.

"뉘 색신 줄 모르겠지만 퍼뜩 들어오소. 문보야 뭐하노, 얼른 안 들어오고, 날이 차다!"

"누야도 왔네, 우째 설 아래 시간이 나드나?"

"설에는 못 올 거 같아서 미리 엄마 볼라고 왔다. 아가씨도 편하게 앉으소."

남순이 인주를 위아래로 살폈다.

"내가 아는 아가씬데 칠원 볼일 보러 왔길래 같이 왔다. 엄마 얼굴도 보고……."

"내 얼굴을 봐서 뭐할 거고? 아가씨는 여기서 자고 갈 건가?"

"아, 아네요. 가야죠."

"내가 자고 가라 했다. 밤도 너무 늦었고."

문보가 인주 말을 가로챘다.

"그라면 옆방에 불을 넣어야 될 건데. 너무 오래 비워서 어떨지 모르겠네."

"아니에요. 어머님, 전 괜찮습니다. 내일 일찍 고향 가봐야 돼서 오늘 마산 넘어가야 돼요."

"성씨는 뭔고?"

"유갑니다, 어머님."

"유 씨? 유 씨가 양반이가?"

"요즘 세상에 양반 상놈이 어디 있노? 물을 걸 물어야제."

남순이 끼어들었다.

"그라도 그게 아니제. 양반은 양반이제. 지금 하는 일은 뭔고?"

"엄마, 고마해라! 처음 보는 사람한테 뭘 자꾸만 묻노."

문보가 목소리를 높였다.

"문보야, 아가씨 고향이 어디고? 여기 말씨가 아닌 거 같은데."

가실댁의 목소리에서 쉿소리가 났다. 가실댁 눈치를 살피는 인주 기색이 불편해 보인다.

"너무 늦어서요. 이만 가보겠습니다."

인주가 일어섰다. 갑작스런 인주 태도에 문보는 당황스러웠지만 인주의 태도로 보아 말릴 상황이 아니었다. 가실댁과 남순도 별다른 말이 없었다.

"문보 니는 아가씨 보내고 들어온나. 내 쪼매 보자!"

인주를 따라나가는 문보 등 뒤로 가실댁의 목소리가 울렸다. 주막걸 쉼터까지 가는 동안 인주는 말을 아꼈다. 문보가 두어 차례 말을 붙였으나 웃기만 했다. 인주를 실망시킨 것 같아 가슴이 답답했다. 인주를 택시로 보내고 집으로 돌아오자 남순이 고개를 흔들었다.

"얼굴은 이쁘더만 니한테는 쪼매 쎄겠더라."

"뭐가 쎈 건데?"

"니가 감당이 안 될 거라 그 말이지."

"걱정마라. 인주는 그런 여자 아니다. 나한테 얼마나 잘하는데."

"그래도 그게 아니다. 내가 그렇다면 그런 줄 좀 알아. 여자 보는 눈은 내가 니보다 낫다."

"예쁘지?"

"예쁘기는 하더라, 어디서 그런 아가씨 구했노? 우리 문보 대단하네."

남순이 맞장구를 치자 가실댁이 입술을 삐죽거리며 내뱉었다.

"이쁘면 뭐하노? 이쁜 아는 지 얼굴값 한다는 거 모르나? 니는 나이만 묵었지 와 그리 시근이 없노."

가실댁이 자리에 누웠다.

"아까 할 말 있다 안 했나? 무슨 말인데?"

"아이다 고마. 바보 마냥 가스나 뒷구녕만 졸졸 따라갈까 싶어서 말한 기다. 빨리 불 안 끄고 뭐하노! 기름 다 닳겠다!"

"문보 니 이장님한테 뭐라 했나?"

남순이 문보의 옆구리를 찔렀다.

"이장님이 와? 뭐라는데"

"아까 저녁에 이장님이 다녀갔다. 작답 논 내놨다는 소리 들었다면서……."

"불 안 끄나!"

가실댁이 남순의 말을 잘랐다. 남순이 얼른 입으로 호롱불을 불어서 껐다.

설날 마을은 사람들로 북적거렸다. 길목마다 자가용들이 번쩍거렸고, 아낙네와 처녀들은 잔뜩 부린 맵시를 뽐내며 치맛바람으로 고샅길에 먼지를 일으켰다. 문보는 청년들과 뒷먼당에서 자치기를 하면서 끝없이 술을 마셨다. 어른들은 그들대로 제실이나 동사에서 화투패를 만지거나 윷놀이를 하면서 수염을 쓸어내렸고, 아이들은 숨바꼭질을 하며 동네를 시끄럽게 만들었다. 흥청거리는 분위기는 밤이라고 달라지지 않았다. 밤새도록 노랫가락이 마을을 진동시켰다. 초저녁 아랫마을에서 부녀자들의 아리랑 장단을 맞추던 장구 소리는 밤이 이슥해질 때쯤엔 윗마을에서 카랑카랑한 처녀들 유행가 반주로 들려왔다. 방마다 떡이고, 술이 넘쳤고 고샅마다 사람들이 어둠속에서 몸을 부딪치면서도 웃음을 흘리고 다녔다.

작답 논은 설이 지난 며칠 뒤 반성댁에게 팔렸다. 가실댁이 결정을 내린 데는 남순의 힘이 컸다. 어차피 앞으로 시골에서 어머니를 모실 자식은 문보뿐이라는 주장이 가족들의 암묵적 동의를 끌어냈다. 문보는 뜨끔했지만 모른 체했다. 반성댁에서는 소동이 있었던 모양이었다. 작은아들 장구가 반대를 했지만 휴가 나온 상구가 술을 먹고 설쳐대는 바람에 넘어갔다.

"이게 어떤 돈이고 알기나 하는 거제? 허튼 데 쓰는 거는 아니제?"

가실댁은 문보에게 돈을 주면서 몇 번이고 미심쩍은 눈초리를 보냈다. 문보는 걱정 말라고 큰소리를 냈다. 매달 용돈을 주겠다는 약속도 덧붙였다. 인주와 함께 모으면 그 정도는 충분히 가능할 것으로 생각했다.

라면을 반주로 소주를 마시고 있는데 전화벨이 울렸다. 인주 목소리가 가라앉았다. 문보 이름을 불러놓고 말이 없었다. 침묵이 가로막고 있는 것이 무엇인지 알 수 없었지만 지난 번 가실댁을 만난 뒤부터 두 사람 사이에 뭔가 서먹한 기운이 감돌고 있음을 모르지 않았다. 그러나 안타까움이 만들어내는 긴장감이 길어지면 어쩔 수 없이 인정해야 하는 상황으로 굳어질 수 있었다. 두 사람 중 누구든 이 왜곡된 흐름을 끊어야 했다. 순천으로 떠나기 전 어머니 병환 때문에 돌아오는 날을 약속하기 어렵다던 인주였다. 이것이 문보의 말문에 쳐진 빗장이다. 인주가 문보로부터 보장받을 수 있을 것으로 기대했던 문보의 숨겨놓은 수단이 무엇인지에 대한 의심, 이것은 인주의 빗장이다. 문보는 빗장을 벗겨낼 용기가 없었다. 진심이 오해로 둔갑하는 데 작용하는 변수는 무궁무진하다. 상대적이고 주관적인 것이어서 잘못될 경우 엄청난 후폭풍을 몰고 옴으로써 돌이킬 수 없는 지경에 이를 수 있었다.

"날이 마이 춥지예? 어제는 눈까지 왔십니더. 고향에는 십 년 만에 내린 거랍니더."

"누구는 따뜻한 방에서 이쁜 여자 동창들이랑 화투치기 딱 좋겠죠."

"무신 말을 그렇게 합니꺼? 나는 인주 씨가 마산 못 오는 게 아닌지 걱정했습니더."

"맘에도 없는 말 하지 말죠."

"순천 갔다는 거 다 압니더. 집안은 다 편합니꺼?"

"됐어요!"

"인주 씨는 저를 그렇게 모릅니꺼? 뭔 일이 있는 겁니꺼, 왜 그러는데예?"

"됐다니까요!"

"지금 어딥니꺼? 순천이면 퍼뜩 열차 타고 마산 오이소."

"보고 싶어하지도 않는 남자한테 내가 왜 가요?"

"그게 아니고…… 돈이 대강 준비됐습니더. 그런게 빨리 전세방 구해야지예."

"……."

침묵이 흘렀다.

"지금 마산역에 막 도착해서 전화하는 거예요."

문보는 술병을 치우고 조리개로 가게 바닥에 물을 뿌렸다. 공구를 정리하고 빗자루로 바닥을 쓸었다. 연탄 아궁이를 살피고 바람구멍을 막은 헝겊뭉치를 뽑았다. 바깥 정리를 끝내고 방으로 들어갔다. 방바닥이 차갑다. 방바닥 온기가 달아나지 않도록 담요를 깔고 이불을 폈다. 작업복은 둘둘 말아 옷장 구석에 밀어넣고 걸레로 방을 훔쳤다.

장터 횟집에 전화를 걸어 주문했다. 하얀 쌀로만 밥을 안친 냄비를 풍로에 올려놓고 밖으로 나갔다. 새마을상회에 들러 맥주 세 병과 두루마리 휴지를 샀다. 가게를 나오려다 말고 인주가 좋아할 만한 것이 더 있을지 기억을 더듬어보았다. 아이스크림 냉동고가 눈에 띄었다.

"꼭 신방 같아요!"

인주가 방으로 들어서며 눈을 크게 떴다. 문보는 인주의 외투를 받아 옷걸이에 걸고 아랫목에 차려놓은 술상으로 앉게 했다. 예쁘게 장식한 광어회는 보기에도 먹음직스러웠다. 인주의 양볼이 발그레하게 달아올랐다.

"잠깐만."

문보는 인주를 기다리게 하고 밖으로 나갔다. 인주를 위해 미리 준비했던 것을 등 뒤에 숨기고 방으로 들어왔다.

"인주 씨한테 줄 선물이 있습니더."

"문보 씨? 이제 말 편하게 해요. 자꾸만 존대를 하니까 불편해요."

"그래도 되겠습니꺼?"

인주가 눈을 찡그렸지만 눈웃음이 넘쳐흘렀다. 인주는 처음 보았을 때의 그 눈웃음이었다.

"그라면 인자부터 인주 씨한테 말 놓을게예. 인주 씨도 같이 편하게 하이소."

인주가 고개를 끄덕였다.

"자, 이거!"

문보는 뒤에 감추었던 손을 내밀었다.

"우리 처음 만났을 때 내가 한 말 기억나나?"

"뭘?"

"참말로 메도골드를 사주고 싶었던기라. 인주 니는 잘 모르겠지만 맨날 니 생각만 하면서 출근했거든. 나를 거들떠보지도 않았지만 내 맘은 한번도 안 변했다. 이건 아이스크림이 아니고 내 마음의 선물이다 그렇게 생각해라. 오늘 같은 날이 오기를 지금까지 기다렸다."

녹을까봐 문밖 그릇에 넣어두었던 브라보콘이었다.

"그렇게까지 생각하고 있는 줄 몰랐어. 내가 지금 이걸 받아도 되는지 모르겠지만 고맙게 받을게."

"너무 그러지 마라. 내가 부끄러워진다."

"사실 오늘이 내 생일이야. 그래서 달려왔어, 같이 지내고 싶어서."

"……."

"내가 받은 생일 선물 중 최고야. 평생 잊지 못할 거 같아."

인주가 다가와 문보 가슴에 안긴다. 한 여자에 대한 사랑 그것은, 여자의 몸과 마음 모두를 품고 싶은 욕망을 미화시킨 다른 말이 아닐까. 그러나 문보가 인주의 육체를 보며 느꼈던 감정은 단순히 몸을 품는다는 것 이상의 극도의 황홀함과 안온함이었다.

처음 인주의 젖가슴이 열렸을 때, 엉켜 맨 속옷 안에서 얼마나 갑갑했을지 묻고 싶었다. 물론 겉으로는 전혀 예측도 할 수 없었던 풍만함이 가능한지도. 문보는 아무런 의식도 하지 못한 채 인주의 드러난 젖가슴으로 손을 뻗었다. 만약 그런 문보를 인주가 원망한다면 그렇게 하지 않을 수 없는 건 자신의 잘못이 아니라고 끝없이 외치고 싶었다. 손 전체로 인주의 젖가슴이 고무공처럼 강한 탄력과 더할 수 없는 부드러움처럼 느껴지자 아랫도리가 마비되는 듯했다. 드러난 가슴선은 그림을 그린 듯 매혹적이게 아름다웠고, 지나치지 않은 유두의 봉긋함은 문보 시선을 당겼다. 문보는 인주의 가슴을 어루만지면서 우윳빛을 떠올렸다……. 그건 우유를 담은 그릇을 바라보는 단순한 기분보다는 훨씬 자극적인 순간이지만, 인주가 가진 살빛은 너무나 희고 눈이 부셨다. 여인의 속살을 표현하는 흔해 빠진 눈부신 흰 빛이 인주에게도 있었던가. 문보는 모든 여인네들의 속살을 확인할 수 없는 이 순간 인주의 젖가슴이 우윳빛 말고는 표현할 길 없음을 원망했다. 그대로 잠길 듯 문보 손을 한없이 빨아들이는 가슴의 부드러움에 입을 댄다. 긴장한 듯 단단해진 유두가 입안으로 들어와 문보의 혀에 감긴다. 인주는 자극을 느끼고 살짝 몸을 뒤튼다. 단단했던 유두가 입안에서 녹아내린다. 문보는 인주의 가슴을 움켜쥐었다. 연한 듯하다 다시 탄성을 회복하는 묘한 살성에 문보는 인주의 젖을 한 웅큼 빨아들였다.

문보는 몸이 공중으로 날아오르는 착각에 빠졌다. 에메랄드처럼 곱게 펼쳐진 하늘 정원에서 문보는 인주를 부른다. 인주가 문보를 올려다보며 환하게 웃었다.

문보는 인주가 화장하는 모습을 보고 있다. 인주의 얼굴이 조금씩 바뀌어간다. 하얗게, 푸르게, 빨갛게. 문보가 아침을 준비할 때까지 화장은 계속됐다. 아침을 먹자마자 우체국으로 달려가 십만 원 수표를 끊어 인주에게 주었다.

"방이 구해지는 대로 바로 전화할게."

수표를 지갑에 넣은 인주 목소리가 통통 튄다. 인주는 눈웃음을 치며 가게를 나갔다. 문보는 한참 동안 인주 뒷모습을 지켜보았다. 인주가 한번쯤 뒤돌아봐주었으면 싶었지만 모퉁이를 돌아갈 때까지 얼굴을 보여주지 않았다.

오후 느지막할 때 인주 전화가 왔다.

"가격도 적당하고 난 좋아보이는데 문보 씨 맘에 들지 모르겠어."

문보는 상관없으니 계약하라고 매조지했다.

"올라와서 직접 보는 게 좋지 않을까?"

"아니다. 인주만 좋으면 나는 괜찮다. 니가 알아서 해라!"

새집으로 이사하기까지 인주는 자전거포에서 문보와 함께 지내기로 했다. 인주는 낮에는 마산에서 이사 준비를 하고 밤 늦게 왔다가 새벽같이 나갔다. 두 사람은 매일 뜬눈으로 밤을 지새웠다. 인주가 자려고 하면 문보가 가만 두지 않았고, 문보가 힘들어 눈을 감기라도 하면 인주가 문보 속살을 파고들었다. 새벽에 방을 나서는 인주 치맛자락을 문보는 몇 번씩이나 잡아챘다. 문보는 낮에 꾸벅꾸벅 졸기가 일쑤였다. 다리가 후들거리고 눈이 시큰거렸다. 저녁에 인주가 조금이라고 늦을라치면 문보는 조급함을 감추지 못하고 안달을 부렸다.

이사를 이틀 앞둔 날 문보는 용변이 마려워 새벽 일찍 눈을 떴다. 인주의 모습이 보이지 않았다. 어젯밤에도 자정이 넘도록 이불 속을 뒹굴었던 기억을 해내고 문보는 싱긋 웃었다. 새벽녘에 문보가 깜박 잠든 사이에 인주는 마산으로 떠난 모양이었다. 인주가 가는 모습을 보지 못해 아쉬운 마음이 들었다.

문을 열고 밖으로 나왔다. 깜깜한 거리는 쥐죽은 듯 인기척이라고는 없이 조용했다. 해가 뜨려면 한참 기다려야 할 것 같았다.

'첫차 출발 시각도 아직 한참 남았는데…….'

택시를 타고 갔나? 그럴 만큼 바쁘거나 중요한 일이 있는 것 같지는 않았다. 이른 새벽에 마산 가야 할 일이 무엇인지 궁금해졌다. 인주가 또 자신을 놀래줄 무슨 일을 꾸미려는 걸까. 팔을 옆으로 쫙 뻗으며 기지개를 켰다. 온몸에서 뼈마디 마주치는 소리가 우두둑 났다. 멀리 청룡산이 눈앞으로 다가왔다. 상쾌한 아침이었다.

점심때가 되도록 인주에게서는 전화가 없었다. 직장 구하기가 쉽지 않은 모양이었다. 어제는 창원공단에 다녀왔다고 했다. 마음에 드는 일자리를 찾기 어렵다며 뾰로통한 표정을 지었다. 서두를 것 없다는 말로 위로했지만 초조해지기는 문보도 마찬가지였다. 인주는 경리 업무를 원하고 있었지만 중졸 자격으로 쉽지 않은 것 같았다.

오후 느지막하게 윤두평이 뒷짐을 쥐고 들어섰다. 공구대에 앉아 졸고 있던 문보는 인기척에 퍼뜩 눈을 떴다.

“자네 요새 쪼매 이상한 거 모르제. 시도 때도 없이 꾸벅거리노? 무슨 일 있는 거 아니가?”

“일은 무슨 일이 있답니꺼? 점심 먹고 잠깐 졸린 거뿐입니더.”

“시방 몇 시나 알고 하는 말이가? 아무래도 수상하다니까.”

“들어오이소. 거기 서 있지 말고.”

“아니다. 안 바쁘면 줄 만드는 구경이나 가볼까 싶어서.”

“무슨 줄을 만드는데예?”

“낼모레가 정월 대보름 아니가? 삼칠면 줄댕기기 한다 카는 소문도 못 들었는가베? 참말로 자네 무신 일이 있기는 있는 게 맞네!”

동산 마루 소나무 가지에 줄을 걸어놓고 장정 세 사람이 볏짚을 꼬고 있었다. 옆에서는 남자 둘이 번갈아가며 볏짚을 건네준다. 세 가닥의 짚은 장정들이 으샤, 하는 신호에 맞춰 착착 오른쪽으로 돌아간다.

“저걸로 줄댕기기를 하는기요?”

“아니지. 저거는 작은 줄이고, 저런 줄을 몇 십 개씩 맹근다 아이가. 나중에 그 줄을 엮어 큰 줄을 맹그는기라.”

“그 많은 줄을 언제 다 꼬요?”

“그런 게 마을마다 줄을 맹그는 거 아이가. 낼모레 되면 칠원 강변에 줄이 수백 개가 모일끼다. 큰 줄 만들라면 아마 몇 십 명이 달라붙어야 할끼다.”

산기슭으로부터 빠르게 햇살이 지워지고 있었다. 으스스 한기를 느낀다. 그 사이 인주 전화라도 오지 않았을까 조바심이 났다. 전화를 받지 못하더라도 크게 상관할 일은 아니었다. 어차피 날이 저물면 인주가 손을 호호 불며 가게로 들어설 것이다.

늦게까지 자전거포 문을 닫지 않았다. 초저녁에 해놓은 밥은 이미 차가워졌다. 마지막 버스는 오래 전에 먼지를 일으키며 가게 앞을 지나갔다. 머리 위에 솟은 둥근 달이 처연하다.

자정이 지나도록 아무 연락이 없었다. 이 시간쯤이면 둘이서 이불 속에서 서로의 몸을 탐하며 짐승 소리를 내고 있을 터였다. 인주는 잠자리에서 거리낌 없이 괴성을 질렀다. 이웃 사람이 들을까 염려하는 문보의 조바심은 아랑곳하지 않았다. 인주의 야생마 같은 행동을 탐닉하는 것은 불안이고 희열이었다. 달빛보다 고운 몽실몽실한 우윳빛 젖가슴이 눈에 아른거렸다. 소나무 가지에 내려앉은 눈보다 더 흰 인주의 허벅지 살이 머릿속에서 요동친다.

‘아무 일도 없는 기지. 하모, 아무 일도…….’

택시 한 대가 빠르게 질주해왔다. 문턱에 쪼그리고 앉았던 몸을 벌떡 일으켰다. 틀림없이 인주일 것이다. 택시 문이 열리고, 인주가 달려와 늦어서 미안하다며 품에 안길 것이다. 택시는 살처럼 지나갔다. 생각을 정리하기도 전에 택시는 시야에서 까마득히 사라졌다.

방 구석구석을 뒤졌다. 인주의 흔적은 어디에도 없었다. 처음 올 때도 가방 하나만 단출하게 들고 왔다. 인주는 없는 사람이 되고 있었다. 존재조차 하지 않았던 가상인물로 자리를 잡고 있다. 첫날의 초조함은 이제 착각이었음을 깨닫기 시작했다. 이틀 동안 아무 연락도 없는 이유를 설명할 수 있는 것은 아무것도 없었다.

일이 손에 잡히지 않았다. 하루 종일 시선은 전화기와 버스 정류소에 머물고 있다. 마산에서 오는 버스가 정류소에 도착할 때마다 놀란 사람처럼 길가로 뛰쳐나갔다. 버스에서 내리는 손님을 한 사람 한 사람 뚫어지게 보았다. 손님이 모두 내리는 동안 인주의 모습이 보이지 않으면 풀죽은 얼굴로 고개를 떨어뜨렸다. 밤이 되고 더 이상 손님은 오지 않지만 문을 닫지 않았다. 문턱에 걸터앉아 넋 나간 사람처럼 담배만 죽였다. 여자만 지나가면 가슴이 쿵쿵거렸고, 몇 번씩이나 지나가는 여자를 인주로 착각하고 후다닥 달려갔다.

인주에게서 소식이 끊어진 지 사흘째다. 연탄불은 언제 꺼졌는지 방은 냉골이다. 김치를 안주로 벌써 세 병째 마시고 있다. 알코올 기운에 의지하면 마음이 나아질까 싶었지만 오히려 생각이 새록새록 더 난다. 인주와 같이 지낸 며칠이 마치 꿈속 일처럼 아득하다. 무슨 일이 일어났는지 기억이 가물거린다. 가슴은 쓰라리고 버티기 힘들 만큼 아프다. 술을 마실수록 아픔은 커지면서 통증이 온몸으로 전해진다. 누구에게 끊임없이 매를 맞는 느낌이다. 머리에서, 가슴에서, 팔에서, 옆구리와 등짝에서 끊임없이 통증이 분수처럼 솟아오른다. 자신이 느끼고 있는 이 고통은 허상이라고 생각한다. 인주가 사라진 데 대한 괴로운 마음이 빚어낸 헛것이 분명하다. 조금 전까지 성한 몸이 이유 없이 아플 수는 없는 일이었다. 술병을 치우고 방바닥에 드러눕는다. 명치가 뾰족한 송곳에 깊게 찔리고 있다는 느낌이 생생하게 전해진다. 신음소리를 내면서 몸을 뒤튼다.

'내가 와 이라노? 이거 죽는 거 아니가…….'

이대로 통증이 지속된다면 고통을 참지 못해 틀림없이 죽고 말 것이다. 고통을 잊을 수 있다면 죽는 것도 나쁘지 않을 것 같았다.

오후가 되자 거리마다 사람들로 넘쳐났다. 큰 길은 말할 것도 없고 골목골목마다 발 디딜 틈도 없었다. 어른, 아이, 여자, 남자 할 것 없이 뒤엉켰다. 차량들은 사람 물결에 거북이걸음을 하고, 아이들은 천방지축 뛰어다니며 갓 쓴 노인을 헛기침하게 만들었다. 머리띠를 동여맨 청년들은 덩달아 잰걸음을 지치고, 쪽진머리 아낙들도 치맛바람을 날렸다.

멀리서 꽹과리 장단이 들렸다. 풍물놀이가 시작된 모양이었다. 문보는 가게 문을 내리고 강변으로 향했다. 칠원교 난간 양쪽으로 사람들이 늘어서서 비집고 들어갈 틈이 없었다. 동산에는 하얗게 사람 눈이 내렸다. 다리를 건너 동산 기슭으로 올랐다. 강변에는 엄청나게 큰 줄이 놓여 있었다. 줄 머리는 암줄과 수줄 사이에 커다란 통나무로 가로질러 매듭을 만들었다. 크기가 작은 집채만 하다. 통나무 위에는 깃발을 든 장정이 마주 보고 섰다. 줄 머리를 중심으로 남북 양쪽으로 뻗은 줄은 사람 키보다 높고, 족히 백여 미터는 되어 보였다. 풍물패놀이가 끝나고 제례복을 입은 줄도감이 앞으로 나섰다. 고사를 지낼 모양이었다.

문보는 사람들이 밀치는 바람에 자리를 뺏기자 동산으로 올랐다. 동산에도 구경하는 사람들로 가득했다. 강변이 바로 보이는 목 좋은 자리는 갓 쓴 노인들이 차지했고, 아낙들은 멀찍이 떨어져서 삼삼오오 모였다. 나무 위에는 아이들이 올망졸망 사람 열매를 만들었고, 더 작은 아이는 아버지나 어머니의 목마를 탔다.

풍물소리가 다시 울리다가 잦아지면서 갑자기 우레 같은 징소리가 들려왔다. 줄 몸체에 달린 벌림줄마다 장정들이 달라붙었다. 수백 명의 장정들이 거대한 뱀 같은 줄 양쪽으로 늘어서 있다. 줄 머리 대장이 깃발을 치켜올렸다가 공중에서 원을 한 바퀴 그리고는 세차게 아래로 내렸다. 깃발을 신호로 줄다리기가 시작되었다. 장정들이 영차영차 소리를 내지르며 줄을 당겼다. 소리에 맞춰 구경하는 사람들도 한 목소리가 되었다. 난리라도 난 듯 소리는 거대한 광풍을 일으키며 읍내를 뒤덮고 청룡산으로 퍼져나갔다. 강변에 모래폭풍이 일어나고 동산이 무너져내릴 듯 땅이 요동쳤다. 문보는 자신이 줄을 당기고 있는 듯 몸에 힘이 잔뜩 들어갔다.

해가 저물기 시작할 때쯤 줄다리기는 끝났다. 사람들이 강변으로 몰려간다. 너나 할 것 없이 벌림줄을 끊어가느라고 난리였다. 문보는 산마루에서 그 광경을 지켜보았다. 시간이 지나면서 길과 다리를 가득 메운 인파가 빠르게 줄어들었다. 걸음을 멈추고 다리 난간에 기대어 강변을 내려다보았다. 조금 전까지 북새통을 이루었던 사람들이 거짓말처럼 사라졌다. 그 많던 사람들이 갑자기 어디로 간 것일까. 발걸음을 떼려다 멈칫한다. 갈 곳이 없었다. 인주가 없는 가게는 더 이상 가고 싶은 곳이 아니었다. 넓은 세상, 수많은 집이 있지만 문보가 발을 붙일 데는 없었다.

어둠이 내린 강변은 조금씩 본래의 제 모습을 찾고 있었다. 강변에 놓인 거대한 줄, 줄 위에는 아무도 없었다. 이제 누구도 찾지 않는 곳이 되었다. 스스로 제 할 일을 다 하고 사람들의 관심 밖으로 밀려난 곳, 그 존재조차 잊힌 곳, 지금 문보가 갈 수 있는 유일한 곳이었다.

벌림줄을 잡고 사람 키 높이의 줄 위로 올랐다. 위에서 내려다보는 높이의 느낌은 아래에서 보던 것과는 확연히 달랐다. 위태롭고 아득하다. 지척의 강변이 눈높이로 떠오르고 멀리 보이는 건물들과 왼쪽의 동산이 등고선이 된다. 비로소 불안함이 사라지고 마음이 편안해졌다.

천천히 줄 머리를 향해 걷는다. 자신이 딛고 있는 줄은 땅이 되어 길이 되고 하늘이 되어 세상이 된다. 길은 이어지고 세상은 끝남이 없다. 눈물이 뺨을 타고 흐른다. 눈앞에 거대한 줄 머리가 길을 막고 있다. 멈칫하다가 줄 머리를 오른다. 수줄을 지나 암줄로 넘어간다. 달빛을 받은 줄은 은빛이다. 빛이 끊어지고 줄은 그림자의 실루엣으로 강변에 떨어져 있다. 걷기를 멈춘다. 더 갈 데가 없다. 줄은 더 이상 길을 만들지 못한다. 아래를 내려다본다. 하얀 자갈이 까마득하게 보인다. 뛰어내리면 끝없이 내려갈 것만 같다. 길 아래는 세상의 마지막으로 향하는 길목이다. 외길의 끝에서 갈 곳이 없다. 더 이상 자신을 품어줄 세상은 존재하지 않는다.

몸을 되돌린다. 암줄을 지나, 줄 머리를 건너고 수줄로 향한다. 다시 줄이 끝난다. 첫걸음을 시작한 곳이다. 가슴이 공허 상태가 된다. 무엇을 어떻게 해야 할지 알 수 없다. 방향을 잃는다. 줄 위에 어떻게 올랐는지 기억조차 까마득하다. 올라온 방법을 알 수 없으니 내려갈 방법을 찾지 못한다. 길은 짧고, 앞뒤도 없는 피할 수도 없는 외길이다. 끝이 선명하게 노출된 길에서는 쉽게 표적이 되고 숨을 곳도 없다. 구원의 손길은 길 아래도, 길 위에도 없다. 오로지 혼자 세상의 모든 눈초리를 감당해야 한다. 다시 몸을 돌린다.

"문보 아니가?"

환청은 아닌 듯했다. 귀에 익은 목소리다.

"거기서 뭐 하노?"

걸음을 멈추고 고개를 돌렸다. 작고 하얀 사람이 문보를 올려다보고 있었다. 비로소 문보는 자신이 가야 할 길을 찾는다. 문보가 몸을 구부려 자세를 낮추자 정아가 손을 내밀었다.

마을을 감싸고 있는 뒷산은 사시사철 햇빛이 지워지지 않았다. 높은 언덕이라고 불러도 될 만한 산꼭대기의 서너 그루 소나무는 때깔 좋은 옥양목처럼 눈이 부셨다. 완만하게 경사진 풀밭은 잡목 하나 없이 반듯하고 매끈했다. 넓은 들판을 지나 마을에 들어서면 완연히 눈에 들어오는 뒷산의 훤한 모습은 보는 것만으로도 가슴이 포근했다. 봄가을이면 아이들 놀이터로, 여름이면 어른들의 더할 나위없는 피서지로, 겨울에는 훌륭한 썰매장이 되었다.

지난 해 뒷산에 갑자기 봉분이 만들어졌고 그 아래 석축이 생겼다. 산허리를 길게 가로지른 석축은 산을 두 동강 냈다. 햇빛에 번들거리는 석축의 돌은 멀리서 보면 마치 물고기가 희번덕거리는 것처럼 낯선 풍경이었다. 거대한 봉분과 석축 때문에 뒷산은 옛 모습을 잃고 흉물스럽게 변하고 말았다. 사람들의 발길이 뜸해지면서 곱고 매끈하기만 하던 잔디밭에서 잡목이 하나둘 자라났다. 잡목은 오솔길을 조금씩 지웠고, 지워진 길만큼 사람들의 발길이 줄어들었다. 어느 날부터 뒷산의 존재는 마을사람들의 기억에서 사라졌다.

문보는 상석에 앉아 손톱만 깨물고 있었다. 유원다리 낙성식에서 한 눈을 판 것이 잘못이었다. 국회의원까지 참석한 낙성식이 끝나자 행사 요원이 참가자들에게 빵을 나누어주었다. 어른 아이 할 것 없이 수십 명이 한꺼번에 달려들자 닭 모이 주듯 빵을 뿌리기 시작했다. 사람들은 강변 자갈마당에 떨어진 빵을 집으러 이리저리 날뛰었다. 문보는 사람들에 치여 몇 번이고 자빠졌으나 빵을 차지하기에는 역부족이었다. 결국 빵도 떨어지고 사람들이 흩어졌을 때 아이들 모습이 보이지 않는다는 것을 알았다.

"우리 누야도 갔다 아니가. 칠원 강변에 서커스 들어왔다고 그거 보러 육학년은 다 간다카던데……. 성아는 와 안 갔는데?"

마을길에서 만난 옥철이가 문보를 보더니 고개를 갸웃거렸다. 그 말을 듣자마자 집으로 향하던 발길을 돌려 뒷산으로 달렸다.

'정아가 갔다고?'

문보는 뒷산 마루에서 멀리 들판으로 향하는 굽고 경사진 길을 내려다보았다. 상구를 맞닥뜨리는 것이 두려웠지만 그렇다고 정아를 보지 않을 수는 없었다. 청룡산 아래의 읍내까지는 십 리 길이었다. 심호흡을 한 뒤 뛰어내려가기 시작했다. 산비탈을 잘라 만든 밭 사이로 난 길은 경사가 급하고 언덕 그림자가 짙게 깔려 어둠침침했다. 응달 길은 물기를 품어 축축했고 군데군데 패인 곳에는 실개울이 나 있었다. 길 가장자리를 찾아 달리다가 언덕에 부딪쳤다. 달려가는 탄력으로 언덕에서 튕겨져 물웅덩이에 넘어졌다. 손바닥으로 얼굴에 튄 흙탕물을 닦고 일어서는데 발목이 삐었는지 시큰거렸다.

절뚝거리는 걸음으로 산길을 벗어났다. 눈앞에 펼쳐진 아득한 초록 들판을 눈대중으로 방향을 잡고 농로로 들어섰다. 두어 논배미를 지나자 개천이 가로막았다. 상보에서 중보, 하보를 거쳐 한내로 흘러드는 농수로였다. 수로 양쪽으로 무성하게 자란 수초가 음산한 기운을 풍겼다. 신발을 벗어 손에 들고 물을 건너는데 풀숲에서 실뱀 한 마리가 빠르게 다가왔다. 화들짝 놀라 넘어지는 바람에 신발 한 짝이 벗겨져 물살을 따라 떠내려갔다. 곧바로 수로에서 나와 흘러가는 신발을 보며 방죽 위를 달렸다. 물길은 두 갈래로 갈라지고 신발은 어느 쪽으로 갔는지 보이지 않았다. 맥을 놓고 풀밭에 주저앉았다. 언제 다쳤는지 첫째와 둘째 발가락 사이에서 피가 나고 있었다. 풀을 으깨어 상처에 꾹꾹 눌렀다.

오른쪽 발목 통증은 여전하고, 왼쪽 발바닥은 닫는 것조차 고통스러웠다. 논두렁길은 끝없이 이어지고 청룡산에서 바람은 계속 불어왔다. 한참을 걷다가 고개를 들자 시야가 확 트였다. 한내의 시퍼런 강줄기는 보기만 해도 시원하고 강변 자갈밭은 끝없이 펼쳐졌다. 푸른 강물을 감싸고 있는 은빛 자갈이 눈부셨다. 지난 겨울 추위에 떨며 자갈을 치던 기억이 아련했다. 엊그제 내린 비 때문인지 강물은 불어나 있었다.

바지를 허벅지까지 걷어올리고 조심조심 발을 디밀었다. 한기가 엄습하면서 머리칼이 주뼛 섰다. 물살을 따라 대각선 방향으로 건너기 시작했다. 몇 걸음 옮기는데 물살에 쓸린 강바닥 돌멩이가 발목을 쳤다. 충격을 받은 몸이 균형을 잃고 넘어졌다. 세찬 물줄기가 몸을 휘감고 입과 코로 물이 마구 들어갔다. 물살에 몸이 떠내려갔다. 해마다 몇 명은 빠져 죽는다는 무시무시한 양정소가 멀리 보였다. 한내가 동에서 서로 물길 방향을 바꾸는 곳의 깎아지른 절벽 아래의 소는 사람의 접근이 불가능했다. 양정마을 청년들이 죽음의 소라고 부르는 곳이다. 허벅지에서 예리한 충격이 전해졌다. 잇달아 배꼽 근처에서 두 번째 아픔이 느껴졌다. 물 속 돌부리를 움켜잡고 필사적으로 팔다리를 움직였다. 물에서 나오자마자 자갈밭에 쓰러졌다.

양정마을 앞길을 지나는데 마을 아이들이 가로막았다. 말로만 듣던 마을 깡패들이었다. 칠원깡패, 유원깡패, 양정깡패. 마을마다 깡패가 있었다. 그들은 주로 통행료라는 명목으로 혼자 다니는 학생들의 주머니를 노렸다. 도망가는 문보의 다리를 걸고, 몸을 일으키는 문보에게 주먹을 날렸다.

산기슭을 돌아서자 길 왼쪽으로 허물어진 돌담이 보였다. 돌담 너머 흉가가 눈에 들어왔다. 담장 밖으로 늘어진 감나무 가지를 보자 오금이 저려왔다. 시댁에서 소박맞은 과부가 목을 맸다는 곳, 과부 귀신은 맑은 날 해질녘에 혼자 다니는 사람만 골라 해코지를 한다고 했다. 흉가 반대쪽으로 고개를 돌리고 살금살금 걸었다. 담장의 절반을 통과할 때쯤 어디선가 휘파람 소리가 들렸다. 간이 콩알만 해지고 몸이 덜덜거렸다. 뒤를 돌아보니 감나무에 목을 맨 빨간 눈알의 처녀귀신이 문보를 노려보고 있었다. 비명을 질렀지만 아무 소리도 나오지 않았다. 문보는 이를 악물고 달렸다. 한참을 달린 뒤에 가쁜 숨을 몰아쉬며 길바닥에 털썩 앉았다. 온몸이 욱신거리고 무릎과 허벅지, 배꼽 부근 두어 군데 살이 벗겨지고 피가 맺혔다.

물채고개를 향하는 길목에 있는 저수지 방죽이 멀리 보였다. 비 오는 날이면 여자 울음소리가 들린다는 저수지였다. 읍내를 다녀오다 이유 없이 저수지에 뛰어들어 빠져 죽은 사람이 한둘이 아니었다. 여자 귀신의 울음소리는 사람의 혼을 뺏어가기 때문에 어쩔 수 없이 저수지로 빠져든다고 했다. 처녀귀신을 본 탓에 저수지를 보자 오금부터 저렸다. 지

름길인 방죽길을 피해 험한 논길로 돌아간다. 논길이 끝나고 대로로 들어서면서 가파른 고갯길이 시작되었다. 문보는 물채고개마루를 보면서 한숨을 쉬었다. 하늘이 보이지 않을 정도로 높은 암벽 사이길인 물채고개에서 도둑에게 짐을 뺏기고 화를 당하거나, 아니면 여우에게 홀려 며칠 동안 산속을 헤맸다는 이야기는 화젯거리도 아니었다. 지금이라도 포기하고 싶었지만 정아의 보조개를 떠올리며 이를 악물었다. 물채고개만 넘어서면 읍내까지는 탄탄대로였다.

오르막길로 접어들자 통증으로 걸음조차 뗄 수 없었다. 숨을 몰아쉬다가 길가에 주저앉았다. 길모퉁이에서 대산행 버스가 먼지를 날리며 무서운 속도로 내려오고 있었다. 버스는 내리막 굽은 길인데도 속도를 줄이지 않았다. 문보를 향해 정면으로 달려오던 버스가 급회전을 하며 스치듯 지나갔다. 문보의 몸뚱이가 언덕 아래로 굴렀다. 농수로에 처박혀 있는 꼴이 말이 아니었다. 온몸이 진흙탕인 이런 몰골로 정아 앞에 나설 수는 없었다. 눈에서 흘러내린 뜨뜻한 눈물이 볼을 타고 흘렀다. 참으려할수록 눈물은 굵어졌다.

정아의 손이 따뜻하다.

"달이 참 곱네."

"언제 왔드노?"

"어제. 설날에 시댁에서 일하고 손님맞이 하다가 못 와갖고, 보름날 삼아 친정 들렀다."

"친정?"

"그래, 친정. 와 우습나?"

"아니다. 우습기는. 말이 설어서 그런다."

"이거 좀……."

"줄 집에 가지 갈라고?"

"엄마가 지붕에 올려놓았으면 해서. 일 년 액땜도 하고."

"이 정도면 되겠나? 작으면 더 큰 줄로 떼주고."

"너무 크다. 사람 키만 한 거로 내가 어째 들고 가노. 버스 타고 갈낀데."

"걱정하지 마라. 내가 갔다주께!"

"안 그래도 된다!"

"그런 말하지 마라. 다리 위에서 쪼매만 기다리거라."

"다리 위에서?"

문보는 자전거포에서 한 대 남은 새 자전거를 끌고 왔다. 뒷자리에 탄 정아가 깃털처럼 가볍게 느껴졌다. 물채고개를 넘고 저수지를 지난다. 두 사람의 그림자가 저수지에 비친다. 환한 보름달이 수면으로 내려앉는다.

"아는 여자가 있는데 며칠째 연락이 안 되는기라. 가슴이 새까맣게 다 탔다. 그 땜시 여자가 미운 거는 아니고, 그 여자 없이는 못 살 거 같은 내 맘이 밉다. 나를 어떻게 하지 못하는 내가 원수다. 아무짝도 쓸 데 없는 거죽뿐인 이 몸뚱이가 나한테는 이제 필요 없는기라."

자전거는 양정마을을 지나 유원다리로 향한다. 바람이 슬쩍 비켜간다. 문보는 허리를 감은 정아의 손에 힘이 들어가는 것을 느낀다.

"춥제? 등에 더 붙어라. 날 바람막이로 삼으면 쫌 나을끼다."

국민학교를 지나 들판 가운데로 난 길로 달린다. 달빛은 지치지도 않고 자전거를 따라오면서 그림자를 만든다. 멀리 주막걸 쉼터의 느티나무가 보인다. 우람한 자태가 돋보이는 나무숲은 언제보아도 정겹다. 문보는 페달에 힘을 준다.

“문보야, 여기 내릴게. 집에 다 왔은게 인자 걸어갈란다.”

“그럴래?”

“욕봤다.”

문보는 자전거를 돌린다.

“니는 안 가나? 동네까지 왔는데 집에서 자고 가지?”

문보는 고개를 흔들었다.

“니 편할 대로 해라.”

“빨리 들어가라. 바람이 차갑다.”

“문보야!”

“…….”

“이 줄 고맙다. 밤길 조심해서 가라. 그러고……. 그 여자 찾지 마라. 니 몸 더 버리지 말고. 한번 돌아선 여자는 이제 니 여자가 아닌기라. 그냥 사람일 뿐이다. 사람은 세상에 참말로 많다. 그 여자한테 문보 니도 이제 남자가 아니다. 그냥 사람일 뿐이다. 사람이 사람 대하는 거 안 어렵다. 그러니까 니가 맘 고쳐먹으면 나는 좋겠는데…….”

정아는 말을 더 할 듯하다가 돌아섰다. 마을로 들어가는 정아 모습이 점점 흐릿해졌다. 정아가 끌고 가는 줄이 긴 꼬리처럼 보였다.

세상을 넘어

문보는 아침 일찍 집을 나섰다. 한번 떠난 여자는 여자가 아니라 사람일 뿐이라는 정아 말은 틀렸다. 인주는 살아서도 죽어서도 자신의 여자다. 이틀 동안 가게 문까지 닫고 꼼짝 않고 방안에서 괴로워하다가 내린 결론이었다. 세상 온 구석을 뒤져서라도 찾아야 한다. 인주가 문보를 원하든 않든 그것은 뒷일이다. 그녀를 만나게 되면 무슨 말을 해야 할 것인가를 잠깐 고민하다가 고개를 저었다.

마산 시외버스터미널에서 내려 마산역으로 걸으면서 인주의 행선지를 머릿속에 그렸다. 인주는 섬유회사 다닐 때까지는 양덕동 회사 기숙사에서 지냈다. 회사를 그만둔 뒤 수출자유지역 일본인 전자부품회사에 몇 달간 있었다고 했다. 그 뒤 일 년간 행적에 대해서는 입을 다물었다. 문보에게 보낸 편지에서 마산 생활을 정리하고 고향으로 갈 준비가 끝났다고 한 것으로 보면 술집을 그만둔 것은 두세 달 전쯤으로 추측된다.

거리는 행인들로 넘쳐났다. 하나같이 바쁜 걸음이었다. 어딘가 갈 곳이 있다는 것, 분명한 목적지가 있는 그들이 부러웠다. 세상은 활발하게 움직이고 있지만 자신과는 아무런 상관이 없는 일처럼 느껴지는 현실이 가슴 아프다. 어울려 돌아가는 세상일에 끼지 못하는 자신의 처지가 무리를 잃어버린 새끼 사자처럼 막막하고 외로웠다. 수많은 여자들 중 왜 인주가 없는지 믿기지 않았다. 문보 씨, 하면서 금방이라도 골목에서 튀어나올 것 같았다. 귀밑까지 내려온 단발머리 여자의 뒷모습만 보아도 가슴이 철렁 내려앉았다. 모두가 인주 같고, 모두가 낯선 사람 같다. 머리는 흐리멍덩해지고 눈동자는 풀렸다.

만약 인주가 전세방을 구했다면 그 위치는 대략 산호동 마산상고 서쪽 골목 어디쯤이 분명했다. 인주는 방을 계약할 때 집 뒤에 용마산이 있어 산책하기도 좋을 것이라는 말을 했다. 인주가 그곳에 있을 가능성은 적겠지만 단서라도 잡을 수 있을지 몰랐다. 오동동과 경계인 회원천 사이의 골목으로 들어서면서 남향집을 중심으로 훑기 시작했다. 담장이 낮은 집은 고개를 내밀어 집안을 들여다보거나, 대문이 열린 곳은 조심스럽게 집안으로 발을 들여놓았다. 이곳에서 인주의 흔적을 찾는 것이 쉽지 않으리라는 것을 예상했지만 선불리 다음 장소로 이동하지 못했다. 꼬불꼬불한 골목길 어느 곳에서 우연히 마주칠 것 같은 느낌 때문이다. 이 골목을 돌아가면 불쑥 인주와 맞닥뜨리는 행운이 올 것 같은 근거 없는 믿음을 외면할 수 없었다. 똑같은 장소를 몇 번씩 지나쳤지만 누구도 자신의 행보에 관심을 주지 않았다. 가판대 학용품 먼지만 털고 있는 문구점 남자, 뒷짐을 지고 허공으로 초점 없는 시선을 보내고 있는 신발가게 주인, 행인에게 끊임없이 말을 거는 채소가게 아주머니, 다림

질을 하면서도 눈길은 창문 너머에 고정시키고 있는 세탁소 아저씨. 무심한 그들은 다른 세계 사람들이었다.

날이 어두워지는 것을 보고 발길을 합성동으로 돌렸다. 수출자유지역 후문으로 여공들이 삼삼오오 나오고 있었다. 웃고 떠드는 그녀들의 얼굴에서 행복을 보았다.

'인주도 저런 때가 있었겠지…….'

어린교를 지나 양덕동으로 들어섰다. 화재가 났던 섬유회사 건물은 그대로 방치되어 있었다. 시커먼 철골조 위로 어둠이 깔렸다. 공설운동장과 사이를 두고 있는 넓은 공터에서 피어난 어둠이 공장을 뒤덮었다. 한때 국내 최대의 회사임을 뽐내며 하늘을 찌를 듯 솟아 연기를 뿜어냈던 네 개의 거대한 굴뚝은 이제 한 곳에서만 가느다란 수증기를 피우고 있었다. 양덕동 로터리를 돌아가자 순댓국집 간판이 눈에 들어왔다. 한 일슈퍼, 인주와 함께 퇴근하는 날이 불쑥 찾아온다면 메도골드를 사야겠다고 눈에 담아두었던 곳이다.

개천을 따라 올라가다가 섬유회사의 기숙사 건물에 시선을 고정시켰다. 인주가 기숙사를 나온 것은 이 년 전 일이었다. 시간도 사람도 모두 흘러가버렸다. 다리 난간에 걸터앉아 사라진 것들에 대해 기억을 더듬었다. 하루 삼교대로 들락거리는 수천 명의 여공들이 밤낮으로 이 거리를 메웠다. 후문 출입구에서 다리를 건너 마산역에 이르는 곳까지 거대한 공장타운을 형성하고 있었다. 양판점, 신발가게, 액세서리가게가 끊임없이 늘어졌고, 길가에는 모자, 가방, 목도리를 파는 리어카 상인들과 오뎅이나 떡볶이, 순대, 번데기 등 노점상이 길을 막았다.

마산에서 인주의 자취가 남아 있는 마지막 장소는 상남동이었다. 하루 종일 걸어다닌 탓에 몸은 지쳤고 무릎 통증도 예사롭지 않았다. 버스를 타고 싶지만 참는다. 인주를 길에서 마주치는 행운을 바란다면 걸어야 했다. 회산교 일대는 장사치들이 보행로까지 막고 보따리를 풀어헤쳐놓았다. 야채, 과일, 수산물, 신발, 옷 등 세상의 모든 것들이 나와 있었다. 장사치들이 하나라도 팔아보겠다고 지나가는 사람들을 붙잡고 악을 썼다. 저렇게 살아갈 수도 있는데……. 가슴이 울컥한다.

상남동 술집 〈만추〉의 마담 얼굴이 낯설었다.

“전에 마담한테 들은 기억이 나네예. 얼굴이 곱상해갖고 단골손님도 있었다 하고, 근데 걸핏하면 안 나오는 바람에 속도 좀 썩였고예.”

문보는 눈을 크게 떴다.

“지가 할 말은 아니지만서도, 우리같이 물장사하는 가시나들한테 정 주지 마이소. 다 돈 때문에 그러는 거 아닙니꺼? 먹고 살 만하면 어디 미친년이 이런 데 오겠습니꺼?”

술집을 나와 버스에 올랐다. 문보가 생각해낼 수 있는 마산에서의 인주 행적은 여기까지였다. 더 이상 가볼 곳은 없었다. 인주를 찾지 못할 것이라는 예상은 빗나가지 않았다. 인주가 만들어놓은 미로에 갇힌 느낌이었다. 앞으로의 자신의 삶은 이 미로에서 영원히 빠져나갈 수 없다는 절망감이 들지만 인주에 대한 원망은 없었다. 그것은 미로를 빠져나가면 그곳에는 인주가 두 팔을 활짝 벌리고 자신을 기다리고 있을 그날이 올 것이라는 믿음 때문이었다.

차창 너머로 마산역 시계탑이 보였다. 인주를 처음 만났던 곳이다. 맑은 눈으로 문보를 바라보며 환하게 웃던 인주, 그날 어두운 역 광장은 그녀가 뿜는 후광으로 빛이 내렸다. 그녀는 세상에 빛을 밝혀 자신을 인도

했다. 역 광장에는 두꺼운 어둠이 드리우고 있었다. 사라진 인주와 함께 빛의 세상도 가고 없었다. 인주를 만나기 그 이전보다 더 깊은 어둠이 덮었다. 어둠은 헤어날 수 없는 두께로 문보를 짓눌렀다. 자신의 존재를 지우고 있지만 아무런 저항도 할 수 없었다. 이 상태로 자신은 영원히 세상 사람들의 기억에서 잊힐 것이 분명했다. 생명에 대한 두려움이 아니라 인주의 부존재에 대한 저항할 수 없는 무력감 때문이다. 문보는 급하게 버스에서 내렸다. 마산역은 미로의 다른 출구일지도 모른다는 강한 느낌 때문이었다.

순천행 첫 열차는 다음날 새벽에 있었다. 자정이 지나고 서울 발 진주행 막차가 떠나자 대합실은 적막에 싸였다. 사람들의 온기가 사라진 대합실에 냉기가 빠르게 감돌았다. 문보는 몸을 푸르르 떨며 화장실로 향했다. 수도꼭지에 입을 대고 물을 마셨다. 찬 기운이 식도를 타고 내려가자 정신이 번쩍 났다. 고개를 들어 거울에 비친 얼굴을 보았다. 반 곱슬머리에 광대뼈가 유난히 불거진 오각형 얼굴, 헝클어진 머리칼 아래 퀭하게 들어간 작은 눈은 뜬 건지 감은 건지 구분이 어려웠다. 꾀죄죄한 몰골은 자신이 보아도 정나미가 떨어진다. 인주를 만나더라도 이런 모습으로 앞에 나설 수는 없었다. 윗옷을 벗고 얼굴을 씻었다. 머리칼에 물을 묻혀 가지런히 정리했다.

새벽 기차의 객실은 텅 빈 교실 같았다. 스산하고 고적했지만 기분 좋은 성취감으로 가슴이 충만된 새로움이 있었다. 그곳에 있는 것만으로도 흐뭇해지는 뿌듯함 같은 것이었다. 인주를 찾으러가는 길만 아니라면, 아니 인주와 같이하는 여행이라면 얼마나 멋질까. 어둠에 쌓인 세상은 적막하지만 인주를 받아들이는 마음은 밝고 선명하다. 검표원이 흔들어 깨운다. 바깥 풍경이 희끄무레하다. 하동을 지날 때쯤 다시 잠에 빠져들었다. 아직 순천까지는 한 시간은 더 가야 한다. 잠결에 시끄러운 소리가 들렸다. 햇살은 객실 구석까지 들어와 있었다. 어느덧 생경해진 분위기에 낯설음을 느낀다. 승객들의 말소리가 달라졌다. 인주의 말투와 비슷한 것 같지만 억세고 투박하다. 승객들이 나누는 대화 내용을 알아듣기 힘들었다.

자신이 다른 세상에 혼자 버려졌음을 느낀다. 그것은 귓전에서 메아리로 되돌아가는 말소리에서부터 시작된 것임을 깨닫는다. 자신과 다른 말을 쓰고 있는 사람들의 세상이 따로 있다는 사실은 충격이었다. 인주의 세상, 비로소 인주가 속한 세상으로 들어왔다. 지금까지 인주가 자신과 같은 세상에서 살고 있다는 생각은 착각이었다. 인주도 처음 마산에 왔을 때 문보와 비슷한 느낌을 가졌을까.

순천의 하늘은 잿빛이다. 역 광장으로 불어오는 바람이 맵고 찼다. 얇은 점퍼는 한기를 막지 못했다. 몸이 부르르 떨렸다. 신평리로 가는 시내버스에 올랐다. 순천 시내를 빠져나갈 때쯤 눈발이 날렸다. 3월에 눈이라니. 문보에게는 낯설고 신기한 풍경이었다. 마산에서 눈 구경은 한겨울에도 어려웠다.

송광사 종점에서 내린 문보는 방향을 잡지 못하고 서성거렸다. 길 양쪽으로 늘어선 식당과 기념품가게 건물이 을씨년스럽다. 이곳에 인주가 살았으리라는 생각은 들지 않았다. 두리번거리다가 기념품가게로 들어섰다. 우두커니 앉아 밖을 내다보고 있던 털북숭이 남자가 몸을 일으켰다.

"여, 여기가 신평리라는 데가 맞습니꺼?"

남자가 문보를 위아래로 훑으며 먼지떨이로 기념품을 탁탁 쳤다. 곁

눈으로 힐끔거리는 시선이 거북하다. 남자가 턱짓으로 마을회관을 가리켰다.

산자락에 붙은 마을은 삼면이 산으로 둘러싸였고 마을을 가로지르는 좁은 길 아래쪽에 손바닥만 한 논이 다닥다닥 붙어 있었다. 눈 덮인 마을은 쥐죽은 듯 고요했다. 콘크리트 마을회관 건물 옥상에 태극기와 새마을기가 후줄근했다. 마을 안길로 들어섰다. 인주가 살던 집이 어딘지 궁금했다. 나지막한 담벼락을 손으로 쓰다듬었다. 가슴에서 뜨거운 기운이 솟아오른다. 고샅을 도는 동안 아무도 만나지 못했다.

인주 고향에서 실마리라도 찾을 수 있을 것이라는 예상은 단번에 어긋났다. 얼굴로 몰아치는 눈바람을 막고 있는 손이 시렸다. 시린 발을 녹이려 오두막 헛간으로 들어갔다. 구석에 쌓아놓은 두엄에서 고소한 냄새가 풍겼다. 코를 킁킁거리면서 냄새를 빨아들였다. 지푸라기를 모아 자리를 만들어 흙담에 몸을 기댔다. 다리를 모으고 얼굴을 무릎 사이로 집어넣었다. 이곳이 수백 리 떨어진 낯선 땅이라는 느낌은 전혀 없고 고향집이라는 착각이 들었다. 어린 시절 친구들과 숨바꼭질하면서 헛간의 짚단 속에 숨던 기억이 났다. 그때도 구릿한 냄새와 따뜻한 온기를 느끼며 잠이 들곤 했다.

"뉘시간디? 여기서 뭣하고 있당가?"

굵고 탁한 목소리에 설핏 들었던 잠에서 깨어났다. 하얀 수염을 기른 노인이 지팡이를 짚고 내려다보고 있었다. 문보는 벌떡 몸을 일으켜 세웠다. 인주를 찾으러왔다가 피곤해서 쉬고 있었다고 해야 하나. 할 말은 그것뿐인데도 붙은 입이 떨어지지 않았다.

"날도 추운디 워째 그리 입고 다닌다요?"

노인의 안쓰러운 시선을 받자 비로소 문보의 입이 열린다.

"송광사 구경 왔다가 시간이 남아서 여기저기 둘러보다 여기까지 왔네예."

"우덜 말씨가 아닌디, 워디서 온겨?"

"마산에서 왔습니더. 어르신, 마산이라고 들어봤습니꺼?"

문보는 더듬더듬 말을 이어갔다. 공장 다닐 때 알았던 아가씨, 늘 고향 송광사의 아름다움을 입에 올렸던 유인주라는 이름을 가진 여자를 찾아 왔다고.

"광산댁 딸내미 아닌감?"

노인이 담배를 꺼내는 것을 보고 문보는 얼른 불을 붙여주었다.

"허벌나게 고생했지. 광산댁 약값이나 동생 학비까지 다 댔응게. 마산에서 회사 다닌다더만 돈은 수월찮게 벌었나보던디. 어미 병 수발한다고 빚으로 다 날렸다가 이제사 다 갚았다고 하더만은."

인주는 한 달 전에 이곳을 떠났다. 문보는 조심스럽게 이사 간 곳을 물었다.

"글씨, 고거이 알 수 있남. 서울로 갔다고도 하고 지 외삼촌 사는 광주로 갔다고도 허고, 시방 우덜은 잘 몰러. 딸내미가 급하게 이삿짐을 싸부렀응게 알 수가 있당가."

인주는 문보에게 남긴 마지막 흔적마저 깨끗이 지웠다. 급하게 이곳을 떠난 이유가 무엇일까. 이사 하기 전 외삼촌이 한번 다녀갔다는 노인의 말로서는 가늠할 수가 없었다. 아무 연락도 없이 몸을 숨긴 이유, 그것이 문보에게 설명할 수 없는 것이라면 인주의 삶에서 문보를 지우고 싶었다는 의미였다. 문보에게는 인주가 삶의 유일한 목적이었지만 인주에게 그렇지 못했다. 인주가 문보에게 필요했던 것은 돈이었다. 자신을 더 이상 원하지 않는 인주, 광주가 아니라 서울인들 찾아가련만 인주를 찾는 일은 이제 의미를 잃었다.

마을을 나와 눈길을 따라 걸었다. 인주를 찾으러 순천으로 오기 전, 문보가 두려워했던 상황이 이런 것이었다. 여백이 사라진 그림, 한 점 불씨조차 남아 있지 않은 식어버린 잿더미. 인주가 여자가 아닌 사람으로 돌아감으로써 문보가 인주의 완전한 타자로 남게 되는 것. 이런 일만은 일어나지 않길 바랐다.

“저기요, 사진 좀 찍어주실래요?”

문보에게 다가온 남자가 카메라를 건넨다. 카메라를 받아든 문보는 주위를 둘러보았다. 송광사 대웅전 앞이다. 렌즈 속에서 남녀가 팔짱을 끼고 활짝 웃고 있었다.

문보는 대웅전 건물 벽을 따라 걸었다. 온갖 잡념이 머릿속을 헤집었다. 자신의 아픔을 누구에게 되돌려주는 것은 잔인한 일이다. 인주에 대한 마지막 배려라고 생각했다. 인주를 잊을 만한 시간을 스스로에게 주는 것까지 비난받을 일은 아니었다. 인주의 흔적을 빨리 지워버리는 것은 자신과 인주에게 못할 짓이다. 자학하는 시간이 길수록 인주에 대한 원망은 늘어나겠지만 그만큼 인내를 기르는 일이기도 했다. 모래알 같은 인내가 쌓여 단단해지고 바위가 되고 산이 되면 그때는 모든 혼란이 정리될 것이다. 지금 할 일은 버스를 타고 곧장 마산으로 가는 것이 아니라 자신을, 인주를 있는 그대로 느끼고 받아들일 때를 준비하는 것이다.

종소리가 들려왔다. 대웅전 마당으로 스님들이 하나둘 지나간다. 수십 명의 스님들이 마당을 가로지른다. 가지런히 열을 지어 걸어가는 모습이 묘한 느낌을 주었다. 저녁 공양을 가는 것일까. 멋쩍은 기분이 들어 대웅전 건물 뒤로 몸을 감추었다. 스님 한 분이 대웅전 모서리 기둥에 몸을 기댄 채 서쪽 하늘을 바라보며 망연히 서 있었다. 문보는 대웅전 뒤 설법전 계단에 쪼그리고 앉았다. 스님이 천천히 발걸음을 옮긴다. 대웅전을 세 바퀴째 돌고 있다. 꾹 다문 입술, 허공을 뚫어버릴 듯 안광을 내고 있는 눈, 흐트러짐 없는 꼿꼿한 자세, 범접하기조차 어려운 강한 느낌을 발산하는 스님의 고민은 대체 무엇일까. 그것은 이제는 없는, 세상 어디에도 없는 인주를 잊기 위해서, 인주를 마음에서 떠나보내기 위해서 대웅전을 돌았던 자신의 고뇌보다 더 깊고 아픈 것일까. 스님의 눈길은 깨달음을 얻었다기보다는 끝없는 구도의 길을 헤매고 있는 듯했다. 문보는 일어섰다. 일주문 위에 눈이 곱게 쌓여 있었다.

순천역에 도착하자 마산행 마지막 열차는 이미 가고 없었다. 첫차는 내일 새벽에 있었다. 광장을 어슬렁거리다가 소주 한 병과 쥐포 두 마리를 사서 구석진 벤치에 자리잡았다. 광장을 바라보는 느낌이 편안하다. 지나가는 사람들의 모습도 한결 익숙해졌다. 낯선 도시에 대한 경계심도 어느덧 지워지고 생경한 말투에 대한 거부감도 많이 사라졌다. 알아듣기 어려운 것은 어쩔 수 없지만 자신의 어투에 대한 이곳 사람들의 느낌도 다르지 않을 것이다. 도시의 풍경, 건물의 모습, 볼을 스치는 바람결, 넓고 아늑한 하늘과 어둠이 내려앉은 도시의 스카이라인도 비슷하다.

광고판 아래에서 담배를 피우고 있던 두 사내가 문보를 힐끔거렸다. 의식적으로 외면해보지만 자꾸만 뒤통수가 따끔거렸다. 문보는 반쯤 남은 소주병을 들고 일어났다.

중리역에서 내린 뒤 도로를 따라 터벅터벅 걸었다. 순천역 대합실에서 밤을 새운 탓인지 몸은 천근만근이다. 지나가는 차량들이 흙먼지를 날렸다. 집으로 굳이 빨리 가야 할 이유가 없었다. 아무도 없는 그곳, 의미를 잃어버린 유형지 같은 장소, 밝은 대낮에 자전거포 문을 열 자신이 없었다. 평성 삼거리를 지나 예곡마을 입구에 도착했을 때는 정오 무렵이었다. 이대로 간다면 읍내까지는 쉬엄쉬엄해도 두어 시간이면 족하겠지만 발걸음이 떨어지지 않았다. 들판 가운데 덩그마니 앉은 야촌마을 너머로 멀리 고향의 느티나무가 눈에 들어왔다.

물이 마른 한내의 자갈밭은 끝 간 데가 없다. 옛날 소도둑이 소를 훔쳐 이곳을 지나는데 가도 가도 자갈밭이라 밤새도록 강변만 맴돌다가 잡혔다는 말까지 있는 곳이다. 강물은 석전 앞을 거쳐 양정소에 이르고 유원들판을 가로질러 칠서 남지 남강으로 합류된다. 어릴 때 친구들과 작답샘에 멱을 왔다가 물길 깊은 곳을 찾아 방죽을 넘어 이곳까지 오곤 했다.

한내를 건너 여우골 산모퉁이를 바라보며 방향을 돌렸다. 길은 정미소가 있는 부곡마을로 뻗어 있지만 마을 앞길에서 고향 마을로 가는 길과 연결되었다. 그 길은 큰골로 들어가는 백구마당을 지나고 동네 길목의 주막걸 느티나무 쉼터를 거쳐 유원으로 이어졌다. 시선은 느티나무를 향하고 마음은 고향에 깊이 들어앉았지만 발길은 반대쪽으로 향한다.

와룡산 너머로 해가 기울고 있었다. 산성마을 앞길을 지나다가 돌부리에 걸려 넘어졌다. 일어서려는데 무릎 부분이 송곳에 찔린 듯 아프다. 호계를 지날 때부터 느껴왔던 통증이었다. 길 옆 산비탈에 몸을 누인다. 이대로 눈을 감고 싶다.

'죽어?'

살아야 할 이유도 없고, 이루어야 할 목표가 있는 것도 아니었다. 남아 있는 것은 빚과 주위 사람들의 손가락질과 비난이 전부였다. 다리까지 망가졌으니 살아도 고생만 할 뿐이다. 장가 못 간 것이 조금 억울하지만 그나마 인주와 꿈 같은 며칠을 보냈으니 그만하면 되었다.

한기를 느끼고 몸을 부르르 떨며 눈을 떴다. 어느새 날은 깜깜해졌다. 온몸이 쑤신다. 기침까지 시작되는 것을 보면 감기라도 올 모양이었다. 유원과 회문 마을은 불빛조차 없었다. 달과 별이 사라진 하늘은 침묵의 늪 속에 깊이 가라앉았다.

걸음을 옮겨보지만 한 발자국 딛기가 힘들었다. 다리를 질질 끌며 물채고개를 올랐다. 살아 있다는 것이 고통스럽고 숨쉬기조차 힘들었다. 장승처럼 우뚝 솟은 바위벽에 몸을 기댔다. 뾰족한 바위 날이 등을 찔렀다. 아프다는 느낌이 아스라하고 온몸의 말초신경은 제 기능을 잃었다. 마음이 의지를 보이지 않으니 몸뚱이는 한낱 가죽에 지나지 않았다. 담배를 입에 문다. 손마디가 없는 집게손가락이 흉측했다. 바위 턱에 몸을 맡기고 숨을 골랐다.

희부연 빛이 눈꺼풀에 닿았다. 어둠이 조금씩 지워지고 있었다. 빛을 마주하기가 두려웠다. 이 어둠이 마지막이어야 한다. 새로운 태양을 볼 자신이 없다. 내려다보이는 읍내 시가지의 빛을 등대 삼아 걸음을 옮겼다. 무릎이 제대로 구부려지지 않았다. 왼발 하나에 몸을 싣고 오른발을 질질 끌며 물채고개를 내려갔다.

자전거포 문을 열었다. 철제문 쇳소리가 유난히 시끄럽다. 방바닥은 싸늘했다. 사흘을 비웠으니 연탄불은 볼 것도 없었다. 찬장을 열어 소주를 꺼낸 뒤 풍로 불을 붙이고 오징어를 구웠다. 주발에 소주를 따라 한입에 털어넣었다. 알코올 기운이 전신에 빠르게 퍼졌다. 다시 주발 가득

술을 따라 들이켰다. 소주 두 병을 단숨에 비웠다. 몸이 비틀거렸다. 머리가 어지럽고 시야가 흐릿했다. 사흘 동안 행적을 돌이켜보았다. 누구를 원망하거나 세상을 탓할 마음은 없었다. 그런데도 눈물이 흘러내렸다. 인주가 생각나고 가실댁 얼굴이 떠올랐다.

담배를 피운다. 연기가 퍼지는 것을 가만히 바라본다. 머리가 빙글빙글 돈다. 방이, 이불이, 풍로가 돌아간다. 옷장이, 술병이 돌고 정신은 가물거린다. 속은 부글거리고 당장이라도 토할 것 같다. 속이 뒤틀리면서 위에서 경련이 일어난다. 오장육부가 요란한 소리를 낸다. 살갗이 찢어질 듯 아프다. 숨이 막혀 신음소리조차 내지 못한다. 죽음이 이런 것인가. 고통을 참아내지 못할 것 같다. 고통 때문이라도 죽게 될 것이 분명하다. 죽음으로 가는 길목에 들어섰음을 느낀다. 되돌아갈 길은 없다. 남은 것은 빨리 끝을 내는 것이다. 죽는 마당에 고통이라도 줄여야 한다. 자신에게 해줄 수 있는 마지막 자선이다.

방문을 열고 밖으로 나간다. 부엌칼을 꺼낸다. 점퍼를 벗고, 바지 허리띠를 풀고, 속내의를 올린다. 드러난 배꼽 위에 칼을 갖다댄다. 쇠붙이의 서늘한 감촉이 생경하다. 생각했던 죽음은 이런 것이 아니었다. 살아간다는 것이 힘들어서, 도저히 견딜 수가 없어서, 오늘보다 더 나빠질 내일이 두려워서, 스스로 목숨을 부지할 자신이 없어서 택한 것이 죽음이었다. 죽으면 지금의 고통이 깨끗하게 사라지고, 힘든 미래에 대한 걱정이 사라질 것으로 믿었다. 그런데 죽는 일 자체가 더 고통스럽다. 살든지 죽든지 당장의 이 고통에서 벗어나고 싶다. 죽는 과정이 살아 있을 때 생각하던 죽음과 너무 달랐다. 고통 없이 죽을 수 있으리라 생각한 것은 아니지만 막상 당하고 보니 인내의 한계를 벗어난다.

'살고 싶다…….'

멀어져가는 의식 속에서 잠깐 희망을 걸어본다. 그것은 순전히 죽음이 주는 두려움 때문이다. 죽는다고 달라질 것은 없겠지만 죽음으로 향하는 길에는 상상조차 하지 못했던 두려움이 도사리고 있었다. 전혀 예상하지 못했던 복병이었다. 어리석음이 빚은 성급하고 사려 깊지 못한 판단이었다. 죽음으로 가는 시간이 너무 길었다. 숨을 몰아쉰다.

그 해 5월

죽음 직전까지 갔던 문보는 구원의 손길을 받았다. 종천은 문보에게 빌려준 5만 원에 대한 이자를 받을 요량으로 아침 일찍 자전거포에 들렀다가 창자를 토해내고 신음하고 있는 문보를 발견했다. 마산병원에서 수술을 받았지만 상처가 깊지 않아 빠르게 회복되었다. 문보는 자전거포를 정리하고 시골로 내려갔다. 문보가 이곳저곳에서 돈을 꾼 사실은 나중에 밝혀졌지만 가실댁은 말을 아꼈다. 사업이 그렇게 어려웠다면 논이라도 팔기 전에 접었으면 좋지 않았겠냐는 말을 꺼낸 것이 전부였다.

상처가 아물 때쯤 용두가 제대를 했다. 당산 언덕 아카시아 꽃향기가 마을을 진동시킬 때였다. 상구가 장기 하사로 군 복무를 연장하게 되었다는 소식도 함께 가져왔다.

"지금 세상에는 군발이가 최고 아니가?"

작년에 대통령이 총에 맞아 죽은 뒤 어수선한 세상을 군인들이 재빠르게 장악했다. 대학생들이 비싼 등록금을 내고 공부대신 데모만 하고 있다는 뉴스와 함께 하루 빨리 나라가 안정되어야 한다는 기사가 연일 신문 헤드라인을 장식했다. 사람들은 세상이 더 무서워졌다며 입을 닫았고, 두세 사람만 모이면 주위를 살피며 말조심을 했다. 술자리에서 자칫 입을 함부로 놀렸다가 쥐도 새도 모르게 잡혀가고, 택시 기사가 정부 비판을 했다가 감옥소에 들어갔다는 뉴스는 화제거리도 되지 않는 세상이었다.

상구가 직업군인을 택한 것도 이와 무관하지 않을 것이라는 말을 하면서도 용두는 못마땅한 표정을 지었다. 군인은 나라를 지키는 것이 할 일인데 정치에 더 관심을 보이고 있는 작태가 세상이 거꾸로 돌아가는 증거라고 씁쓸해했다.

“아무래도 안 되겠다. 일단 회사 복직은 해야겠어.”

장기판을 치우면서 용두가 문보를 돌아보았다.

“은행 시험 한번 더 볼 거라 안 했나? 지금 복직하면 은행 못 가는 거 아니가?”

“여기서는 공부도 안 되고 은행 시험도 가을에 있다니까 먼저 회사 들어갔다가 영어학원에도 좀 다니면서 준비해볼라고.”

문보는 아랫담 우물가를 지나 마을 밖으로 나갔다. 용두는 말없이 문보를 따라왔다. 누릇누릇한 보리밭의 깜부기가 바람에 일렁인다. 큰골로 가는 오르막 산길이 더욱 가팔라보였다.

“인주 씨 고향이 광주라 했지?”

“그만해라. 나는 다 잊었다.”

“내 말은……. 문보 니 일에 내가 이래라저래라 말할 거는 아니지만……. 시간 나면 찾아가보면 어떻겠노 그 말이다. 니 말을 들어보면 인주 씨가 지금까지 연락이 없는기 아무래도 무슨 사정이 있는가 싶다. 전화 한 통 없는 게 아무래도 이상타……."

느티나무 잎사귀가 바람에 서걱거리는 소리가 정겹다.

"내가 군대 가기 전에 여자를 하나 알았다. 걔는 내가 학교 졸업 하면 당연히 은행에 취직할 거라 생각했고. 은행 떨어지고 나니 안 보려고 하더라. 어떡해, 여자가 보기 싫다는데. 근데 걔가 날 좋아한 게 내 겉모습이었다고 생각하니까 가슴이 아프더라."

"정아도 사람인데 니 말대로 무슨 사정이 있었겠지."

정아의 이름을 들먹이는데도 예전처럼 가슴이 뜨거워지지도 않고 얼굴이 붉게 물들지도 않았다. 용두가 고개를 흔들었다.

"걔 집이 김해고 주소도 갖고 있었는데 왜 그때 안 찾아갔는지 모르겠다. 내가 시방 얼마나 후회하는지 모를 거다."

용두가 정아 아닌 다른 여자를 좋아했다는 말은 처음 듣는다.

"용기가 없었던 건 아니고?"

"그럴지도 모르지. 근데 생각해보면 그건 용기가 아니었더라."

"……."

"내가 덜 사랑하고 있었더라 그 말이다. 말로만 사랑한다고 했지 나도 걔한테 은행원이 되어 있는 내 모습을 보여주려고 그것만 신경쓰고 있었더라는 말이다. 내가 사랑한다고 생각했던 거는 사랑이 아니었던 거라……."

용두가 말을 멈추고 문보를 돌아보았다.

"니는 인주 씨한테 뭘 줬다고 생각하노? 니가 준 게 뭐가 있노, 돈?"

용두가 추궁을 했지만 문보는 입을 열지 않았다.

"돈 그거 아무것도 아니다. 인주 씨가 참말로 니 돈 떼먹고 도망간 거라 생각하나? 내가 볼 때 그게 아니다. 돈도 중요하겠지만 인주 씨는 문보 니 사랑을 백 프로 못 믿은기라."

"말이 좀 심한 거 아니가?"

"하기사 니가 순천까지 찾아갔으니 나보다는 낫다. 그래도 그게 전부는 아니지. 니가 목숨까지 걸었다는 걸 인주 씨가 알기라도 해야제. 인주 씨가 피치 못할 사정이 있어서 연락 못했을 수도 있고……. 사람 일이란 게 당사자가 아니면 절대로 다 안다고 말 못해."

용두가 이제 어른이 다 된 것 같았다.

용두가 마산으로 떠나자 문보는 다시 혼자가 되었다. 마산으로 간 용두는 직장 일이 바쁜지 토요일에도 시골에 오지 않았다. 하루 종일 무료한 나날이 이어졌다. 가실댁은 문보에게 낫자루도 잡지 못하게 했다. 땅이라고는 굼티에 있는 밭뙈기뿐이니 가실댁 혼자서도 충분하기도 했지만 문보 몸도 아직 완전치 못했다.

문보는 마루에 걸터앉아 우두커니 앞산을 바라보고 있다. 가실댁이 우물에서 길어온 물을 부엌 물독에 쏟아붓는다.

"날이 덥제. 찬물에 미숫가루 한 그릇 타줄까?"

"한 이틀 마산 좀 다녀올게. 용두가 놀러오라네."

"그래라. 안 그래도 집에 너무 박혀 있었다. 바람도 쐬고 몸도 쫌 풀고 온나."

가실댁은 군소리가 없었다. 문보는 갈 차비를 하고 있는데 가실댁이 방으로 들어왔다. 옷을 갈아입는 문보를 지켜본다.

"시방 마산 가면 저녁 될 건데 내일 가지?"

"오늘이 일요일인게 용두가 집에 있을 때 가는 게 좋제. 내일 낮에 가면 용두도 회사 가고 없을 거고. 저녁에 가서 용두 얼굴도 쫌 보고……."

"편할 대로 해라. 몸조심 단단히 해야 된다. 요즘 세상이 하도 시끄러워 예사 걱정이 아니다. 쪼매만 말 잘 못하면 군인들이 막 잡아간다더라. 무슨 말인고 알겠제?"

"내가 한두 살 묵은 얼라가? 한 사나흘 더 있을지도 모른게 너무 기다리지 마라."

"우짜든지 몸 조심해야 된대이."

요즘 들어 자신을 부쩍 챙기는 가실댁이 부담스러워진다. 옛날처럼 없는 자식 대하듯 그랬으면 마음이 편하겠다는 생각이 들 때도 있었다. 어린아이 취급을 당하는 기분이 별로 유쾌하지 않았다. 가실댁의 이런 모습은 오래 가지 않을 것이다. 그때를 미리 생각하면 목구멍부터 가르랑거린다. 가실댁과 둘만의 시골 생활이 계속될수록 조금씩 마음이 열리고 있는 것은 사실이지만 어릴 때부터 무심하게 지내온 습관은 좀처럼 바뀌지 않았다. 원래 곰상스럽지 못한 문보의 태도도 그렇지만 평생 자식 호구 걱정을 해야 하는 혹덩이로만 여기고 있는 가실댁의 굳어버린 얇은 가슴도 그랬다. 그렇다고 지금 상황을 억지로 부정하거나 부자연스럽게 받아들이는 것은 아니었다. 보이는 대로, 나타나는 대로 인정하고 행동한다. 어떻든 그 실체는 나름대로 의미를 가지고 있고 현재로서는 그것이 가장 진실한 것임을 알기 때문이다.

가실댁이 문보 몸을 염려하고, 혹시라도 잘못될까봐 사람 조심하라는 말은 조금도 거짓이 없었다. 더구나 요즘처럼 어지러운 세상에는 말 한

마디 행동 하나가 어떤 사고를 부르게 될지 모르기에 가실댁이 몇 번이고 다짐을 받는 것임을 안다. 문보는 가실댁이 타온 미숫가루를 마시다가 절반쯤 남겼다.

"다 무라! 조금밖에 안 남았구만 그것도 다 못 묵나?"

"배부르다, 그만 먹을란다."

문보는 미숫가루 그릇을 가실댁에게 밀치고 방으로 들어갔다. 남은 미숫가루를 가실댁이 마시든 않든 그것은 중요하지 않았다. 문보는 어머니라는 존재에 대한 느낌이 어떤 것인지 잠깐 생각했다. 이제는 쑥스럽거나 겸연쩍거나 하는 부담스런 감정이 아닌 나타나는 그대로를 여과 없이 받아들일 수 있을 것 같았다.

문보가 용두 자취집에 도착한 것은 저녁 무렵이었다. 용두는 활짝 웃으면서 반겼다.

"오늘이 며칠이고?"

"오늘? 5월 18일 아니가?"

"맞나? 그라면 조금 있다 박찬희 권투 하는데 그거 끝나고 나가서 한잔 하자."

"박찬희가 누군데?"

"박찬희도 모르나? 복싱 세계챔피언이다. 백 년에 한번 나올까말까 하는 선수라더라."

용두가 책상 옆 탁자 위의 텔레비전 음량을 올린다.

"니 텔레비전도 샀네? 몇 인치고?"

"십사 인치. 얼마 전에 중고로 하나 샀다."

일본 선수에게 복부를 맞은 박찬희가 비틀거린다. 금방이라도 링 위에 주저앉을 것 같다. 라운드가 진행될수록 일방적으로 맞기만 한다. 저러다간 맞아죽는 것이 아닌가 걱정이 될 정도였다. 텔레비전을 지켜보던 용두의 표정이 일그러지고 있었다. 너무 많이 맞아 무릎을 꿇은 박찬희에게 결국 심판이 KO패를 선언했다. 용두는 경기가 끝난 뒤에도 텔레비전에서 시선을 떼지 못했다. 도저히 믿을 수 없다는 표정이었다. 자신만의 영웅이 아니라 대한민국 전 국민의 영웅이라던 떠들던 용두였다.

오동동 아케이드 상가 곱창집은 손님들로 가득했다. 벽면 선반 위 텔레비전에서는 9시 뉴스를 하고 있었다. 별 계급장을 단 군인이 뭐라고 떠들고 있었다.

"내일 거기 한번 가보려고……."

술을 따르던 용두가 문보를 올려다보았다.

"그렇다고 니가 한 말이 전부 맞다는 건 아니고. 헛걸음하는 셈치고 다녀올란다. 바람도 쐴 겸해서."

"잘 생각했다. 기대는 안 한다고 해도 갔다오고 나면 니 맘이 그래도 좀 개운할끼다."

"모르겠다. 그냥 한번 다녀와야 되는 게 아닌가 싶다."

마음을 결정하기까지 조금 어려웠으나 정하고 나자 편안했다. 인주를 찾으러 광주로 가는 일은 용두가 말을 꺼내기 전에도 한두 번 떠올려보던 것이었다. 두려운 것은 인주에 대한 좋지 않은 소식을 듣는 일이었다. 인주가 자신을 떠났지만 마음속으로 용서를 했고 원망이나 미움은 없었다. 지금 이 상태로 인주를 가슴에 묻고 살기로 했다. 그런데 그곳에서 인주에 대한 나쁜 소식을 듣게 된다면 정말 앞으로 살아가지 못할 것 같았다. 두려워하는 일이 바로 그것이었다. 더 이상 인주를 통해 문보 자신을 학대하는 일은 피하고 싶었다.

용두를 만나러온 것도 그 문제에 대해 의논을 하고 싶어서였지만 마음의 결정은 내린 상태였다. 두려워서 실행에 옮기지 못한다면 평생 그것에 매여살 것이 분명했다. 인주 소식을 듣고 절망적인 상황이 발생하더라도 평생 가슴을 옥죄고 사는 것보다는 낫다.

"문보 니도 참 대단하다. 사랑 찾아 천 리 길, 꼭 영화 제목 같아."

"그만해라. 지금 내가 사랑타령 할 그럴 기분은 아니니다."

용두가 젓가락으로 문보 밥그릇에 곱창을 놓아준다.

"가서 너무 오래 있지 말고. 적당히 둘러보고 와. 몸조심하고!"

"내가 앤 줄 아나?"

"애면 괜찮지. 어른인 게 더 문제지. 어제부터 비상계엄이 전국으로 확대됐다더라."

요즘 세상 돌아가는 모양이 터지기 직전의 화산 형국이었다. 군인들이 나라를 꼼짝 못하게 만들었다. 정치인들을 감옥에 가두고, 대학교는 휴교시키고, 데모는 불법이고, 정치의 정 자 소리만 내도 쥐도 새도 모르게 잡아가는 세상이다. 이런 흉흉한 세상에 마산도 아니고 낯선 땅 광주로 가는 것이 아무래도 불안하다며 용두가 걱정스런 표정을 짓는다.

"나하고는 상관없는 일이다. 내가 정치를 아노, 군인을 아노? 아무 일 없을거다."

용두가 염려해주는 것은 고맙지만 먼 나라 일이었다. 배운 것도 없이 평생 시골에서 농사만 짓고 사는 무지렁이한테 누가 털끝만큼 관심이라도 갖겠는가. 문보는 용두를 향해 손사래를 치며 함박 웃었다.

열차가 도계를 넘자 차내는 조금씩 소란스러워지기 시작했다. 그러나 처음 순천으로 갔을 때 문보가 느꼈던 생경한 분위기와는 사뭇 달랐다. 그들이 쓰는 사투리는 더 이상 낯선 세상의 말이 아니었고, 나누는 대화 속 목소리에도 친근감이 배인 듯 느껴졌다. 열차가 역에 설 때마다 오르내리는 사람들의 옷차림은 비슷했고, 말투에서도 온기가 풍겼다. 그들의 옷매무새, 걸음걸이, 시시각각으로 바뀌는 표정 등은 문보가 지금껏 익히 보아왔던 친숙한 것들이었다. 환하게 웃는 주름진 할머니의 허리춤에 찬 보따리나, 학생모를 삐뚤게 쓴 학생 얼굴에 핀 여드름이나, 느긋하게 신문을 펼쳐든 양복 입은 신사의 중절모가 더 이상 생경하게 느껴지지 않았다. 문보는 넉넉하고 편안한 기분이 되어 인주를 찾으러간다는 비장감 대신 마음의 정리를 위한 여행을 즐기고 있었다.

열차 내의 분위기가 어떤 긴장 속으로 빠져들고 있음을 느낀 것은 화순역을 지났을 무렵이었다. 문보는 뭔가 굳어 있는 사람들의 표정에서 일상의 평안함이 사라지고 있음을 읽었다. 승객들의 말수가 표시 나게 줄어든 것보다 그들의 대화가 뭔가를 숨기려는 듯한 귓속말처럼 바뀐 것에 대해 덩달아 불안해지기 시작했다. 그들의 눈초리는 경계심을 잔뜩 품었고, 서로의 눈길은 초점을 잃고 허공에서 부딪치고 얽혔다. 문보는 무엇을 찾는 사람처럼 자리에서 일어나서 갑자기 바뀐 이 무겁고 어두운 공기의 실체를 찾아보려고 주위를 두리번거렸다. 사람들은 말이 없었고 문보는 아무것도 알아내지 못했다.

송정리역에 도착한 것은 느지막한 오후였다. 마산을 출발할 때 화창했던 하늘은 짙은 구름으로 뒤덮여 음산한 기운이 감돌았다. 문보는 열차 속에서의 불안함을 떨쳐내지 못하고 대합실 출구로 들어섰다. 사람들은 급한 걸음걸이로 빠르게 서로를 스쳐지나갔다. 무엇에 쫓기는 듯 눈은 아래로 내리깔고 서로 부딪치면서도 눈길 한번 교환 없이 제 갈 길을 갔다. 불안하고 어수선해 보이는 대합실 풍경이 낯설고 생소했다. 더운 날씨에 돋는 소름이 기분 나빴다. 뭔가 잘못된 것 같은 꺼림칙한 느낌으로 대합실을 나섰다. 빗방울이 투두둑 떨어지고, 역 광장의 가로수를 때리는 비바람 소리가 으스스하다. 산골로만 알았던 송정리는 도시의 모습이었다. 몇 십 호 정도 되는 작은 마을로만 생각했던 것이 잘못이었다. 광장 너머로 보이는 음침하고 무거운 느낌을 주는 도시를 바라보자 막막해진다. 어디서부터 찾아나서야 할지 답답했다. 처음부터 인주를 찾을 수 있다는 희망을 가지고 온 것은 아니었다. 인주에 대한 미련을 가슴속에서 정리하는 절차로서의 여행이었다. 마지막 남은 숙제를 끝내고 난 뒤 자신의 삶을 그려보려는 의도가 더 컸다. 실망하더라도 감당할 수 없을 정도는 아니었다.

빗줄기가 잦아드는 것을 보고 광장으로 나섰다. 몇 미터 앞에 설치된 검문소를 보면서 사람들은 삼삼오오 모여 웅성거리고 있었다. 더러는 땅만 바라보면서 고개를 떨어뜨리고 빠르게 가던 걸음을 재촉했다. 문보는 눈앞에 펼쳐진 광경을 보면서 자신도 모르게 다리가 후들후들 떨렸다. 군인들이 지나가는 행인들을 검문하고 있고 그 옆에는 전쟁 영화에서나 보았던 장갑차가 서 있었다. 장갑차 위에 장착된 기관총 총구는 거리의 사람들을 향하고 있었다. 검문대를 통과하는 행인들의 표정에도 두려움이 가득했고 길 가던 사람들은 걸음을 멈추고 공포에 질린 눈으로 지켜보고 있었다.

갑자기 비명 소리가 들렸다. 짧은 외마디가 문보의 가슴 밑바닥으로부터 뇌리까지 할퀴듯 가로질렀다. 군인에게 곤봉으로 얻어맞는 젊은 청년의 비명 소리였다. 두 명의 군인이 번갈아 청년을 후려치고 있고 청년은 팔로 머리를 감쌌다. 일방적으로 매를 맞고 있는 청년을 도우려는 사람은 아무도 없었다. 문보는 얼른 고개를 돌렸다. 죄 지은 것도 없는데도 겁이 났다. 거리에서 검문을 당하는 일은 대수로운 일이 아니나 지금 보이는 상황은 느낌이 좋지 않았다. 문보는 슬슬 뒷걸음질쳤다. 군인과 눈이 마주쳤다. 군인이 문보를 불렀다.

"너 대학생이지? 어디 학교야?"

"지, 지는 학생 아닌데예?"

"어디서 말을 더듬거려? 너 대학생 맞잖아, 거짓말하지 마, 새끼야!"

군인의 말투가 갑자기 험해졌다. 대검을 장착한 총을 보자 뒷덜미가 서늘했다. 아니라는 말을 해야겠는데 입이 떨어지지 않았다.

"이 새끼 왜 말을 못하는 거야! 너 지금 데모하러 시내 들어가는 길이잖아!"

대답도 하기 전에 옆에 있던 군인이 곤봉으로 등짝을 후려쳤다.

"와 이라요? 와 생사람을 잡는기요! 나는 대학생이 아니라요!"

작년 마산에서 시위대에 휩쓸려 경찰에게 매를 맞던 끔찍한 기억이 떠올랐다. 문보는 얼른 몸을 돌려 달아났다. 몇 발자국 가지 못하고 군인에게 덜미를 잡혔다.

"이 새끼 데모하러 가는 것 맞잖아! 어딜 도망가려는 거야!"

군인이 총 개머리판으로 머리를 쳤다.

"아, 아니라 카는데……."

문보는 팔로 막으며 소리를 질렀다. 이마에서 피가 흘러내린다. 머리가 깨진 것인지 얼굴이 찢어진 것인지 알 수 없었다. 군용트럭 뒤로 끌려갔다. 젊은이들이 무릎을 꿇은 자세로 앉아 있었다. 문보는 청년들과 함께 군용트럭 화물칸에 태워졌다. 총을 든 군인이 곤봉을 휘두르며 머리를 숙이라고 윽박질렀다.

트럭이 멈추었다. 문보는 눈앞에 보이는 거대한 담벼락을 보고 절망했다. 마산교도소가 떠올랐다. 정문 앞에 있던 군인이 오리걸음을 시키면서 무차별로 몽둥이를 날렸다. 한 청년이 비명을 지르며 쓰러졌다. 철문을 지나 안쪽 건물까지 기어서 갔다. 지금 당하고 있는 현실이 꿈만 같았다. 자신이 왜 여기까지 끌려왔는지는 알고 싶지 않았다. 한시라도 이 지옥에서 벗어나고만 싶을 뿐이었다.

끌려간 곳은 철창으로 된 감방이었다. 정면 감시소를 중심으로 부채꼴 모양을 하고 있는 감방은 10개도 더 되어 보였다. 감시소에서 한눈에 모든 감방을 살필 수 있는 구조였다. 감방 철창이 둔탁한 소리를 내며 열리고 문보는 다른 청년들과 함께 떠밀려 내팽개쳐진다. 이미 많은 사람들이 들어와 있었다.

"상무대라는 곳입니다. 헌병대 영창입니다."

여기가 어디냐는 문보의 물음에 같이 끌려온 더벅머리 청년이 대답했다. 군대 감옥소라는 말에 문보가 깜짝 놀랐다.

"우리가 영창에는 와 옵니꺼? 무슨 죄를 졌다고!"

더벅머리 청년이 문보를 찬찬히 쳐다보았다.

"그쪽은 어디서 왔어요? 여기 사람은 아닌 것 같은데?"

"마산서 누구 만나려고 왔심더. 근데 진짜 와 이랍니꺼?"

듣고 있던 다른 청년이 말을 받았다.

"세상이 미쳐버렸소! 광주는 지금 전쟁터요. 형 씨는 어쩌다가 여기까지 잡혀들어왔는지 모르겠지만 앞으로 몸조심하는 게 좋을거요. 소문이 안 좋단 말이요."

"소문? 무슨 소문인데 그랍니꺼?"

"학생들 데모에 공수부대가 투입됐어요. 계엄군은 인간이 아니오. 시민들을 마구잡이로 잡아가는 거요. 시위를 하는 대학생이나, 구경하는 사람, 그냥 길을 가던 사람들 가리지 않소! 형 씨처럼 아무것도 모르는 사람들이 그냥 끌려와서 매타작을 당하고 있소. 어제 벌써 수십 명이 총에 맞고 칼에 찔려 죽었다는 소문이오."

"……."

"근데 말이오, 전라도 사람 씨 말린다고 경상도 출신 공수부대원들만 골라서 광주로 투입시켰다는 거요!"

문보는 갑자기 몸이 움츠려졌다. 청년의 말이 맞고 안 맞고를 떠나서 뭔가 석연치 않았다. 경상도와 전라도가 언제부터 원수지간이었던가. 문보로서는 생전 처음 듣는 이야기였다. 자신만 하더라도 인주를 찾아 이곳으로 오지 않았는가. 인주는 세상에서 가장 소중한 사람이다. 한번도 인주가 전라도 출신임을 의식해본 적이 없었다.

철제문이 열리고 계엄군이 들어왔다. 문보는 더벅머리 청년과 함께 불려 나갔다. 복도를 지나 뒤편 건물의 작은 방으로 끌려갔다. 방 안의 광경을 보고 얼굴이 사색이 되었다. 너덧 평 좁은 방에는 피투성이가 된 청년들이 계엄군들에게 매를 맞고 있었다. 문보가 들어가자 그들은 계엄군에게 질질 끌려 나갔다. 계엄군이 문보와 청년들을 벽에 일렬로 세웠다. 문보에게 다가오더니 느닷없이 몽둥이로 허리를 쳤다. 문보가 나동그라지자 다음 청년들에게 차례로 매질이 이어졌다. 일어서려는데 군화발이 대퇴부를 갈겼다. 머리를 다치지 않으려고 팔로 얼굴만 감쌌다. 계엄군이 똑바로 서지 못하냐며 가슴으로 주먹을 날렸다.

"이름이 뭐야!"

"김, 김문봅니더?"

"몇 학년이야!"

"예? 지, 지는 학교 안 다니는데예?"

"이 새끼가 아직 정신을 덜 차렸나? 몇 학년이냐고!"

다시 계엄군의 몽둥이가 춤을 추었다. 쓰러지는 문보에게 발길질이 날아들었다. 숨이 컥 막힌다. 명치를 맞은 모양이었다. 문보는 눈을 희번덕이며 머리를 바닥으로 처박았다. 이대로 쓰러지면 죽고 말 것 같아 이를 악물었다.

"지, 지는 학교 안 다닙니더. 국민학교밖에 못 나왔습니더. 정말입니더. 지가 와 거짓말을 하겠습니꺼. 믿어주이소……."

문보는 계엄군에게 필사적으로 매달렸다.

"집이 어디야?"

"함안입니더."

"함안? 함안이 어디야!"

"마산 옆에 있습니더. 경상도 함안이라고예……."

"여긴 왜 왔어? 데모하러 온 거잖아!"

"아, 아닙니더! 누구 좀 찾을라고 왔심더."

"누구?"

"유인주라고예, 지 애인입니더. 송정에 산다 해서 조금 전에 열차 타고 왔심더. 진짭니더!"

문보는 말을 해놓고 덜컥 겁이 났다. 혹시 이 자들이 인주를 찾아 해칠지 모른다는 생각이 든 때문이었다.

"이 새끼! 아주 소설을 써라, 소설을 써."

계엄군이 몽둥이가 허벅지를 강타했다. 문보는 더 이상 버티지 못하고 그 자리에 스르르 무너져 내렸다. 의식이 점점 흐려졌다.

문보는 이틀 뒤 석방되었다. 그동안 몇 차례 불려갔으나 매만 맞았다. 대학생이 아니라고 우기자 나중에는 빨갱이라고 죄목을 만들기도 했다. 아니라고 부정하는 문보에게 돌아오는 것은 매타작이었다. 없는 이야기를 지어낼 수는 없었다. 계엄군은 군인도 인간도 아닌 악마일 뿐이라는 사람들의 말은 틀리지 않았다. 대학생들의 단순한 민주화 데모였던 것이 광주시민항쟁으로 바뀐 것은 당연한 흐름이었다는 말에도 수긍이 갔다. 문보는 민주화가 무엇인지 잘 모르지만 그것이 군인들의 만행을 막기 위한 것이라면 필요하다는 생각을 했다.

하늘은 맑게 갰다. 어제까지만 해도 잔뜩 찌푸린 하늘에 비까지 오락가락하던 날씨였다. 머리 위에서 내리쬐는 햇빛에 눈이 시렸다. 상무대 정문으로 터벅터벅 걸었다. 이틀간 매를 맞은 몸 구석구석이 쑤시고 결렸다. 걷기조차 힘들지만 서둘러야 했다. 그들이 자신을 석방시킨 이유는 알 수 없지만 그건 중요하지 않았다. 억울하지만 따지고 있을 계제가 아니었다. 어서 이곳을 빠져나가 마산으로 가야 한다는 일념뿐이었다. 열차를 타려면 다시 송정리로 돌아가야 했으나 더벅머리는 가까운 시외버스터미널에서 버스를 타고 화순으로 가서 거기서 열차를 타고 가는 것이 나을 것이라고 말해줬다.

거리에는 사람들로 가득했다. 머리에 띠를 두른 젊은이들이 스크럼을

짜고 구호를 외치고 있었다. 길바닥은 돌 부스러기들과 나무 막대기들이 널려 있고 전단지가 어지럽게 바람에 날렸다. 문보는 자신이 무엇을 잘못 보고 있는 것은 아닌지 착각이 들었다. 사람 사는 도시가 아니라 폐허처럼 보였다. 거리 곳곳에서 연기가 피어올랐고, 유리창이 깨진 가게들의 모습이 을씨년스럽다. 여기저기서 최루탄 쏘는 소리가 들려오고 매캐한 냄새가 코를 찔렀다.

버스터미널이 가까워질수록 시민들은 점점 불어났다. 세상이 바뀐 것처럼 어수선하여 정신을 차릴 수가 없었다. 시민군을 태운 트럭에서 확성기를 든 청년이 시위대를 선동하자 시민들은 일제히 함성을 질렀다. 귀가 먹먹해지면서 주체하기 힘든 격렬한 감정의 소용돌이가 전신을 휘감고 있음을 느꼈다.

'내가 시방 무슨 생각을 하노. 빨리 버스 타야지.'

문보는 도로의 시외버스터미널 이정표를 확인하고 방향을 바꾸려는데 얼핏 단발머리 여자가 눈에 들어왔다. 영락없는 인주의 뒷모습이었다. 잠시 고개를 갸웃거리다가 여자를 쫓아갔다. 어느 틈에 단발머리는 군중 속으로 모습을 감추었다. 문보는 정신없이 인파를 헤집으며 단발머리를 찾았다.

햇빛이 하늘 가운데에서 도청 광장으로 직사하고 있었다. 어떻게 여기까지 왔는지 기억조차 나지 않았다. 광장에는 수많은 시민들이 모여 있었다. 노래를 부르고 구호를 외치는 소리에 광장이 떠나갈 듯했다. 단발머리 여자는 어디로 갔는지 찾을 수가 없었다. 문보는 광장에서 빠져나와 길가에 주저앉았다.

'인주가 틀림없이 맞는데…….'

숨을 가다듬으며 광장을 바라보았다. 광장 가운데는 부처님 오신 날이라는 대형 홍보탑이 세워져 있었다. 그러고 보니 오늘이 사월 초파일이다. 고향에서는 이날은 축제일이었다. 마을사람들 모두가 일손을 놓고 떡과 술을 준비해서 장춘사로 향했다. 하루 종일 먹고 마시고 즐겼다. 어린 시절 문보는 설날 다음으로 이날을 기다리곤 했다. 지금쯤 고향에는 초파일 잔치로 흥겨운 시간을 보내고 있을 것이라는 생각을 하자 마음이 착잡했다.

헬리콥터 프로펠러 돌아가는 소리가 둔탁하게 들렸다. 고개를 올려다보니 도청 옥상 위로 커다란 헬리콥터가 검은 까마귀처럼 선회하고 있었다. 바리케이드를 치고 시민군과 대치하고 있는 공수부대는 광장의 시민군을 향하여 정면으로 총구를 들이대고 있었다.

도청 스피커에서 애국가가 울려 퍼졌다. 난데없는 애국가 소리에 광장은 순간 침묵 속에 빠졌다. 움직임을 멈춘 사람들 사이로 숙연함이 흘렀다.

'무슨 식이라도 하려나…….'

국민학교 다닐 때 아침 조례 때와 저녁 하기식 때에는 항상 애국가가 울렸다. 삼일절이나 광복절 같은 국가기념일에도 애국가는 울렸다. 애국가가 울린다는 것은 무엇인가 뜻이 있는 의식 행사를 한다는 의미였다. 문보는 습관적으로 차렷 자세를 취하고 도청 건물 위에 펄럭이는 태극기를 올려다보았다. 바람에 펄럭이는 국기의 붉고 푸른 태극 무늬와 4괘가 선명하다. 시민군을 향해 총구를 들이대고 있는 계엄군들은 전혀 움직임이 없었다.

"따따따땅!"

시위대 선두에 서 있던 사람들이 쓰러졌다. 비명 소리가 공기를 찢었다. 시위대가 흩어지기 시작했다. 문보는 하늘이 노래지는 것을 느끼며 무작정 달렸다. 지친 몸은 금방이라도 쓰러질 것 같았다. 등 뒤에서 총소리가 계속 들려왔다. 함께 달리던 청년이 헉 소리를 내며 쓰러졌다. 가슴에서 시뻘건 피가 쏟아진다. 이번에는 머리 위에서 총소리가 들렸다. 고개를 돌리자 빌딩 옥상에서 공수부대원들이 조준 사격을 하고 있었다. 죽음이 눈앞에 보였다. 지옥문 앞에서 탈출하려는 사람들의 아우성이 서럽게 들렸다.

절뚝거리며 달려보지만 계엄군의 군홧발 소리는 점점 가까워지고 있었다. 거리 모퉁이를 돌다가 돌부리에 걸려 넘어졌다. 길바닥에 쓰러지자 자포자기의 심정이 되고 말았다. 자신을 향해 달려오고 있는 계엄군을 보며 문득 세상이 우습다는 생각을 했다. 저렇게 필사적일 필요가 있을까. 자신이 무어라고. 무식하고 힘없고 몸까지 부실한 자신이 무어 대단한 사람이라고. 개머리판이 어깨를 쳤다. 왼쪽 어깻죽지에서 우두둑 소리가 났다. 팔이 축 늘어졌다. 뼈가 부서진 것인가. 도로가로 내동댕이친 문보는 눈을 감았다.

"아저씨! 이리로!"

뒤따라오던 청년이 문보 팔을 잡아끌었다. 이마에 흰 띠를 두르고 모자를 깊게 눌러썼지만 얼굴에는 어린 티가 확연했다. 문보는 있는 힘을 다해 몸을 일으켰다. 청년이 계엄군을 향해 돌을 던졌다. 계엄군이 움찔하는 사이 문보를 골목길로 이끌었다. 몇 발자국도 가지 못해 문보가 다시 쓰러졌다. 청년이 안타까운 눈빛을 보냈지만 꼼짝할 수가 없었다.

"미안합니더. 더는 못가겠네예! 먼저 가이소!"

청년에게 진심으로 미안했다. 자신을 구해주려는 청년이 고맙지만 더 이상 달리기가 힘들었다. 망설이던 청년이 계엄군을 향해 돌진했다. 계엄군의 철모가 흔들리면서 이마가 드러났다.

'상구?'

얼굴에 위장 크림을 발랐지만 상구와 꼭 닮았다. 계엄군이 청년을 향해 목봉을 후려쳤다.

"이놈의 빨갱이 새끼!"

청년이 몸을 돌려 골목 밖으로 달아났다. 계엄군이 달아나는 청년과 쓰러진 문보를 번갈아가며 눈길을 주었다. 문보는 체념했다. 계엄군이 문보를 보더니 미간을 찌푸렸다. 문보는 급히 얼굴을 돌렸다. 장갑차와 군용트럭이 맞은편에서 달려오고 있었다. 트럭에 탄 사람들은 뜻밖에 시민군이었다. 계엄군이 시민군 트럭을 보더니 군모를 눌러쓰면서 몸을 돌렸다. 문보는 발을 질질 끌며 골목길을 벗어났다.

무장한 시민군이 점점 늘어났다. 총소리는 더욱 요란해지면서 공수부대와 시민군의 시가전이 벌어졌다. 안테나가 높이 솟은 건물에서 불길이 올랐다. 시커먼 연기가 바람을 타고 광장을 에워쌌다. 눈앞에 벌어지고 있는 상황이 현실로 믿기지 않았다. 무엇이 옳고 그른지 판단도 서지 않았다. 세상이 어떻게 돌아가는 것인가. 군인과 시민이 서로의 가슴에 총을 겨누는 세상, 듣지도 보지도 못한 광경이었다. 총을 쏘고 사람을 죽여야 할 만큼 중요한 문제가 무엇인지 알 수 없었다. 몸이 부들부들 떨렸다.

문보는 앞만 보며 정신없이 걸었다. 어디선가 총알이 날아와 정수리에 꽂힐 것 같은 극심한 공포심만 가득했다. 사람들이 보이지 않는 골목을 찾아 숨어 있거나 아니면 큰 건물 지하실이라도 찾고 싶었다. 아픈 다리를 질질 끌며 낯선 길을 헤매는 자신의 모습이 불쌍해보였다가도 인주에 대한 원망이 점점 높아졌다. 그러고 보니 인주는 문보 삶의 혹이었다. 그녀 때문에 온갖 고생을 다하고 이젠 목숨까지 위태로운 처지가 되고 말았다. 인주와의 인연은 이미 그때 끝난 것인데도 자신의 미련함 때문에 스스로 사지로 몰아놓은 꼴이 되었다. 내가 만약 낯선 타향인 광주에서 허무하게 죽음을 맞는다면 그건 순전히 인주 때문이었다. 그런 인주를 찾겠다던 자신이 바보스럽고 한심했다.

한참을 걷다가 주위를 둘러보았다. 다행히 계엄군의 모습은 보이지 않았다. 안도의 숨을 내쉬었다.

"아저씨, 헌혈하러 가시게요?"

고등학생으로 보이는 여학생이었다. 문보는 얼른 대답을 못했다.

"저도 헌혈하러 가려구요!"

문보는 엉거주춤 서 있었다. 문보가 기대고 있는 전봇대에 '헌혈합시다'라고 쓴 벽보가 찢겨진 채 바람에 펄럭였다. 여학생에게 '그게 아니다'는 말을 꺼낼 수가 없었다. 총을 든 시민군을 태운 트럭이 쌩하고 지나갔다. 문보가 엉거주춤하고 있는데 헌혈차가 다가왔다. 여학생이 손을 들어 헌혈차를 세웠다. 여학생이 차에 올라타자 문보도 어쩔 수 없이 따라서 올랐다.

기독병원에는 헌혈하려는 사람들로 붐볐다. 수십 명이 줄을 서서 기다리고 있었다. 고등학생으로 보이는 학생이 청년들의 부축을 받으며 들어왔다. 옷 전체가 피투성이인 학생은 손으로 복부를 감싸고 있지만 목이 뒤로 꺾인 모습으로 보아 의식을 잃은 듯했다. 문보는 고개를 돌렸다. 병원 밖에서는 총소리가 계속 울리고 있고 부상자들은 끊임없이 들어왔다. 병실이 부족한 모양인지 복도에도 부상자들로 넘치고 있었다. 헌혈을 마친 문보가 쉬고 있는데 여학생이 눈인사를 했다.

"아저씨! 전 먼저 갈게요. 몸조심해서 가세요."

활짝 웃는 여학생을 향해 억지웃음을 지었다. 미워할 수도 없고 그렇다고 웃어줄 수도 없었다. 여학생만 아니었으면 시외버스를 타고 이곳을 벗어났을지도 모르는 일이었다. 얼떨결에 헌혈을 하게 된 것은 순전히 여학생 때문이다. 아무 상관도 없는 낯선 도시에서 아무런 죄도 없는 자신이 그만큼 고초를 당한 것도 억울하고 분했다. 광주라는 도시가 꼴도 보기 싫었다.

다시 총소리가 들렸다. 아주 가깝게 들리는 것으로 보아 병원 바로 앞인 모양이었다. 사람들의 웅성거림이 들리고 누군가 울부짖었다. 문보는 울음소리가 들리는 곳으로 달렸다. 문보는 우뚝 섰다. 자신의 발밑에 쓰러져 있는, 머리에 피를 흘리고 있는 여학생. 여학생은 문보에게 더 이상 까만 눈동자를 보여주지 않았다. 검붉은 피가 여학생의 눈을 뒤덮고 있었다. 조금 전 자신을 향해 밝게 웃던 입술에는 붉은 꽃이 피었다. 끝까지 헌혈을 하고 가겠다던 당찬 목소리는 한 발의 총성과 함께 영원히 사라졌다. 문보는 병원을 나섰다. 걸으면서 히죽히죽 웃었다. 웃고 있는데 눈에서 눈물이 나왔다. 웃다가 울다가 소리를 질렀다.

문보가 광주에서 길을 잃은 지 일주일이 지나고 있었다. 이미 광주와 연결되는 모든 도로가 통제되고 외부 사람은 누구도 들어올 수가 없어 고향으로 가고 싶어도 갈 수 없는 처지가 되고 말았다. 인주를 찾는 일도 포기했다. 인주가 아니라 문보 자신도 현재 상태로서는 안전을 보장받지 못하는 처지였다. 그동안 계엄군의 주민학살 소식은 계속해서 들려왔고, 저수지에서 수영을 하던 어린 학생이 총에 맞아 죽고, 주남마을 고향으로 잠깐 다녀온다던 도청 지하실에서 만났던 여고생이 탄 버스가 계엄군의 집중 사격을 받았다는 믿기지 않는 끔찍한 소문들만 들려왔다.

잔뜩 흐린 하늘은 금방이라도 비를 뿌릴 것 같았다. 고향 하늘을 생각했다. 같은 하늘 아래서 상상조차 할 수 없는 엄청난 일이 벌어지고 있다는 것이 믿기지 않았다. 길을 걷고는 있지만 따로 갈 만한 곳은 없었다. 어제부터 계엄군이 쳐들어온다는 소문이 돌기 시작했다. 그때는 목숨 하나 제대로 보전할 수 있으리라는 보장도 없을 테지만 그렇다고 마땅히 숨을 곳이 있는 것도 아니었다. 계엄군은 온 시내를 뒤져서라도 자신을 찾아내서 방아쇠를 당길지도 모른다. 하는 짓거리를 보면 그들은 인간이 아니라 악귀고 야수들이었다. 문보는 텅 빈 거리를 절룩거리며 걸었다. 멀리 병원 건물을 보면서 금남로에서 천변 쪽으로 방향을 잡았다.

어디선가 총소리가 들렸다. 그 틈으로 누군가의 노랫소리가 들려왔다. 굵고 건조한 목소리였다. 문보는 노랫가락을 따라 입술을 움직였다. 금남로에서, 도청 광장에서, 트럭 위에서, 거리에서 그렇게 익히 들었던 노래였다. 노래가 끝나자 거리에는 다시 침묵이 내려앉았다.

짙은 어둠 사이로 맑은 바람이 지나갔다. 문보는 심호흡을 했다. 가슴으로 찡한 기운이 흐르는 것을 느꼈다. 온몸이 저릿해졌다. 전신으로 퍼지는 크고 무거운 전율에 문보는 이를 악물었다. 고개를 들고 하늘을 올려다보았다. 광주의 별밤은 마산의 그것과 다르지 않았다.

'마산이나 광주나 하늘은 하나인 게…….'

문보는 병원에서 밤을 지새웠다. 새벽에 얼핏 잠이 들었다가 탱크 엔진 소리에 잠을 깼다. 잠시 후 도청 부근에서 총소리가 들리기 시작했다. 문보는 귀를 막았다. 날이 밝아올 무렵 계엄군의 라디오 방송이 나왔다. 폭도들은 사살되거나 체포됐으며 거리의 폭도들은 소탕됐다.

"칼자국, 문신 있는 놈, 선착순으로 나와!"

소대장이 소리치자 교육생 몇 명이 앞으로 나왔다. 조교는 그들을 맨 앞줄에 세웠다. 스무 명의 교육생들이 양쪽으로 서서 구호를 외치며 목봉을 들어올린다. 조교의 구령에 맞춰 왼쪽 오른쪽 어깨 위로 번갈아 올렸다내렸다 반복한다. 문보의 맞은편 교육생이 무게를 이기지 못하고 주저앉는다.

"이 새끼가 어디서 꾀를 부려!"

조교의 몽둥이가 날아들었다. 매는 나이를 가리지 않았다. 노인이 비명을 지르며 그 자리에 픽 쓰러졌다. 문보가 쓰러진 노인을 내려다보았다. 얼른 보아도 아버지뻘이었다. 아까부터 힘들어하고 모습에 안타까워하던 터였다. 문보의 눈꼬리가 치켜올라간다.

"저 새끼는 부모도 없나……."

"누구야? 너 이리 나와!"

소대장이 문보를 불러냈다. 혼자 중얼거린 말이 소대장 귀에 들린 모양이었다.

"이 새끼가 아직 정신을 못 차렸어! 너희 같은 놈들 때문에 나라가 망하는 거야, 개자식!"

소대장이 다짜고짜 몽둥이로 머리를 후려쳤다. 피가 얼굴로 주르르 흘러내렸다. 문보가 손으로 머리를 감싸자 군화로 정강이를 걷어찼다.

"저 자식 손 묶어! 수송대 가서 트럭 한 대 몰고 와!"

조교가 재빠르게 포승줄로 문보의 양손을 묶었다. 군용트럭 한 대가 덜덜거리며 연병장으로 들어섰다. 조교는 문보를 트럭 뒤에 매달았다. 트럭이 출발하자 문보는 넘어지지 않으려고 필사적으로 달렸다. 이곳에 끌려오자마자 무자비하게 당한 매질에 몸은 이미 만신창이가 되었다. 절뚝거리며 트럭 속도를 따라가려 하지만 한계가 오고 있었다. 트럭이 연병장을 반 바퀴쯤 돌았을 때쯤 결국 트럭 속도를 감당하지 못하고 넘어지고 말았다. 트럭에 매달린 채 끌려간다.

"더 빨리 달려!"

트럭이 속도를 늦추자 소대장이 운전병을 향해 고래고래 소리를 질렀다. 트럭이 연병장을 한 바퀴 돌아 사열단상 앞을 지날 때쯤 옷은 너덜너덜해졌다. 살갗이 찢어지고 피가 튀겼다. 온몸은 피투성이가 되었다. 문보는 죽음을 생각했다. 이곳은 군부대이고, 도망갈 데도 도와줄 사람도 없었다.

'인주…….'

잊고 있었다. 육체적인 고통에 먼저 반응한 것은 정신이 아니라 몸이었다. 몸이 인주를 잊었다. 인주를 찾기 위해 광주를 가면서부터 악몽은 시작되었다. 마음을 정리하기 위해, 인주를 놓아주기 위해 떠났던 광주행, 그것이 시작이었다. 광주에서 죽을 고비를 넘기면서 인주를 원망했던 기억들, 그것은 용두가 말했던 사랑, 그것이 전부가 아니었음을 깨닫는 일이었다. 문보의 사랑은 죽음 앞에선 힘을 전혀 쓰지 못했다. 지금의 이 고통이 그것과 연결되어 있는 것이라면. 문보는 몸서리를 쳤다. 어느새 인주를 인간 그 자체로 받아들이고 있음을 의식한다. 생활고에서 살아남기 위해 몸부림쳤을 인주와 죽음 앞에서 삶을 바라는 자신은 무엇이 다른가. 인주도 문보도 삶은 피할 수 없는 운명 같은 것이었다. 문보는 비로소 자신의 몸속으로 인주를 받아들인다. 자신의 고통은 이제 인주의 몫과 합쳐져 곱절이 된다. 그렇다면 참을 수 없는 이 고통을 인주도 함께 느낄 것이다. 문보는 곧 인주였다. 죽음도 마찬가지였다. 자신의 죽음으로 두 사람이 죽는다. 인주를 살리기 위해서는 먼저 자신이 살아야 한다. 몸이 살고 정신이 살아야 한다. 그것이 나와 인주를 살리는 길이다.

"너희들 한두 명 죽는 것은 아무것도 아냐! 반항하면 죽여도 좋다는 명령이야. 오늘 이 정도로 끝내는 것을 운 좋은 줄 생각해!"

막사로 들어온 문보는 몸을 벽에 기댔다. 온몸이 욱신거렸다. 어디 한 곳도 성한 데가 없었다. 자리에 누우려는데 소대장이 조교들과 막사로 들어왔다. 교육생들이 차렷 자세로 정렬을 마치자 소대장이 꼬챙이로 교육생들의 복부를 푹푹 찔렀다.

"너희들은 인간쓰레기야! 말 안 들으면 죽는다. 너희들 목숨은 육천 원짜리야. 죽으면 널빤지에 쳐넣고 탁송하면 끝이야!"

내무반은 쥐죽은 듯 조용했다.

“때리면 때리는 대로 맞는다! 복창 실시!”

“때리면 때리는 대로 맞는다!”

“주면 주는 대로 먹는다!”

“주면 주는 대로 먹는다!”

문보는 목이 터져라 복창한다.

저녁 점호가 끝나자마자 문보는 자리에 누웠다. 온몸이 저려왔다. 이리저리 자세를 바꾸어보지만 마찬가지다.

“씨팔! 내가 개돼지도 아이고…….”

“입조심해요. 누가 듣기라도 하면 우짤라구?”

옆에서 작은 소리가 들려왔다. 낮에 목봉체조 할 때 넘어졌던 노인이다.

“김희배라카요. 그쪽은 아직 젊었으니 참을 만하겠지만 나 같은 노친네가 이게 무슨 날벼락인지 모르겠어.”

“말씀 마이소. 죄가 있어 끌려왔으면 억울하지도 않지예. 길거리에서 시비 좀 붙었다고 죄인 취급당하는기 억울해서 그럽니더.”

“자네도 그런가? 나는 신포동에서 여인숙을 하고 있는디 다짜고짜 날더러 포주라면서 자다가 끌려왔어. 세상에 살다 살다 이런 일은 처음인기라, 아이고 무시라!”

“세상이 미쳤습니더. 지는 재수생인데예 공부하다가 열 좀 식힐라고 고고클럽에서 갔다가 잡혀 들어왔십니더. 근데 언제쯤 우리 내보내줄랑가예?”

상고머리 청년이 끼어들었다.

“사 주 교육이라 안 카더나?”

"그러면 한 달 동안 여기 있어야 한다 그 말입니꺼?"

"세상이 미쳐버렸다. 아무리 군발이가 설친다 해도 이건 아니제. 뉘긴지 몰라도 대낮에 벼락 맞을 짓거리를 하고 있는기다."

몇 달 전 광주의 악몽이 떠올랐다. 세상이 미쳤다는 말을 하고 있는 재수생 주영제나 여관주인 김희배는 이 세상이 어떻게 돌아가고 있는지 아직 모른다. 문보는 입술을 깨물며 몸을 부르르 떨었다.

취침나팔 소리가 아스라이 들렸다. 용두는 이 소리가 싫다고 했다. 그것은 취침 신호가 아닌 하루의 마지막 행사를 위한 전주곡이라고 말했다. 고참병들이 제대 말년병이 잠든 틈을 타서 졸병들을 화장실이나 창고로 불러내어 기합을 주는 신호가 취침나팔이라고 볼멘소리를 냈다. 문보는 가실댁을 생각했다. 갑자기 자취를 감춰버린 자신을 어떻게 생각할까. 경찰이 제대로 알려주기나 했을까. 자신이 끌려간 이유를 알고는 있을까.

광주에서 돌아온 뒤 매일 당산에 올랐다. 뒷산 마루 소나무 위에서 하루 종일 서쪽 하늘을 바라보았다. 넓은 벌판을 에두르고 있는 서산 너머로 해가 떨어지면 붉은 노을을 바라보며 휘파람을 불었다. 어두워질 때까지 언제나 똑같은 리듬으로 노래를 불렀다. 문보는 자신이 부르고 있는 것이 무슨 노래인지 알고 있었다. 5월 그 마지막 밤에 들었던 노래였다. 노래 속에 섞여서 들려오는 사람들의 비명 소리에 가슴을 쥐어짰다. 온몸이 죄어오고 눈물이 흐르면 문보는 소나무에서 내려왔다.

상처투성이가 되어 돌아온 문보에 대해 마을사람들 누구도 왜 그랬는지 깊은 관심을 보이지 않았다. 열흘 동안 어디서 무엇을 했는지 묻는 사람도 없었다. 가실댁은 엉망이 된 문보를 보면서 한숨만 쉬었다. 다음부터는 집을 너무 오래 비우지 말라는 말을 끝으로 입을 다물었다. 주말에 시골에 들른 용두는 문보가 떠난 그날 광주에서 폭동이 일어났다는 보도를 보았다는 말로 걱정을 대신했다. 문보에게 광주에 무슨 일이 있었느냐고 물었지만 문보는 입을 다물었다. 6월 장마가 시작될 때쯤 상구가 장기 하사 근무 첫 임무로 광주 빨갱이 소탕작전에 참전했는데 문보와 비슷한 얼굴을 보았다는 편지를 보내왔다. 문보는 답장을 하지 않았다.

유월 장마는 일찍 찾아와서 오랫동안 계속됐다. 모내기를 끝낸 들판은 온통 초록 물결로 장관을 이루었다. 주막걸 느티나무는 여전히 푸르렀고, 광려천 강물도 깊게 흘렀다. 매를 맞아 터진 이마 상처가 나아갈 때쯤 뒷산 소나무에 오르기를 그만두었다. 소나무가 벼락으로 부러져버렸기 때문이다. 더위는 기승을 부렸고 문보는 매일 악몽을 꾸었다. 자다가 헛소리를 하고, 오밤중에 벌떡 일어나 살려달라고 외치기도 했다. 때때로 꿈에 인주가 나타났다. 인주는 문보 손이 닿지 않는 먼 곳에서 구해달라고 애걸했다.

유일한 말벗은 칠원면 4H 회장이었다. 문보가 재작년 4H 행사에 한번 참여한 것이 인연이 되었다. 회장은 수십 마지기 농사를 소작으로 지었다. 농촌에 장정들이 부족하고 기계로 농사를 하게 되면서 농사는 해마다 늘어났다. 그가 문보 마을 앞들 논까지 소작하게 되면서 틈날 때마다 문보를 찾았다. 문보가 몸을 추스르게 되자 가끔씩 막걸리까지 들고 왔다. 문보가 미안해하면, "아무리 바빠도 요 앞에까지 왔는데 형님 얼굴 안 보고 가면 내가 서운치에"라며 막걸리 잔을 나누었다.

그의 권유로 4H에 발을 들였고, 그를 따라다니며 조금씩 마음을 추슬렀다. 여름 야영대회를 마치고 읍내로 돌아왔을 때였다. 날도 어두워지고 집으로 갈 일도 까마득한데 지도소에서는 회원들에게 저녁도 먹이지 않고 돌려보내려했다. 문보는 밥 한 그릇이 그렇게 아깝냐고 화를 냈고 소주를 사서 회의실에서 회원들과 마셨다. 술이 취해 노래를 부르자 잡화점 주인이 시끄럽다고 시비를 걸었고 그것이 발단이 되어 드잡이를 했다. 경찰이 오고 지서로 끌려간 문보는 전과자라는 이유로 곧 바로 함안경찰서로 이송되었고 거기서 수사과장이 문보의 죄상을 낭독했다. 문보는 죄명이 무엇인지 모르겠다고 했더니, "풍기문란 및 선랑한 미풍양속을 해칠 우려가 있는 죄"라는 한마디로 운명은 결정되었다. 그리고 죄의 급수는 "B급!"이라며 책상을 땅 치는 것으로 끝났다.

비가 오는지 막사 지붕에서 투두둑 소리가 들린다. 문보는 몸을 모로 세우고 눈을 감는다. 깜박 잠이 들었다.

"이 새끼들 빨리 일어나!"

고함 소리가 귀청을 때렸다. 선임하사가 발로 막사를 차며 교육생들을 깨웠다. 선임하사 뒤에 조교 둘이 몽둥이를 들고 서 있었다.

"깡, 깡패 새끼들아! 너그들 때문에 내가 제, 제대도 못하고 이러고 있는 거다! 아, 알겠나? 이 개새끼들!"

선임하사의 몸이 비틀거렸다. 술을 얼마나 마셨는지 혀가 꼬인다.

"침상에 박아! 실시!"

잠이 덜 깬 문보가 등 뒤로 팔을 올리다가 균형을 잃고 넘어졌다. 그 바람에 김희배도 함께 몸을 굴렀다.

"누구야! 이 새끼 너 이리 나와!"

문보는 엉거주춤 앞으로 나갔다. 볼기로 몽둥이가 날아들었다. 문보가 비틀거리다가 넘어지자 군화발로 허리를 걷어찼다. 문보는 맥없이 나가떨어졌다.

"포복 앞으로!"

문보는 선임하사 앞으로 엉금엉금 기어갔다.

"핥아!"

선임하사가 군화를 앞으로 내밀었다. 온통 진흙투성이였다.

"조교!"

선임하사가 소리를 지르자 조교가 매질을 했다. 몇 대만 더 맞으면 어딘가 병신이 되고 말 것 같았다.

"핥아!"

문보는 혀를 내밀었다. 군화에 묻은 진흙이 없어질 때까지 혀로 핥았다.

8월 햇볕은 뜨거웠다. 교육생들이 날리는 마른 먼지가 하루 종일 연병장 하늘을 덮었다. 바람 한 점 없는 한낮 더위에 교육생들은 픽픽 쓰러졌다. 목봉체조를 하다가 무게를 감당하지 못해 거대한 통나무 목봉에 깔리기도 했다. 휴식 시간은 따로 없었다. 조교들은 끊임없이 구호 복창을 명령했고 매는 예상치 못한 곳에서 날아들었다. 교육생은 악, 소리도 지르지 못하고 그 자리에 고꾸라졌다. 까만 눈동자만 보이는 일그러진 얼굴은 야차가 되어 고통을 참을 때마다 하얀 이빨만 보였다.

문보는 조교들이 왜 교육생을 학대하는지에 대한 의문을 접었다. 이유도 없고 알 필요도 없었다. 문보가 사람이 아닌 것처럼 그들도 인간이 아니었다. 모두가 사람 탈을 쓴 괴물이었다. 그들은 잘 길들여진 사냥개처럼 문보의 몸 구석구석을 물고 뜯었다. 문보는 빠르게 적응했다. 선택의 여지가 없는 상황을 재빨리 인식한 것은 다행이었다. 이곳은 세상과 단절된 곳이다. 허락된 것은 숨을 쉴 수 있는 자유뿐이었다. 도망갈 수도 없고 그래서도 안 된다는 것도 배운다. 매를 한번이라도 덜 맞기 위해서는 먼저 달리고 먼저 올리고 먼저 굴러야 했다.

막사 안이 쥐죽은 듯 조용하다. 교육생들이 복도를 중심으로 침상 가장자리에 앉아 있다. 조교가 출입구에서 양 허리춤에 손을 얹고 버티고 서 있다. 문보는 볼펜을 집어들었다. 취침시간 전에 쓰는 수양록 내용은 매일 동일했다. '오늘 훈련을 통해 몸과 정신이 더욱 깨끗하게 된 것 같습니다. 고된 훈련이지만 지난 생활을 반성하는 계기로 삼겠습니다. 교육을 마치고 사회에 나가면 더욱 올바른 사람으로 살겠습니다. 그리고…….'

"다 썼어?"

김희배가 귓속말을 건넸다.

"매일 같은 말을 쓰라니까 죽겠습니더. 속에서 욕만 나오는데 그렇다고 곧이곧대로 쓸 수도 없고. 저녁마다 이게 뭐하는 짓인가 싶습니더."

"참말로 말이 좋아서 수양록인지 반성문인지 이런 어거지가 어디 있노?"

문보가 목소리를 낮추라는 손짓을 했다. 조교의 몽둥이가 언제 춤을 출지 몰랐다.

"인제 겁도 안 난다. 일주일이면 이 지옥생활도 끝이다."

김희배가 볼펜을 만지작거리다가 놓쳤다. 볼펜이 굴러 침상에서 바닥으로 떨어지는 소리가 조용한 막사를 진동했다.

"누구얏!"

막사 입구에 서 있던 조교가 빠르게 다가왔다. 자기 쪽으로 굴러온 볼펜을 주우려던 문보가 고개를 들었다. 조교가 막대기로 문보 옆구리를 사정없이 찔렀다. 문보는 일어나려다 말고 신음 소리를 내며 허리를 꺾는다. 조교가 볼기와 등짝을 후려치며 고함을 질렀다.

“이 새끼! 수양록을 못 쓰겠다 이거지? 좋아! 너 같은 쓰레기는 정신을 더 차려야 해!”

“그게 아니고 말입니더…….”

“이 새끼가 아직도 입은 살아 있어. 이거 정말 독종이네!”

막대기가 날아들었다. 문보는 몸을 웅크리며 두 팔로 머리를 감쌌다. 관자놀이가 불에 덴 것처럼 화끈거리더니 눈에서 불꽃이 튀었다. 선임하사가 정강이를 걷어찼다. 입술이 찢어지고 피가 흘렀다. 침을 뱉자 피가 섞인 침 속에 부러진 이빨이 보였다. 고향 골목 길바닥에 나뒹구는 깨진 사금파리를 닮았다. 바닥에 떨어진 이빨 조각을 내려다보는 문보의 눈이 충혈되었다. 문보는 부러진 이빨을 주워 선임하사 눈앞으로 들이밀었다.

“이 새끼! 지금 뭐하는 거야?”

선임하사가 어처구니없다는 표정을 지었다. 문보는 광주를 떠올렸다. 마지막 날 도청 앞에서 만난 청년, 공수부대 군인들에게 쫓겨 도망가던 문보를 구해주었던 그 청년의 눈을 본다. 생생하게 살아 움직이는 눈이다. 아무도 범접할 수 없는 생명의 빛을 발하는 눈이다. 죽음을 앞에 두고도 몸을 떨지 않도록 만들었던 그 힘의 원천이 무엇이었는지 알 듯하다. 누구도 알아주지 않는 자신의 존재, 청년이 가고자 했던 것, 그것을 스스로 증명하려던 것이었다.

“고만 좀 하입시더. 배운 기 없다고 이렇게 무시해도 되는 겁니꺼? 내가 뭘 잘못한 게 있는지 몰라도 우리도 사람입니더. 말도 못하는 개돼지가 아니란 말입니더…….”

말이 끝나기도 전에 선임하사의 주먹이 날아왔다. 그것을 신호로 조교들의 몽둥이세례가 이어졌다. 문보는 엉금엉금 기어서 자리로 돌아간다.

지독한 악몽에서 깨어났다. 눈을 떴는데 갑자기 숨이 막혔다. 앞이 보이지 않았다. 입에 재갈이 물려 있고 몸은 마대부대 속에 있었다. 자신의 몸이 무엇인가에 들려나간다. 기억을 더듬는다. 엊저녁 수양록을 쓰다가 얻어맞아 이빨이 부러지고, 자신도 모르게 치밀어오른 울분을 누르지 못하고 대들었고, 그 때문에 다시 몰매를 맞고 억지로 잠을 청했다.

문보를 싸고 있던 포대가 벗겨졌다. 선임하사를 중심으로 네 명의 조교가 문보를 둘러싸고 있고, 물이 가득 찬 커다란 드럼통이 바로 앞에 보였다. 문보는 주위를 둘러보았다. 산기슭 움푹 파인 곳에 수백 개의 기름통이 적재되어 있었다. 멀리 보이는 헌병대 초소의 불빛을 받은 철조망의 가시가 섬뜩했다. 조교가 문보의 머리를 눌러 드럼통으로 집어넣었다. 문보는 숨을 참지 못하고 머리를 쳐들자 몰매가 날아들었다.

“이 새끼! 어디서 인간타령이야? 개돼지가 어떻다고? 그래, 니가 사람이 아니라는 걸 지금부터 똑똑히 보여주겠어!”

선임하사의 말이 끝나자 조교가 문보 머리를 드럼통으로 처박았다. 숨이 막히지만 누르고 있는 무게를 감당할 수 없었다. 코와 입으로 물이 들어갔다. 조금씩 정신을 잃어갔다. 머리로 어깨로 등으로 옆구리로 매가 날아왔다. 문보는 개가 되고 돼지가 되었다. 아무도 개돼지를 구하러 오지 않았다. 개돼지의 명줄을 쥐고 있는 그들은 인간이었다.

훈련을 마치고 막사로 들어온 문보는 주영제를 찾았다. 몸이 아파 막사에 누워 있었던 주영제가 보이지 않았다. 김희배의 표정이 침울해진다.

"글쎄, 어디 갔을꼬……."

"병원에 데려간 거는 아니지 않습니꺼?"

"그랬겠지. 몸이 영 말이 아니더만."

주영제는 며칠 전 교육생 상호평가 시간에 자신의 무죄를 주장하다가 흠씬 두들겨 맞고 나서 이를 갈았다.

"제가 죽기 전에는 반드시 앙갚음을 해줄 겁니더! 안 그라면 사람도 아닙니더!"

주영제의 온몸이 시커멓게 변해갔다. 김희배는 매질로 든 독은 약도 없다고 한탄했다.

"집에나 보내줬으면 좋겠구만……. 저그들도 인두겁을 쓰고 있으면 생각이 있겠지."

김희배가 혀를 끌끌 찼다. 문보는 이날 이후 주영제를 보지 못했다.

잠이 드는 행위는 생명이 있음을 확인하는 하루의 마지막 절차였다. 이제 며칠 남지 않았다. 두들겨 맞고 걷어차이는 것도 며칠뿐이었다. 조금만 더 버티면, 몇 밤만 자고 나면 지옥보다 더 모질고 지독한 이곳을 나간다. 그것만이 유일한 희망이었다.

부대 훈련장 언덕의 플라타너스 나뭇잎 색깔이 홍조를 띠기 시작했다. 한여름 폭염도 가을 서늘한 바람을 막지는 못했다. 하늘은 눈에 띄게 높아지고 해는 더욱 서쪽으로 기울었다. 기관병들의 걸음걸이에 힘이 실렸고 연병장 먼지도 많이 가라앉았다. 교육생들의 눈빛이 조금씩 살아나고 있는 것은 계절의 변화 때문은 아니었다. 4주간의 훈련이 끝나가고 있었다.

각개전투 훈련을 마치자 조교가 내무반으로 집합시켰다. 막사에는 그동안 스무 명의 교육생을 담당했던 조교 두 명도 모두 들어와 있었다. 그들의 굳은 표정을 보자 괜히 오금이 저렸다. 내무반의 좁은 공간에 싸늘한 기운이 감돌았다. 교육생들은 시키지도 않았는데 자리에 정렬했다. 소대장과 무장한 병사가 들어섰다. 소대장이 조교들에게 서류봉투를 건네자 조교들이 재빠르게 교육생들에게 나누어주었다.

"읽어 보고 지장을 찍는다. 기간은 길지 않다. 삼 개월 동안 근로봉사를 하면서 월급도 받는다. 너희들 같은 쓰레기들에게 조국이 베푸는 마지막 은혜다."

교육생들이 서로 눈치를 보며 웅성거렸다. 문보는 종이를 내려다보았다.

'삼청근로봉사대!'

처음 들어보는 말이었다. 삼청교육대 교육기간은 분명 4주간이라고 했다. 3개월은 또 뭔가. 그것도 자의에 따라 지원한다? 하루가 지긋지긋한 이 생활을 또다시 하겠다고 나설 사람이 있을까. 딱 죽지만 않을 만큼 무수히 매를 맞고, 더 이상 참을 수 없어 죽고 싶다는 생각이 들도록 훈련을 받고, 단 일 초라도 자유를 누리고 싶었던 삼청교육대 생활. 머리가 텅 빈다. 죽어도 지장 찍기는 싫었다.

"이 새끼들, 내 말이 장난으로 들리나! 여긴 군대야. 명령으로 살고 명령으로 죽는 곳이야. 명령불복종이면 어떻게 되는지 잘 알겠지! 사회에서 기생충 같은 네놈들은 즉시 총살감이야. 오 분 여유를 주겠다. 찍든 안 찍든 자유지만 목숨이 열 개라도 되지 않는다면 알아서들 해!"

시간이 흐를수록 소대장의 얼굴이 험악해졌다. 소대장이 무장한 병사에게 눈짓을 했다. 병사가 앞에총 자세로 천천히 걸어들어오더니 김희배 앞에서 멈추었다. 김희배가 몸을 덜덜 떨고 있다.

"찍어! 빨리 찍으란 말이야!"

병사가 개머리판으로 김희배의 팔을 후려쳤다. 퍽 하는 소리와 함께 김희배가 쓰러졌다. 병사가 몸을 돌려 문보 앞에 섰다. 총구로 문보 턱을 들어올렸다. 병사가 문보 손을 우격다짐으로 거머쥐고 엄지손가락에 인주를 묻혔다. 문보는 힘주어 손을 뺐다.

"개자식!"

병사의 군화발이 허리로 날아들고 문보는 앞으로 고꾸라졌다. 병사가 머리를 짓누르자 입과 콧속으로 흙이 들어간다. 숨이 막혀 버둥거려보지만 병사는 막무가내였다.

"다들 연병장으로 집합! 조교! 빨리 끌어내!"

소대장의 명령이 떨어지자 조교들은 기다렸다는 듯이 몽둥이로 교육생을 닥치는 대로 후려 팼다. 교육생들은 서로 부딪치고 넘어지면서 내무반을 빠져 나갔다.

문보가 관광버스로 종일 달려 강원도 양구에 도착한 것은 날이 어둑할 무렵이었다. 엊저녁 행정반에 불려간 문보는 또다시 조교들의 몰매를 흠씬 얻어맞고, 전과자 기록을 없애준다는 말에 지장을 찍었다. 관광버스에 타지 않겠다고 끝까지 버티던 김희배는 조교들에게 어디론지 끌려갔다.

버스에서 내리자 싸늘한 공기가 엄습한다. 초가을 날씨라고는 믿어지지 않을 정도로 으스스하다. 보이는 것이라고는 산뿐이다. 산과 산이 이어지고 겹쳐지고 층을 이루어 하늘마저 가리고 있다. 막사는 산비탈을 깎은 곳에 지어져 있었다. 천막동 사방으로 둘러쳐져 있는 흉측한 철조망은 이곳이 감옥이라는 것을 말해주고 있었다. 막사 곳곳에 구멍이 숭숭 뚫려 바람이 들어오고, 내부는 흙바닥에 가마떼기를 깔아놓은 것이 전부였다.

문보는 구석 자리에 몸을 던졌다. 자신의 처지가 눈앞에 보이는 간이 천막과 같이 느껴져 서글펐다. 언제든지 그들의 필요에 따라 철거되고 또다시 낯선 곳에서 아무렇게나 내동댕이쳐지는 일회용 삶이 되고 있었다. 자신의 의지가 소용없는 곳, 그래서 스스로는 아무것도 할 수 없는 곳, 문보가 몸으로 체득한 삼청교육대는 신조차 외면한 곳이었다.

몸을 추스를 새도 없이 선착순 집합을 외치는 조교 목소리가 들려왔다. 기계처럼 일어나 연병장으로 달렸다. 먼저 온 교육생들이 땅바닥을 기고 있고 그 위로 조교들의 군화발이 난무하면서 몽둥이가 춤을 추었다. 삼청교육대에 처음 들어왔을 때와 똑같았다. 문보는 이를 악물었다. 여기서 석 달, 석 달만 버티면 된다.

문보는 교육생들과 함께 사역 작업에 투입되었다. 무너진 진지를 고치고, 참호를 파고, 군용도로를 정비하고 전차방벽 공사를 했다. 하루 종일 중노동에 시달리다가 저녁에 막사에 들어오면 신발도 벗지 않고 잠을 잤다. 힘든 것도, 배고픈 것도 그러려니 하면서 지나갔다. 동료들의 초점 잃은 눈을 마주치는 것조차 귀찮았다. 교육생들은 더 이상 신세타령을 하거나 불만을 늘어놓지 않았다. 늘 배가 고팠고 잠이 부족했다.

11월이 되자 눈이 내렸다. 폭우처럼 쏟아졌다. 눈이 오면 새벽이라도 일어나서 눈을 치웠다. 겨울은 빠르게 찾아왔고 세상은 얼어붙었다. 꾀를 부린다고 삽자루로 얻어맞고, 꽁꽁 언 얼음 위에서 알몸으로 기었다. 돌 공사를 하다가 흙더미에 깔리거나, 동상에 걸려 시들시들 앓다가 죽어나가는 동료들을 보면서도 이곳은 사람 사는 세상이 아니니 그러려니 했다.

해가 바뀌었다. 근로봉사를 시작한 지 3개월이 지나고 있었다. 약속대로라면 지금쯤 고향에서 연말연시를 맞이하는 것이 옳았다. 소대장은 상부 명령이 내려오지 않았다는 이유로 계속 붙들었다. 문보는 그 말을 믿지 않았다. 그러나 믿고 안 믿고는 여기서 중요하지 않았다. 시키는 대로 할 뿐이었다. 그들이 보내주지 않으면 방법이 없었다.

문보는 삽질을 멈추고 허리를 편다. 날이 어둑해지고 있다. 오늘 하루도 끝나간다. 보이는 것이라고는 온통 하얀 산뿐이다. 골짜기 사이로 부는 바람 소리만 들어도 으스스 추워진다. 삽을 눈더미 위에 꽂아놓고 바지춤을 열었다. 사타구니로 한기가 스며들었다. 몸을 부르르 떤다. 날짜가 흐른 만큼 추위에 적응할 만한데 영 그렇지 못하다.

"계엄령이 해제됐다네. 이 짓도 이제 끝이야!"

장필도가 귓속말로 속삭였다. 문보는 조심스레 주위를 살폈다. 통신선 매설 작업을 지휘하던 조교는 산모퉁이로 굽은 길 너머에 있는지 보이지 않았다.

"두 사람 지금 뭐랬어? 우리가 나간다고?"

마종길이 눈을 동그랗게 뜨며 끼어들었다.

"야, 이 새끼야! 소리 좀 낮춰. 누가 듣겠다."

장필도가 주먹을 내보이자 마종길이 몸을 움츠렸다. 장필도는 마종길의 유난히 큰 목소리에 짜증을 내곤 했다. 이천의 함석공장에 다니던 마종길은 몇 달째 월급을 주지 않는 사장과 술집에서 대판 싸우다가 끌려왔다. 목소리 큰 것이 문제였다. 자신은 정당한 요구사항을 말했을 뿐이라고 했지만 사장이 협박죄로 신고했다. 어제 참호 보수공사 때 마종길이 혼잣말로 투덜거린 것이 조교 귀에 들어가면서 단체 기합을 받았다. 한두 명 겨우 들어갈 수 있을 정도로 폭이 좁은 참호에서 머리를 박는 것은 고통이었다. 목이 부러질 듯한 통증은 둘째 치고 중심잡기조차 힘들어 쓰러지면 조교는 사정없이 야전삽으로 두들겨 팼다. 문보도 마종길을 원망했지만 꼭 그 탓만은 아니었다. 오전부터 작업 상태가 불량하다고 조교들이 벼르고 있던 터여서 어떤 식으로든 기합은 피해갈 수 없었다.

"계엄이 풀렸다면 인제 다 풀어준다 그 말입니꺼?"

"내 말이 그 말이지. 계엄이 해제되었으니 삼청교육대도 없어져야지. 그동안 아무 죄 없이 고생한 것이 억울하지만 다 사람 팔자려니 하면 그만인 거고."

"참말로 풀어줄까예? 그렇게만 되면 얼마나 좋겠습니꺼? 하도 거짓말을 하니까 인제 무슨 말을 해도 제대로 들리지도 않습니더."

"이젠 안 그러겠지. 군발이는 사람 아닌가? 아무리 군발이 세상이 되었다고 해도 저들도 부모형제는 있을 게 아닌가. 계엄을 해제한 것도 아직 양심이 남아 있다는 거겠지."

문보는 고개를 흔들었다. 장필도는 모른다. 문보가 아는 군인들은 양심이라고는 없었다. 군인이 군대를 뛰쳐나가 정치판에 뛰어들면서부터 세상은 미치기 시작했다. 문보는 군인을 믿지 않았다. 군인이 대통령이 되어버린 미친 세상에 인간, 양심, 이런 말은 의미를 상실했다.

작업을 마치고 들어온 막사 분위기가 심상치 않았다. 교육생들은 삼삼오오 계엄 해제에 대해 소곤거리고 있었다. 삼청교육대가 해산되고 모두들 집으로 돌아간다는 것은 기정사실화되고 있다.

“내가 나가기만 하면 그 사장 새끼 가만두지 않을 거야. 당한 만큼 반드시 갚아주고 말거야. 형님도 얼른 아드님 얼굴 보러 가야죠?”

“결혼식부터 올려야지. 내가 여기만 끌려오지 않았으면 작년에 진작 식을 올렸지. 마누라가 둘째를 가졌거든. 배가 더 불러오기 전에 결혼식이라도 올리자고 징징거리던 게 자꾸만 눈에 밟혀.”

“형님이 짠 하고 나타나면 형수님이 놀래겠습니다.”

“모르지, 내 걱정이나 하고 있는지?”

마종길의 말을 받아넘기는 장필도의 얼굴에 화색이 만연했다.

“문보는 고향이 마산이라 그랬지? 여기서 가려면 하루 종일 걸리겠네.”

“보내주기만 한다면 이틀이든 사흘이든 어떻습니까?”

“맞다 맞아. 이틀이면 어떻고 사흘이면 어때.”

이틀이 지났지만 내보내 준다는 말은 없었다. 교육생들의 사단장 면담 건의가 묵살되고 출소는 상부 지시가 있을 때까지 기다리라는 소대장의 말을 듣고 난 뒤 문보는 희망을 접었다.

4월이라고는 하지만 아직 봄이 오자면 멀었다. 산봉우리에는 잔설이 남았고 뺨을 훑고 지나가는 바람도 매웠다. 문보는 곡괭이로 흙을 파다 말고 허리를 편다. 마종길의 삽질이 께적거린다. 장필도의 표정도 침울하다. 비상계엄이 해제되고, 군인이 새로운 대통령이 되었다는 말을 들은 지 한 달이 지났지만 이름도 모르는 이곳 강원도 깊은 산 속의 일과는 아무 관련이 없었다. 오히려 처음 그들이 약속했던 근로봉사 3개월이 6개월로 연장되었을 뿐이다.

문보는 길게 숨을 내쉰다. 스스로 생각해도 죽지 않고 지금까지 버틴 것이 용하다. 그동안 수많은 교육생들이 문보 곁을 떠나갔다. 더러 집으로 돌아간 사람도 있지만 죽어나간 사람이 더 많다. 문보는 동료들의 주검을 볼 때마다 이를 악물었다. 살아야 한다. 어떻게든 버텨야 한다. 군인들이 아무리 총칼로 위협해도 끝까지 살아야 한다. 끔찍했던 광주에서도 살아남았던 자신이다. 이제 얼마 남지 않았다. 조금만 참으면 6개월 기일을 채우고 나갈 수 있다. 그때까지 버텨야 한다. 아무쪼록 더 이상 몸 다치지 않고 살아남아야 하는 것이 중요했다.

"조심해!"

누군가의 외침이 들렸다. 경사진 산비탈로 요란한 소리를 내며 바위가 굴러내려온다. 사격 표적장을 만들다가 바위덩어리를 건드린 모양이었다. 격발장 사대 구축 작업을 하고 있던 문보는 황급히 몸을 피했다. 바위는 구르면서 몇 조각으로 깨졌다. 돌덩이는 수십 미터 아래 군용도로까지 굴러서야 겨우 멈췄다.

"이 새끼들 죽으려고 환장했나! 앞에 삽 실시! 내려가서 돌을 들고 올라온다! 선착순!"

조교가 악에 받혀 소리를 질렀다.

"젠장, 북한 아오지탄광도 이보다는 나을 거야!"

마종길이 투덜거렸다. 문보는 삽을 들고 달렸다. 늦으면 또 몽둥이 세례다. 그러나 매를 피할 수 없다는 것을 안다. 절뚝걸음으로 꼴찌라도 면하면 다행이었다. 한 시간 작업에 30분 기합은 그런 대로 참을 수 있지만 산을 오르내리는 이 짓은 정말 고역이다. 매일 계속되는 사역으로 몸은 지칠 대로 지쳤다. 그동안 문보가 만든 사격장만 하더라도 셀 수조차 없었다. 강원도 산이란 산은 모조리 파헤쳤다.

막사로 돌아와 쉬고 있는데 조교의 집합 소리가 또 들렸다. 일어날 힘조차 없다. 조교의 몽둥이가 날아들었다. 어깻죽지에서 우두둑 소리가 난다. 한 손으로 어깨를 주무르고 발을 질질 끌면서 막사를 나섰다.

연병장에는 교육생이 모두 모여 있었다. 서로의 얼굴을 바라보며 웅성거렸다. 총을 든 군인들이 교육생들을 둘러싸고 있다. 뭔가 심상치 않은 일이 일어날 것 같다. 단순한 기합이라면 수십 명의 기관병들이 저렇게까지 무장을 하고 살벌한 분위기를 연출할 이유가 없었다. 중령 계급장을 장교가 연단 위로 올라왔다.

"지금부터 호명된 교육생은 왼쪽 옆으로 이동한다!"

장교가 들고 있는 서류철을 넘기며 교육생 이름을 부르기 시작했다.

"장필도!"

장필도는 자신의 이름이 호명되자 옅은 웃음을 띠며 빠르게 대열을 빠져나갔다. 한 사람 한 사람 이름이 불릴 때마다 교육생 얼굴에 희비가 교차했다. 문보는 교육생들의 상기된 표정을 보면서 마음이 조금씩 들뜬다.

'순화교육 사 주, 근로봉사 육 개월, 지옥 같은 생활도 오늘이 마지막이야.'

입가에 미소가 감돈다. 결국 나가게 되는구나. 호명된 교육생이 오른쪽에 길게 줄지어 섰다.

"다음 마종길!"

마종길이 문보를 향해 씩 웃었다. 마종길이 줄을 빠져나갈 때 대열 뒤에 있는 무장 병사들이 빠른 동작으로 먼저 만들어진 교육생의 줄을 따라 길게 늘어섰다. 마종길은 새로운 줄의 맨 앞자리에 섰다. 마종길이

의아스런 눈으로 옆줄의 장필도를 바라보았다. 그때 무장병사들이 열을 맞춰 줄 사이로 뛰어들었다. 줄과 줄 사이 군인 장벽이 만들어졌다. 교육생들의 이름이 계속 불리고 차례로 마종길의 뒤에 섰다. 잠시 후 새로 만들어진 줄 사이로 다시 병사들이 앞에 총 자세로 달려왔다. 줄이 네 개가 만들어질 때까지 문보의 이름은 불리지 않았다. 네 번째 줄이 끝나고 다섯 번째 줄이 만들어졌다.

"김문보!"

문보는 다리를 끌며 다섯 번째 줄 끝에 섰다. 장교가 서류철을 덮었다.

"일 번 줄, 감호 일 년! 이 번 줄, 감호 이 년! 삼 번 줄, 감호 삼 년……."

장교는 빠르게 말을 마치고 연단을 내려갔다. 문보는 정신이 아뜩해졌다. 감호라니! 5년을 감옥소에서 보낸다고? 줄지어 선 교육생들은 처음에 멍하게 듣고 있다가 곧 말뜻을 깨닫고 격렬하게 소리를 지르기 시작했다. 교육생이 줄을 이탈하여 대열로 돌아가려 하자 무장 병사가 총구를 겨누었다. 교육생들이 난동을 부리면서 줄이 흐트러지자 조교들이 몰려와 몽둥이를 후려친다.

문보 눈이 번득였다. 기관병이 들고 있는 총에 시선이 꽂힌다. 문보가 대열을 벗어나 기관병에 달려드는 순간 개머리판이 머리를 쳤다. 퍽 하는 소리가 뇌에 울린다. 정신이 가물가물하다. 머리에서 뜨거운 것이 흘러내렸다. 손바닥이 끈적거리는 것을 느낀다.

"사단장을 면담하라!"

마종길의 목소리였다. 그 소리를 시작으로 모두가 한 목소리로 사단장 면담을 부르짖는다.

"경고한다! 멈추지 않으면 발포한다!"

중령의 외침이다. 교육생들은 아랑곳하지 않고 스크럼을 짜며 연병장을 가로질렀다. 누군가 목청을 높여 애국가를 불렀다. 교육생들이 하나 둘 따라 불렀다. 애국가가 연병장 가득 울려 퍼졌다. 문보는 의식을 겨우 차렸다. 귓가를 울리는 애국가 소리, 문보는 순간 온몸이 전율한다. 어디선가 들었던 애국가다. 광주 도청 앞의 끔찍한 악몽이 되살아났다. 문보가 외쳤다.

"안 돼!"

"사격!"

중령의 명령이 떨어졌다. 총소리가 귀청을 때렸다. 교육생들의 비명 소리가 들린다.

다음 날, 마종길의 시신이 화장실 옆에 거적때기로 덮여 있다고 장필도가 말해주었다. 머리에 붕대를 감은 문보는 밖으로 나갔다. 서쪽 화장실 옆은 깨끗했다. 시신은 벌써 치운 모양이었다. 문보는 하늘을 쳐다본다. 첩첩 산봉우리가 하늘을 가리고 있다. 그 틈 사이로 보이는 하늘색은 눈이 시릴 듯 푸르다. 고개를 돌려 남쪽으로 시선을 주었다.

"며칠만 지나면 오월이구만……."

그날 그 사람들 모습이 떠올랐다. 오늘밤이 마지막이라는 말을 던지고 웃으면서 총을 메고 도청으로 들어가던 청년, 문보에게 헌혈을 하자며 팔을 이끌던 여학생, 도청 지하실에서 시신을 닦고 옷을 입히던 여고생. 그들은 이제 이 세상 사람이 아니었다. 모두 문보보다 나이도 어렸다. 그들이 무슨 죄를 지었는가. 그들은 왜 자신을 던졌는가. 문보의 눈이 충혈된다.

막사 옆 플라타너스 나무에 색깔이 들고 있다. 푸른 기운이 솟고 있다. 바람이 분다. 문보는 두 팔을 벌린다. 눈을 감고 바람을 맞는다. 남쪽에서 오는 바람이다. 바람이 세상에 온기를 뿌린다. 바람은 멈추지 않고 세상 구석구석을 지나간다. 산과 들, 집과 거리, 나무와 풀, 무엇도 바람을 거부할 수 없다. 문보는 손으로 나무를 만진다. 손가락에 작은 새순이 잡힌다. 인주 얼굴이 떠오른다. 만나서 인주에게 말해줘야 한다. 그들이 누구인지. 그리고 자신이 누구인지.

'나는 끝까지 널 믿을 거다. 그리고 널 찾을 거다. 인주…….'

자신이 왜 살아남아야 했는지, 무엇 때문에 버틸 수 있었는지, 자신이 무엇을 믿고 있으며, 그 믿음이 왜 옳은 것인지 반드시 말해줘야 한다. 잊거나 잊혀서는 안 된다.

문보는 감호생들과 트럭을 탔다. 청송감호소가 아직 완공이 되지 않아 그때까지 근로봉사를 계속할 다른 부대로 이동하는 것이라고 누군가가 말해주었다. 도착한 곳은 사단에서 조금 떨어진 포병연대였다. 막사에 짐을 푸는 교육생들의 두런거리는 소리가 들렸다. 문보는 장필도에게 다가갔다.

"지금이 마지막 기횝니더. 이때를 놓치면 우리는 참말로 감옥에 갈 수밖에 없습니더!"

"문보 자네, 어쩌려고?"

"제가 앞장서겠습니더. 옆에서 조금만 도와주이소."

문보는 교육생들 앞으로 나섰다.

"오늘이 지나면 우리는 어디로 끌려갈지 모릅니더! 평생 감옥에서 썩을지, 아니면 개죽음이 되든지 아무도 모릅니더. 무슨 말인고 하몬 오늘밖에 우리한테는 시간이 없다 그 말입니더!"

문보는 자신이 여러 사람들 앞에서 선동을 하고 있다는 사실이 이상하지 않았다. 오랫동안 해왔던, 앞으로도 할 것 같은 자연스런 느낌이었다.

"어쩔 수 없는 거라고 포기할 겁니꺼? 믿을 수도 없고, 믿기지도 않지만 어쩔 수 없다 그 말입니꺼? 그럴 수도 있지예. 그동안 저들이 우리한테 부린 행패를 본다면 우리를 감옥이 아니라 사형을 시킨다고 해도 우리는 별 수 없을 겁니더. 우리가 무슨 죄를 지었습니꺼? 무슨 죄명으로 감옥소에 가는지 아시는 분 있으면 손들어 보이소. 아무도 모릅니더. 우리는 아무것도 모르고 오 년이나 감옥에 갇혀 있어야 됩니더! 절대로 인정 못합니더!"

문보는 장필도에게 눈길을 보내고는 주먹 쥔 손을 위로 쳐들었다.

"우리도 대한민국 국민입니더. 재판을 받을 권리가 있다 이겁니더. 감옥에 갈 때 가더라도 우리가 찾을 권리는 찾아야 한다 그겁니더!"

교육생들이 웅성거리기 시작했다.

"사단장을 만나야 합니더. 여게서 사단장이 있는 사단까지 얼마 안 됩니더. 같이 가입시더. 우리가 같이 힘을 합치야 됩니더!"

"사단장이 없으면? 있어도 안 만나주면 어떻게 해요?"

"누구라도 만내야 합니더. 우리가 요구하는 것은 무리한 것이 아닙니더. 정당한 재판을 받자는 기본적인 것입니더. 가만히 있으몬 아무것도 되는 기 없습니더. 우리가 우리 목소리를 내지 않으몬 누가 해줍니꺼. 우리가 우리 권리를 찾지 않으몬 누가 찾아줍니꺼. 우리밖에 없습니더. 우리 권리는 우리가 찾아야 한다 그 말입니더!"

장필도가 옳소, 라고 외치며 앞으로 나섰다.

"갑시다! 사단장을 만나러 갑시다! 내 나이 오십인데 살 만큼 살았지만 이건 아니지. 저 사람 말이 맞소. 사단장을 만나러 갑시다!"

"맞소! 우리가 특별히 어려운 요구를 하는 것도 아니고 재판만 받게 해달라는 데야 뭐라겠소. 모두 같이 갑시다!"

누군가 소리쳤다. 교육생들이 주먹을 내지르며 동조하기 시작했다. 문보 가슴이 벅차올랐다. 당장이라도 문제가 해결될 것 같은 기분이었다. 가슴 속에서 뜨거운 불길이 솟아올랐다.

문보는 앞장을 섰다. 마산에서, 광주에서의 시위대를 머릿속에 떠올렸다. 그때는 그들의 행동을 이해하지 못했다. 왜 그래야 하는지. 학생은 공부만 하고, 직장인은 일만 하고, 장사꾼은 장사만 하고……. 왜 그들이 자기 할 일을 마다하고 거리로 나섰는지, 아무런 보상도 없는데 주먹을 쥐었는지. 죄 없이 맞고, 터지고, 더러는 죽고……. 왜 그들이 그렇게 해야만 했는지. 정치 '정' 자도 모르는 무지렁이, 초등학교밖에 나오지 않는 무식쟁이, 다리병신, 손가락병신인 자신도 인간으로 살아야 하는 것, 이것만큼은 세상 누구라도 건드리지 못하는 자신의 권리였다. 마지막 남은 이것 하나만큼은 반드시 지켜져야 하고 그것은 결국 스스로 지켜야 한다. 자신이 인간임을 깨닫는다면, 인간이기를 바란다면, 인간으로 살아가려면…….

교육생들이 문보를 뒤따라 막사를 빠져나왔다. 밖으로 나오자 옆 막사의 교육생들도 쏟아져 나왔다. 조교들이 앞을 막았다.

"사단장을 만나게 해주이소!"

문보가 나서지만 들은 척도 않고 몽둥이를 휘둘렀다. 허벅지를 맞은 문보는 그대로 주저앉았다. 교육생들이 한꺼번에 조교들에게 달려들었다. 교육생들은 더 이상 맞고만 있지 않았다. 교육생들의 기세에 조교들이 주춤주춤 물러났다. 문보는 몸을 일으켜 머리로 조교의 옆구리를 박았다. 조교가 휘청거리는 틈을 타서 몽둥이를 빼앗으며 소리쳤다.

"사단으로 갑시다!"

문보는 정문을 향해 달렸다. 수십 명이 문보를 뒤따랐다. 문보는 다리를 절뚝거리면서 달렸다.

"정지! 정지하라! 그렇지 않으면 발포한다!"

정문 초소에서 군인들이 이쪽을 향하여 총을 겨누고 있었다. 교육생들이 주춤거렸다. 문보가 소리쳤다.

"겁먹을 거 없다! 공포탄이다! 그대로 밀고 나가!"

문보가 외치자 교육생들은 다시 함성을 지르며 달려나갔다.

"따땅!"

총소리가 울렸다. 문보와 나란히 달리던 장필도가 픽 쓰러졌다. 가슴에서 시뻘건 피가 쏟아졌다. 대열이 흐트러진다. 총소리가 연이어 들렸다. 당장이라도 총알이 머리통을 꿰뚫을 것 같았다. 문보는 자신에게 총을 겨누고 있는 군인과 눈이 마주쳤다. 저녁노을은 군인의 어깨 너머에서 핏빛처럼 붉은 빛깔을 쏟아붇고 있었다. 눈썹 아래까지 깊숙이 눌러쓴 군모에서 반사된 햇빛이 문보의 눈을 찔렀다. 문보를 막고 선 군인은 돌부처처럼 굳은 모양으로 버티고 있어 그 자리에서 영원히 움직일 것 같지 않았다. 문보는 눈을 찡그리며 군인를 다시 보았다.

"니, 니는……."

문보는 흠칫했다.

"니는, 상구?"

철이 아저씨 집으로 들어가는 골목길의 담벼락은 문보 키보다 조금 높았다. 문보는 담과 지붕과의 거리를 눈대중해보았다. 담장은 지붕으로 오르기 어렵게 지붕 높이보다 낮게 쌓았다. 길과 집의 지대가 달라 지붕을 오르다가 자칫 떨어지면 담장과 집 사이 고랑에 처박힌다. 높이가 삼사 미터는 족히 될 만한 고랑은 어른 몸 하나 겨우 움직일 수 있을 정도로 폭이 좁다. 내려다보기만 해도 오금이 저리는 곳이다. 문보는 평소 이 길을 다닐 때는 겁이 나서 고랑 쪽은 쳐다보지도 않았다. 특히 밤이면 음침하고 밑이 보이지 않는 깊은 고랑에서 귀신이라도 나올 것 같았다.

"누가 먼저 할래?"

용두가 문보와 상구를 번갈아 쳐다보았다. 상구가 침을 찍 뱉으며 앞으로 나섰다. 뒤에 물러나 있던 아이들의 눈길이 문보를 향했다. 문보는 아까부터 벌렁거리는 가슴소리를 죽이느라 애가 탔다. 상황을 이 지경으로 만든 용두가 미웠다. 굳이 이렇게 위험한 게임을 할 필요가 있었을까 계속 의문을 가졌던 터였다. 순전히 용두의 부추김 때문이었다. 말을 먼저 꺼낸 것은 문보였지만 일을 벌인 것은 용두였다.

용두의 도움을 받기로 한 것은 문보로서는 자존심이 팍팍 상하는 일이었지만 얼마 전까지 연속적으로 일어난 사건들을 생각하면 더 이상 머뭇거릴 수는 없었다. 문보에 대한 상구의 행패는 그대로 두고 감당하기에는 도를 지나치고 있었다. 풀 베러가던 문보를 돈을 주겠다며 꼬드겨 미꾸라지 주전자를 들게 하고, 문보가 하지 말라고 했는데도 보의 물꼬를 건드려 물꾼수에게 들켜 다음날 아버지가 마을 어른과 드잡이를 하면서 웃음거리가 되게 만들었다. 물꾼수 사건 다음날 하굣길에 상구는 언덕 땅벌집에 돌팔매질을 하여 문보의 온몸을 벌집으로 만들어놓았다. 누런 이똥을 긁어 벌에 쏘인 곳을 발라주면서 똥물을 덧바르는 것이 좋다는 애자의 말이 그럴싸하여 골목 초입에 있던 정아네 변소에 들어갔다가 똥통에 빠졌다. 벌에 쏘인 것도 억울한데 똥통에 빠지고 게다가 마주친 정아에게 알몸에 고추까지 보이고 말았다.

문보는 상구가 전과 다르게 자신에 대해 대놓고 괴롭히는 이유를 모르겠다고 용두는 뭔가 있을 거라고 단언했다.

그날 문보는 창고에서 낫을 꺼내 팔뚝 굵기의 소나무 막대기를 만들었다. 막대기를 허공에 휙휙 휘둘러보며 연못가에서 상구와 싸울 때 얼떨결에 집어든 돌멩이의 위력을 떠올렸다. 며칠 전 상구에게 대들었다가 힘이 부쳐 밑에 깔렸다. 힘으로는 도저히 당할 수 없었던 문보 눈에 길바닥 돌멩이가 눈에 들어왔다. 문보가 돌을 집자 상구가 움찔했다. 상구에게 앙갚음할 기회를 보고 있던 문보는 상구가 오늘 밤 수박 서리하러 간다는 말을 듣고 막대기를 만들었다. 문보는 왜 진작 이런 도구를 준비할 생각을 못했는지 스스로 한심스러웠다.

똥통에 빠진 그날 밤, 문보는 막대기를 들고 밤길을 나섰다. 깜깜한 밤 산길이 무서웠지만 당한 수모를 생각하면 이쯤은 아무것도 아니었다. 샘골 저수지에서 물이 우는 소리가 들렸다. 산바람이 저수지로 모이면 숨구멍에서 바람 소리가 났다. 비가 오는 날이면 몽당귀신이 숨구멍에서 빗자루를 타고 나타나 지나가는 사람을 홀린다는 가실댁의 말이 떠올라 모골이 송연해졌다. 주위에 아무도 없다는 사실이 두려움을 몰고 왔다. 그때 멀리서 수런거리는 소리가 들리더니 점점 크고 빠르게 문보 쪽으로 오고 있었다. 미리 수박밭에 숨었다가 주인 행세를 하며 상구를 덮칠 계획이었으나 발자국 소리에 놀란 문보는 몸을 돌려 도망치기 시작했다. 발에 무엇인가에 걸려 몸이 중심을 잃고 언덕 아래로 떨어지면서 의식을 잃었다. 정신을 차렸을 때 주위는 조용해져 있었다. 실의에 빠져 저수지 방죽을 지나 언덕을 넘어서는데 사람 소리가 희미하게 들렸다. 소리 나는 곳은 밀밭 옆 무덤 근처였다. 봉분 그림자가 진 곳에 두 사람이 뒤엉켜 있었다. 상구 몸뚱이 아래에서 허덕이는 것은 점순이었다. 상구가 몸을 흔들 때마다 점순이 괴로운 신음소리를 뱉지만 반항하거나 원망하는 기색은 아니었다. 제풀에 지친 양 소리를 우물거리는 모양이 상구 행동에 크게 개의치 않는 눈치였다. 상구가 위에서 헉헉대는 것도 싸울 때 내지르는 위협적인 소리와는 달랐다. 상구가 언뜻 고개를 들었다. 문보는 황급히 고개를 숙였다. 슬슬 뒷걸음을 치면서 뭔가 부끄러운 기분이 드는 것이 찜찜했다. 수박서리 갔다던 상구가 왜 저기서 저러고 있는지 의아스러웠지만 들켜서 좋을 것은 없었다. 달빛에 번들거리던 점순의 허벅지 살이 눈에서 아롱거리면서 가슴이 답답하고 숨이 막혔다. 까닭 없이 목구멍이 죄어오고 아랫도리가 묵직해졌다. 두 사람의 신음소리가 귓불에 붙어 이명처럼 앵앵거렸다. 지금 와서 용두에게 그날 일을 말하려고 하니 뭔가 쑥스러운 기분이 들었다.

"무슨 일이 있기는? 어쨌든 무슨 좋은 방법이 없겠노?"

"상구가 니를 만만하게 못 보도록 하면 될 거다."

용두의 대답은 간명했다. 용두가 제시한 방법은 신체적인 조건이 들어가지 않는 방법으로 두 사람의 담력으로 내기를 거는 것이었다.

"철이아재 지붕 올라가는 걸로 시합하자는데, 상구가."

"무슨 말이고, 갑자기 지붕은 왜 올라가는데?"

"내가 상구한테 그랬거든. 문보 말로는 우리 동네에서 간이 젤 큰 사람은 자기라고. 상구도 허풍만 세지 간이 콩알만 하다고."

"그래서?"

"내 말 듣자마자 상구가 당장 니하고 시합하자 카더라."

세상은 어둠 속에 숨었다. 눈을 크게 떠도 사람 형체조차 분간하기 어렵다. 사람들이 두렵게 여기는 것은 어둠이 주는 공포 때문이 아니라 어둠 앞에서 스스로 미약함을 깨닫기 때문이다. 문보는 입술을 깨물었다. 이 시합에서 상구를 이기면 용두 말대로 더 이상 상구가 자신을 괴롭히는 일은 없을 것이다. 생각만 해도 가슴이 벌렁거렸다.

"둘이 같이 뛰는기다. 문보 니도 괜찮제?"

상구가 문보를 향해 능글맞게 웃었다. 문보는 담벼락을 올랐다. 담과 지붕 윤곽이 희미했다. 그 아래는 밑도 보이지 않는 고랑이었다. 간이 콩알만해지고 다리가 후들거렸다. 상구가 몸을 날리는 것을 보면서 문보도 눈을 질끈 감고 지붕을 향해 뛰었다. 발이 지붕에 닿았다. 안도의 한숨을 내쉬는데 주르르 미끄러졌다. 필사적으로 이엉의 볏짚을 움켜쥐었다. 썩은 볏짚 뭉텅이가 빠지고 문보는 고랑으로 떨어졌다. 엄청난 두려움이 엄습했다. 정신이 가물거렸다. 지붕 위에서 들리는 상구의 웃음소리, 용두의 놀라는 소리, 구경하던 아이들의 탄식이 아스라이 들렸다.

탕, 하는 총소리가 들렸다. 아랫배가 불에 달군 듯 뜨거웠다. 끔찍한 일이 일어났음을 직감한다. 총을 늘어뜨리고 자신을 바라보고 있는 상구의 모습이 흐릿하다. 의식이 점점 흐려진다. 문보는 쓰러지면서 눈을 감는다.

잊힌 사람들

한산한 은행 창구로 번호표를 내미는 손님의 목소리가 나직하게 들렸다. 거래 내역을 챙기면서 수제금고의 현금을 정리하던 나는 필경대에서 적어온 계좌 개설 용지에 적힌 이름을 읽으며 손님의 얼굴을 올려다보았다.

"유인주 씨?"

나를 내려다보는 여자의 눈동자에서 오랜 기억의 저편에 있었던 아픔의 편린을 읽어낸다. 그리고 더 먼 기억이 불러온 내 불알친구 문보. 초등학교 6학년 때 자신은 반드시 부자가 되고 말겠다고 큰소리치던 녀석. 가능성은 전혀 없어 보였지만 녀석은 한동안 놀라운 집착을 보였다. 그의 부자 기준은 하루 세 끼 밥을 먹어 방귀를 뀌는 것이었다. 문보의 얼굴을 마지막으로 본 것은 갓 제대한 뒤 마산에서였는데 그때까지 그는 부자가 되지 못했고, 그 대신 한 여자에게 매달려 있었다. 그가 돈을 벌어야 하는 이유 그 중심에 이 여자, 유인주가 있었다. 그의 부자 기준이 어떻게 방귀에서 여자로 바뀐 것인지는 알 수 없었다.

"혹시 기억하실는지……. 황용두라고 합니다만……."

나는 명함을 내밀었다.

"문보 친구 황용둡니다."

오후 4시 반, 객장으로 들어오는 두꺼운 강화유리 미닫이문이 먼저 닫히고, 바깥쪽 철제문이 그렁그렁 쇳소리를 내며 내려온다. 고객 대면 업무는 끝났지만 실제적인 마감 업무는 지금부터였다. 거래 전표들을 챙기고, 공과금을 분류하고, 수표와 어음수불장을 정리하고, 마지막으로 시재금을 확인해야 한다. 이때가 가장 마음 졸이는 시간이었다. 시재장과 금고 속의 현금은 남아도 모자라도 안 된다. 늘 모자라기는 하지만 차이 나는 금액이 일만 원 내외라면 최상의 결과였다. 몇 만 원씩 모자라 호주머니 돈으로 시재금을 채우는 일이 벌어지지 않기를 기도하는 심정이 되는 시간이었다.

"마감 안 해요?"

옆자리 여직원이 담배를 피우고 있는 내게 못마땅한 시선을 주었다. 아까부터 인주에 대한 생각의 끝을 잘라내지 못하고 있었다. 아니 인주가 아니라 그 녀석 문보에 대한 생각이었다.

'자식, 그렇게 부자가 될라카더만…….'

인주가 다녀간 뒤 며칠 동안 나는 문보의 행방을 찾았다. 그동안 너무 무심했다는 생각이 들었다. 몇몇 초등학교 동창에게 연락을 해보았으나 소식을 아는 친구는 없었다. 은행 시험에 합격하여 서울로 올라온 뒤 명절 때마다 고향을 찾아갔지만 문보를 보지 못했다. 문보는 삼청교육대로 끌려간 뒤 해가 넘도록 소식이 없었다. 문보 어머니는 몇 번이고 면회를 가려고 했으나 무슨 일 때문인지 이루어지지 못했다. 이태가 지나고 가실댁은 마산으로 이사했다. 담장을 같이 쓰고 있는 문보집은 빠르게 폐허로 변해갔다. 우리 집도 마찬가지였다. 내가 서울로 오고 시골 전답을 처분한 어머니가 마산 형님 댁으로 들어가면서부터였다. 아무도 살지 않는 집 마당에는 잡초가 우거졌고 뒤란 대나무숲은 지붕을 덮었다. 집으로 들어가는 골목길은 허물어져 길이라는 흔적조차 남지 않았다. 그 뒤로 나는 문보를 잊었다.

추석을 열흘쯤 앞두고 고향에 내려간다는 생각에 들떠 있다가 불현듯 인주가 생각났다. 문보의 행방은 알 수 없었지만 인주 근황에 대해서는 알고 내려가는 것이 좋을 것 같았다. 고객카드에서 알아낸 전화번호로 연락을 했을 때 인주는 잠시 머뭇거렸다.

혜화동 로터리에 있는 카페 〈데미안〉에서 마주 앉았다.

"문보 씨는 잘 계시죠?"

자리에 앉자마자 대뜸 문보 이름부터 입에 올리는 인주의 속마음이 헤아려지지 않았다. 내가 알고 있는 인주는, 문보로부터 들은 것이 대부분이기는 하지만 문보를 진심으로 대했던 여자가 아니었다. 문보의 전 재산을 털어 행방을 감춘 여자였다. 문보에게 사기를 치면서 돈과 영혼을 한꺼번에 빼앗아 간 여자였다.

"미안합니다. 저도 잘 모릅니다."

나는 인주의 눈을 똑바로 쳐다보았다.

"문보 소식이 끊어진 지는 칠 년쯤 됐습니다. 인주 씨가 저희 지점에 다녀간 뒤 여기저기 수소문을 해보았습니다만 아무도 모르더군요."

"그럼 절 왜 보자고 하신 건지?"

"혹시라도 나중에 문보 만나면 인주 씨 소식이라도 전해주고 싶어서……."

인주의 눈빛이 가늘게 흔들렸다.

말은 뱉었지만 왠지 쑥스러웠다. 인주 앞에서 이런 말을 해도 될 만큼 문보에 대한 애정이 있기나 했을까.

인주가 일어섰다. 뭔가 말을 할 듯했으나 입을 열지 않았다. 걸어나가는 인주의 등이 굽어보였다. 출입문이 열리고 인주의 모습이 사라질 때까지 나는 시선을 떼지 못하고 멀거니 보고만 있었다.

내가 문보의 뒷소식을 알게 된 것은 상구를 통해서였다. 상구는 전역을 하고 마산 나이트클럽의 지배인이 되어 있었다. 장기 하사관을 지망했던 상구는 전역 이유에 대해서는 입을 다물었다. 문보에 대해 궁금해 하자 상구는 문보가 청송감호소에 있을지 모르겠다며 귀찮은 표정을 지었다.

문보가 청송감호소에서 밀양정신병원으로 이송되었다는 사실을 알아낸 뒤 인주에게 알려야 할지 망설였다. 수소문한 끝에 문보가 있는 곳을 알아냈지만 정신병원에 있다는 사실이 꺼림칙했다. 내가 마음을 고쳐먹게 된 것은 두 사람에 대한 연민이나 배려 차원은 분명 아니었다. 내가 그들 인생에 끼어들 자격도 없고 두 사람의 문제를 풀어나갈 사람은 결국 당사자들이겠지만 그들이 왜 이렇게 되었는가에 생각이 미치자 마음을 돌렸다. 누가 그들을 이렇게 만들었는가 하는 문제는 나로서도 풀 수 없는 난제였다. 결국 그들의 몫이 되어야 할 것이었다.

태초에 모든 생명에게 부여된 삶에 대한 경외가 인간세계에게만은 모질고 고집스럽게 느껴지는 이유에 대해 속절없는 회의가 들었다. 누군가에겐 탄생 그 자체만으로도 행복할 세상에서 얻는 것보다 잃는 게 많아도 숨쉬는 일조차 부당한 인간의 고락을 욕심이라고 말하라는 또 다른 세상을 어떻게 설명해야 할 것인가. 너의 탐욕이, 너의 사랑이, 너의 권력이 정녕코 내가 추구하는 그것과는 본질부터 다르다고, 그래서 그 너의 너와, 그 나의 나는 하나로서 만날 수 있는 접점이 애초부터 달랐음을 너는 철저한 유린으로 내게 보여주고 말았다고, 양심은 그저 나에게만 선하기만을 바랐다고, 해야 할 것인가.

여기까지 쓰고 펜을 내려놓았다. 내가 친구 이야기를 쓰려고 마음먹은 이유는 그의 삶이 특별해서가 아니었다. 운이 나빠 남들이 하지 못한 고생을 했거나, 시대를 잘못 타고 나서 겪지 못할 고초를 겪어서도 아니었다. 주위에서 얼마든지 볼 수 있는 지극히 평범한 사람, 내 친구, 이웃, 가족의 이야기일 수도 있기 때문이었다. 이 글을 언제 끝낼 수 있을지는 알 수 없다.

그 뒤로 인주와는 연락이 되지 않았다. 그녀는 우리 지점 통장을 해지했고, 내가 전화를 걸었을 때는 없는 번호로 나왔다.

창밖으로 보이는 혜화동 사거리가 여느 때보다 한가로워 보였고 로터리를 돌아가는 차량들의 흐름도 부드럽고 시원했다. 유월이 지나면서 세상은 조금씩 안정을 되찾았고 수만 명 인파가 모이던 시청 앞 광장과 광화문 네거리도 제 모습을 찾았다. 군부독재 물러가라며 연일 시위를 벌이던 성균관대학교 학생들도 이제 동숭동 학림다방이나 옛 서울대 문리대가 있던 마로니에 거리로 무대를 옮긴 모양이었다. 나는 다시 펜을 집어 들었다.

끝내 속지 않은 자의 방황

―신용성의 『선물』

육삼 이혜경/ 작가

1. 주체의 돌발적 출현

신용성의 첫 번째 장편소설 『선물』은 시대와의 교류 속에서 형성한 한 개인의 성장기록이다. 가난한 유년기와 청년기를 거치면서 개인이 겪었던 다양한 갈등을 형식화한 점에서는 기존의 성장소설과 다를 바 없다. 하지만 한 시절의 변곡점을 현재적 시점에서 회고적으로 반추하는 전형적인 성장소설과는 다른 성격을 띠고 있다. 우리는 이 점에 주목할 필요가 있다. 40여 년 전 사건을 현재시점으로 소환한 작가의 진의가 숨겨져 있기 때문이다. 왜 반성적 회고가 아닌 현재진행형 시점이어야 하는가? 가난하고 못 배워 사회적 약자로밖에 살 수 없는 '문보'라는 주인공이 지금 시대에 왜 필요한가? 성급히 말하면, '아니오'라고 말할 수 있는, 진정한 삶의 주인이 되는 과정을 보여주려는 작가적 욕망에서다. 한국문학의 알랭 바디우를 자처한 작가가 소설 속 주인공에게 그토록 가혹하게 굴었던 이유이다. 그래서 작가는 소외된 개인이 나름의 방식으로 기존 사회에 적응 또는 불응하는 선택적 서사로 점철된 기존의 성장소설을 거부한 것이리다. 따라서 『선물』의 현재진행형의 서사는 이 소설의 주제, 즉 '인간에게 가장 큰 선물은 무엇인가'라는 작가의 담론을 구현하는 데 필수불가결한 구성이 된다.

사실 『선물』의 주인공 '문보'는 여느 소설 속 문제적 인물과는 거리가 멀다. 그는 건전한 사회구성원이 되고자 하는 욕망도, 비극적 사건과 부조리한 사회적 모순을 폭로할 생각도 없는 형이하학적 인물이다. 한때 비루한 현실을 극복하고자 소극적 방법으로 노력한 적은 있지만 쉽게도 현실 논리에 굴복하고야 만다. 감당할 수 없는 현실과 합리적 타협에 익숙한 그는 니체적 '최후의 인간'에 가깝다고 할 수 있다. 작가가 이처럼 무력한 존재의 상징인 '문보'를 소설의 주인공으로 내세운 건, 정체성을 결여한 주체를 구조화하기 위한 설정에 다름 아니다. 당연하게도 상상적 쾌락본능에만 충실했던 존재가 진정한 주체로 거듭나기 위해선 혹독한 대가를 치르는 결말로 귀결된다. 어떤 통과의례도 없이 현실원칙에 충실한 존재는 평범하거나 평균 이하의 삶을 살아갈 수밖에 없는 까닭이다.

최근 한국소설에 등장하는 주인공들이 그렇다. 그들은 비참한 현실을 묵묵히 견뎌내거나, 주어진 삶의 테두리 안에서 안이하게 살아갈 뿐이다. 구조 지어진 현실세계의 단단한 벽을 깨부술 '힘에의 의지'가 없어서다. 아니, 세계화된 자본의 논리가 개인의 정체성을 서열화시키는 담론에 굴복한 것이다. 개인의 힘으로는 사회구조적 시스템을 되돌릴 수 없기에 자기 삶의 욕망을 스스로 억압한다. 때때로 비루한 현실을 거세하기 위해 기적 같은 환상을 불러 향유하지만 딱 거기까지다. 지배 이데올로기 담론에 편승하는 이들의 삶이 어쩌면 더 현실적일지도 모른다는 항변이 최근 소설들의 지배적 인식인 셈이다. 이러한 자위적 태도에 머무는 한계에도 불구하고 이들에게 감정이입을 하는 건 시대적 공범의식 때문일 것이다.

기존의 지배 이데올로기와 단절하기란 결코 쉬운 일이 아니다. 개인을 변화시킬 만큼 강력한 사건이 없다면 영영 불가능할지도 모른다. 이런 이유로 사건은 우연의 산물이어야만 한다. 예비된 마주침이 아닌 도래한 사건이어야 한다. 너무도 급진적이고 강렬한 나머지 개인을 패닉에 빠트리는 경험이라야 한다. 부정의 변증법이 작동하지 않는 순수한 사건만이 거듭남의 주인공이 될 수 있다. 이 강렬한 마주침은 "속지 않는 자가 방황한다"는 저 유명한 라캉적 주체를 '공백'으로 인도한다. 어떤 매개 없이 기존의 지배 이데올로기에서 벗어나 사유할 수 있는 심연의 공간으로 안내된 주체는 순응적 삶과의 단절 속에서 기적처럼 하나의 진리를 건져 올린다. 체념의 자리에서 기적이 솟구친다는 역설이 작동하는 진리의 출현방식이다.

이제 확고한 진리를 건져 올린 주체는 자신을 옭아맸던 단단한 상징의 벽을 찢고 투사가 된다. 개인의 우연한 경험에서 진리를 정초한 주체로의 부활이다. 이렇듯 진리가 출현하는 과정, 한 개인이 주체로 거듭나는 과정을 여과 없이 그려낸 소설이 『선물』이다. 끝내 우연한 사건으로 진정한 주체로 등극한 '문보'는 확고하다고 믿는 진리실현을 위해 파멸의 길로 나아간다. 진리를 선언한 자의 진실성이자 충실성이다. 무기력했던 개인이, 체제에 순응하던 개인이, 주어진 현실을 묵묵히 견뎌냈던 개인이 경험에서 깨달은 확고한 믿음 아래 진정한 주체가 되는 길은 파멸뿐이다. 한 개인의 파멸은 형이하학적 삶과의 결별인 동시에 영적인 삶에 대한 선언이다. 개별적 경험이 보편적 진리를 획득하는 순간이다. 진리의 출현은 주체적이며 하나의 과정으로, 진리 선언에 대한 충실성이 보편적 개별성을 정식화하기 때문이다. 주체가 새로운 진리를 정초할 때 존재론적인 전복이 어느 정도인지를 가늠케 해주는 텍스트가 바로 신용성 작가의『선물』이다. 그의 소설세계로 들어가 보자.

2. '문보'라는 이름의 호명테제

신용성의 장편『선물』은 혼돈의 세상과 홀로 맞선 자의 슬픈 서사시이다. 그의 소설은 본질적으로 인간의 존재 가치란 무엇인가에 대한 문제제기다. 인간은 어떻게 살아야 하는가에 대한 근본적인 물음을 주인공을 통해 구현한 소설이다. 따라서 소설 속의 존재론이자 인식론적 물음에 대한 응답은 작가의 담론으로 귀결된다. 그런 까닭에 세상의 이치와 자아의 자리를 되새기려는 자의식이 강한 소설로 읽힌다. 그 때문에 주인공의 내면에 투사되는 작가의 음성이 3인칭의 서사를 무력하게 만들곤 한다. 작가의 한계라고 비난할 일은 아니다. 어찌해볼 수 없는 고통스러운 상황에서 터져 나오는 무력한 주인공의 자조 섞인 목소리를 대신한 작가의 개입은 소설 전체를 관통하는 주제 구현을 위한 페이소스적 발화로 들리기 때문이다. 그것이 신용성의 문제성이고, 그의 소설이 간단치 않다는 증빙이다.

첫 장편소설의 출간에서 그의 가장 큰 문제성은 대중적 관심과 독서

시장의 트렌드를 전혀 고려하지 않는다는 데 있다. 이 점에서 최근 독서 시장의 흐름과 확연히 구별되는 그의 소설은 나름의 확고한 자기만의 문학적 세계관을 관철시켰다고 할 수 있다. 문제의 핵심은 혼돈의 세상, 1980년을 현재화한 점이다. 독자확보와는 거리가 먼 작가의 두둑한 배짱이다. 40여 년은 강산을 네 번이나 변화시키는 세월이다. 이 모든 사태의 책임은 순전히 작가의 철학적 신념에서 비롯된 것이리라. 그리스 철학의 전통이자 유럽 철학의 흐름을 관통하는 플라톤의 '이데아'가 그것이다. 인간이라면 형이상학적 존재를 추구해야 한다는 것이 작가의 믿음인 듯싶다. 하지만 "나는 생각한다, 고로 존재한다"라는 저 유명한 데카르트의 명제가 지금도 유효한지를 묻지 않을 수 없다.

이성을 지닌 인간의 의지로 도저히 넘어설 수 없는 시대에 우리는 살고 있다. 구조주의의 틀 안에 갇혀 있는 우리가 무엇을 할 수 있단 말인가. 차라리 "내가 생각하는 곳에 나는 없고, 내가 있는 곳에서 나는 생각하지 않는다"라는 코기토에 대한 라캉의 해석이 맞아떨어진 시대에 살고 있지 않은가. 이것이 바로, 라캉의 전언을 소설적으로 형상화시킨 작가의 『선물』에 녹아져 있다. 자신의 의지와 상관없이 사회구조 속에 내던져진 소설 속 주인공 '문보'는 어떤 존재인가. 차근차근 살펴보자.

『선물』의 주인공 '문보'는 가난한 부모를 둔 탓에 중학교에 진학하지 못하고 마산의 섬유회사에 취직한다. 그곳에서 헤픈 웃음을 남발하며 모든 이에게 친절한 '인주'라는 여성에게 반하지만 가당치 않다는 자격지심에 마음을 접는다. 때마침 중동 석유파동으로 회사에 감원 열풍이 불어 문보는 직장을 잃고, 자동차정비소 일, 군고구마 장사를 거쳐 철공소에 취직하면서 고향 친구들과 어울리다가 교도소 신세를 지고, 급기야 선반 사고로 손가락 두 개를 잃는다. 이후, 귀향한 문보는 농사를 거들면서 저축을 하지만, 그 돈을 갖고 달아난 마을금고 총무를 찾으러 마산으로 갔다가 부마사태 시위대로 오인받아 경찰에 추격을 당한다. 가까스로 숨어든 술집에서 인주가 일한다는 사실을 뒤늦게 알게 된 문보에게 그녀가 찾아오면서 둘은 재회한다. 문보는 그녀가 돈 때문에 자신을 찾아온 걸 알면서도 고리대금을 얻고 가게 보증금을 반환해 인주에게 주지만, 돈에 대한 그녀의 욕망은 멈추지 않는다. 끝내 논을 팔아 마련한 돈을 갖고 인주가 잠적하는 사건이 벌어지면서 소설은 본격적으로 문보의 슬픈 서사에만 집중된다. 이런 이유로 이전까지의 서사는 마지막 이 장면에 복무하기 위해 써졌다고 해도 과언이 아니다.

여기까지 진행된 서사만으로도 '문보'의 기구한 운명의 궤적을 엿볼 수 있다. 자신의 의지 없이 하층구조에 편입된 것도 억울할 문보에게 세상은 그지없이 잔혹하기만 하다. 그럼에도 문보에겐 선택권이 없다. '이데올로기가 개인들을 주체로 호명하는' 구조주의 사회에서 살아가기 때문이다. 루이 알튀세르의 구조주의적 해석이 전적으로 맞을지라도 작가는 왜 가난하고 못 배운 데다 신체까지 훼손당해 사회적 약자로밖에 살 수 없는 문보에게 그토록 가혹한 것인가.

소설 속에서도 그렇듯이 문보만의 잘못은 아니지 않은가. 가난한 부모, 중동 석유파동, 부마사태, 경찰의 추격, 마을금고 사건 등은 구조주의와 자본주의라는 시니피앙 아래 구조적 자본의 자율적 기능들이 끊임없이 확장된 것이지 않은가 말이다. 여기에 작가의 의도된 설정이 숨겨져 있음을 알아차릴 수 있다. 우리의 실제적 삶에서 볼 때, 구조화된 자본의 논리와 개인의 정체성 사이에는 모종의 공모가 존재한다는 사실을 지적하기 위해서다.

따라서 소설 속 '문보'라는 이름은 지배 이데올로기가 작동하는 사회 구조적 시스템의 또 다른 이름일 뿐이다. 이로써 하층구조에 편입된 '문보'의 다음 행보가 슬픈 서사로 전개될 거라는 우리의 예감은 틀리지 않을 것이다.

> 한번 떠난 여자는 여자가 아니라 사람일 뿐이라는 정아 말은 틀렸다. 인주는 살아서도 죽어서도 자신의 여자다. 이틀 동안 가게 문까지 닫고 꼼짝 않고 방안에서 괴로워하다가 내린 결론이었다. 세상 온 구석을 뒤져서라도 찾아야 한다. 인주가 문보를 원하든 않든 그것은 뒷일이다. (163쪽)

인주가 떠나고 홀로 남겨진 문보가 방황을 끝내고 그녀를 찾으러 떠나는 장면이다. 무작정 인주를 찾아 떠났던 문보가 허탕치고 돌아와 자살을 시도한 뒤, 용두의 조언을 받고 두 번째 광주를 방문하면서 1980년 5·18 광주민주화운동을 목도하게 된다. 자신을 걱정하는 용두에게 "나하고는 상관없는 일이다. 내가 정치를 아노, 군인을 아노? 아무 일 없을 거다"라며 손사래를 쳤던 문보였다. '배운 것 없이 평생 시골에서 농사만 짓고 사는 무지렁이' 문보는 '무장한 시민군'과 '공수부대'가 벌이는 시가전을 목격하면서 '눈앞에 벌어지고 있는' 충격적인 상황에 아연실색한다. 그는 '무엇이 옳고 그른지 판단도 서지' 않은 채, '낯선 도시에서 아무런 죄도 없이' 상무대에 감금되는 등 다양한 고초를 겪게 한 '광주'라는 도시가 혐오스럽기만 하다. 그랬던 문보가 광주 외곽이 계엄군에게 봉쇄되면서 자신과 함께 헌혈한 여고생이 총에 맞아 죽어가는 모습을 지켜보면서 이성을 잃고, 반쯤 넋이 나간 채로 고향으로 돌아온다.

이후 문보는 '매일 당산에 올라 서산 너머로 해가 떨어지면 붉은 노을을 바라보며 휘파람을' 분다. 휘파람의 리듬은 광주를 들끓게 했던 '5월 그 마지막 밤에 들었던 노래'로 '미친 세상'에 대한 자각이다. 미친 세상에 항거하는 군중의 결연한 함성은 문보의 잠자던 의식을 깨우고, 그 내면의 소리에 응답할 것을 명령한다. 그에 대한 응답으로 문보는 누군가(미친 세상)와 실랑이를 벌이다가 삼청교육대로 끌려간다.

> "이 새끼가 어디서 꾀를 부려!"
>
> 조교의 몽둥이가 날아들었다. 매는 나이를 가리지 않았다. 노인이 비명을 지르며 그 자리에 픽 쓰러졌다. 문보가 쓰러진 노인을 내려다보았다. 얼른 보아도 아버지뻘이었다. 아까부터 힘들어하는 모습에 안타까워하던 터였다. 문보의 눈꼬리가 치켜 올라간다.
>
> "저 새끼는 부모도 없나……." (200쪽)

사랑하는 여인을 찾으러 떠났던 광주에서 갑작스럽게 마주한 5·18의 경험과 그로 인한 정신적 충격으로 존재론적 변화를 맞이한 문보가 지배 이데올로기에 맞서려는 징후가 엿보이는 장면이다. 따라서 5·18은 엄밀한 의미에서 문보에게 사건의 주체적 신호가 된다. 이 사건은 순수하게 문보의 내면에서 일어난 주체로의 부활이다. 문보는 존재론적 변화의 조건들로부터 오직 믿음, 그 믿음의 선언으로부터만 시작될 수 있는 결론을 도출해내기 때문이다. 다음 장에서 투사로서의 주체적 삶을 시작한 문보의 진리선언 과정과 그 이후의 행보를 추적해보자.

3. 진리사건에 대한 충실성

소설은 인간정신을 형상화하는 예술이다. 우리 독자에게 소설 인물의 내적 심리와 사고를 추측하도록 유도하기 때문이다. 따라서 소설의 최종 목표는 미적 형상화를 이룩하여 우리 독자에게 심미적 체험을 경험케 하는 것이다. 소설의 정의가 이와 같다면, 『선물』에서의 심미적 체험은 단연 결말 부분일 것이다. 주인공이 개인적 파멸의 길로 들어선 상태에서 소설의 문을 닫아버린 까닭이다. 이 비극적인 엔딩 장면에서 우리는 주인공에 감정이입하여 극대화된 슬픔을 경험한다. 작가가 의도했든 아니든, 극대화된 연민의 감정을 이끌어내겠다는 강박이 없었다면 이 소설은 인간이 직면하는 사태의 본질을 날것 상태로 파악하면서 찾아가는 미학적 성취를 이루지 못했을 것이다.

그럼에도 한 개인의 정신과 육체를 처절하게 짓밟고 뭉개버려야 속이 시원한 그의 강박을 따져 묻지 않을 수 없다. 잔인하리만치 폭력적인 상황을 클로즈업하여 세세하게 묘사한 데는 그만한 이유가 있을 것이다. 생물학적 육체에 대한 작가의 냉정함은 '군화에 묻은 진흙이 없어질 때까지 혀로' 핥는 무기력하고 나약한 문보의 정신상태를 꾸짖는 안타까운 응시의 표출이다. 그 무력한 비애의 사슬을 어떻게든 끊어내야 한다는 게 작가의 인생관인 셈이다. 이러한 작가관이 자신의 소설쓰기의 자세와 절차에 대한 일종의 알레고리로 기능하지 않았을까 싶다. 다시 소설로 돌아가 보자.

> "말씀 마이소. 죄가 있어 끌려왔으면 억울하지도 않지예. 길거리에서 시비 좀 붙었다고 죄인 취급당하는 기 억울해서 그럽니더." (203쪽)

이 말의 화자는 '문보'이고, 이 말의 청자는 삼청교육대로 끌려와 교화를 받는 교육생들이다. 이들은 문보처럼 제대로 된 죄명도 없이 끌려온, 이데올로기에 지배를 받는 하층구조에 편입된 자들이다. 삼청교육대 소장의 입을 빌리면 '말 안 들으면 죽는 인간쓰레기'거나 '육천 원짜리 목숨'밖에 안 되는 존재들이다. 이들은 지배권력의 명령에 따라 '때리면 때리는 대로 맞고, 주면 주는 대로 먹고' 죽임을 당해도 항변할 수조차 없는 조르주 아감벤의 '호모 사케르'다. '호모 사케르'는 역설적으로 권력주체를 견고하게 뒷받침해주기 위해 존재하는 희생제물이다.

인간이지만 결코 인간 존재가 될 수 없는 상황적 아이러니가 발생하는 이 지점에서 작가는 사물이 극에 달하면 반드시 귀환하다는 물극필반物極必反이라는 역설의 힘을 건져 올린다. 따라서 양날의 검처럼 상호작용으로 유지되는 '호모 사케르'로 전락한 문보의 다음 행동은 이미 정해진 거나 다를 바 없다.

> 문보는 부러진 이빨을 주워 선임하사 눈앞으로 들이밀었다.
>
> "이 새끼! 지금 뭐하는 거야?"
>
> 선임하사가 어처구니없다는 표정을 지었다. 문보는 광주를 떠올렸다. 마지막 날 도청 앞에서 만난 청년, 공수부대 군인들에게 쫓겨 도망가던 문보를 구해주었던 그 청년의 눈을 본다. 생생하게 살아 움직이는 눈이다. 아무도 범접할 수 없는 생명의 빛을 발하고 있는 눈이다. 죽음을 앞에 두고도 몸을 떨지 않도록 만들었던 그 힘의 원천이 무엇이었는지 알 듯하다. 누구도 알아주지 않는 자신의 존재, 청년이 가고자 했던 것, 그것을 스스로 증명하려던 것이었다.

"고만 좀 하입시더. 배운 기 없다고 이렇게 무시해도 되는 겁니꺼? 내가 뭘 잘못한 게 있는지 몰라도 **우리도 사람입니더. 말도 못하는 개돼지가 아니란 말입니더**……." (209쪽, 굵은 글씨 — 인용자 강조)

이렇게 문보는 점진적인 과정을 거쳐 자기 삶의 주인이 되려는 첫걸음을 뗀 셈이다. 뜨거운 시작과 함께 권력주체와 맞서는 문보의 희생은 불가피해졌다. 이제 소설은 마지막 한 장면을 남겨두고 있다. 그것은 문보가 주체로 거듭나는 순간, 단단한 상징절벽을 깨부수고 개인의 정체성을 서열화시키는 사회구조적 담론에서 일탈을 시도하는 것이다. 계속해서 '문보'의 행선을 뒤밟아보자.

문보는 '조금만 더 버티면, 4주간의 훈련만 버티면 지옥보다 더 모질고 지독한 이곳을' 나가기로 돼 있다. 그런데 소대장이 조교들을 통해 나누어준 서류에는 "삼청근로봉사대"라는 문구가 선명하게 박혀 있다. 문보와 교육생들은 험악스러운 권력주체들에 의해 강원도 양구로 옮겨져 나치 하에 삶의 의지를 완전히 상실해버린 무젤만으로 전락한다.

'돌 공사를 하다가 흙더미에 깔리거나, 동상에 걸려 시들시들 앓다가 죽어나가는 동료들을 보면서도' 그러려니 한다. 바야흐로 광주 5월항쟁의 시민군들에 의해 '계엄령이 해제됐다'는 소식을 접하지만 문보는 의심의 끈을 늦추지 않는다. 끝내 "속지 않는 자가 방황한다"는 진정한 주체로 거듭나려는 찰나이다.

"참말로 풀어줄까예? 그렇게만 되면 얼마나 좋겠습니꺼? 하도 거짓말을 하니까 인제 무슨 말을 해도 제대로 들리지도 않습니더." (216쪽)

이후 문보의 의심은 적중하고, 삼청교육대가 해산되고 모두들 집으로 돌아간다는 것이 기정사실화되었음에도 그들은 석방되지 않는다. 문보는 양구에서 3개월과 삼청근로봉사 6개월을 끝내지만 다시 보호감호 5년 선고를 받고 청송감호소로 갈 처지에 놓이게 되면서 광주항쟁 의미를 되새긴다. 문보는 왜 광주 시민들이 인간답게 살기를 갈구하는지에 대해 깊이 사유한다.

> 그때는 그들의 행동을 이해하지 못했다. 왜 그래야 하는지. 학생은 공부만 하고, 직장인은 일만 하고, 장사꾼은 장사만 하고……. 왜 그들이 자기 할 일을 마다하고 거리로 나섰는지, 아무런 보상도 없는데 주먹을 쥐었는지. 죄 없이 맞고, 터지고, 더러는 죽고……. 왜 그들이 그렇게 해야만 했는지. 정치의 '정' 자도 모르는 무지렁이, 초등학교밖에 나오지 않는 무식쟁이, 다리병신, 손가락병신인 자신도 인간으로 살아야 하는 것, 이것만큼은 세상 누구라도 건드리지 못하는 자신의 권리였다. 마지막 남은 이것 하나만큼은 반드시 지켜져야 하고 그것은 결국 스스로 지켜야 한다. 자신이 인간임을 깨닫는다면, 인간이기를 바란다면, 인간으로 살아가려면……. (224쪽)

이제 본격적으로 한 개인이 우연하게 마주한 경험에서 얻은 진리를 선언하고, 진리선언에 대한 충실성으로 겁을 상실한 채 권력주체에 맞서는 마지막 장면이 펼쳐진다. 교육생을 선동하여 사단장을 면담하러 가는 시위대를 이끈 문보는 발포 명령을 내린 군과 대치한다. "겁먹을 거 없다! 그대로 밀고 나가!"라는 문보의 장엄한 외침과 함께 총성이 울리면서 쓰러져버린 그의 의식이 점차 흐려지면서 소설의 암막 커튼은 내려진다. '호모 사케르'거나 '무젤만'의 상징이었던 문보라는 한 개인이 진리사건에 대한 충실성으로 진정한 주체로 부활하는 동시에 그는 상징적 죽음을 맞이한 것이다.

따라서 작가가 에필로그를 통해 밝힌 정신병원에 있다는 문보에게 보내는 동정어린 시선 따윈 거둬들여야 한다. 우리는 앞서 지배 이데올로기를 정당화시키기 위한 담론에 대한 복종은 한 개인이 주체적 실존으로 살아갈 수 없도록 강제한다는 것을 확인하지 않았는가. 이로써 문보는 스스로 정초한 새로운 진리를 세계 속에서 실행하며 살아갈 것이다. 이렇듯 진리과정은 여러 단계를 거치지 않는 솟구침이다. 기존 세상의 어떤 것에도 빚지지 않는 주체적 세움이다. 이것이 보편적 개별성으로서 위상을 갖는 진리의 출현방식이다. 작가가 소설의 지난한 서사를 이 마지막 장면에 복무하도록 플롯을 짠 이유이자, 사건적 경험으로 새로운 진리를 정초한 문보에게 작가가 건네는 위로가 바로 '선물'인 것이다.

앞서 신용성의 소설이 문제적이라고 했다. 그의 소설이 이 시점에서 문학적으로 뿐만 아니라 실제적 삶에서도 중요하게 부각되는 것은, 자본의 서열로 개인의 정체성을 파악하는 시대를 살고 있는 우리의 예민한 경제적 무의식을 건드렸기 때문이다. 자발적 또는 비자발적으로 우리가 겪는 굴욕적인 현실을 환기해주는 그의 소설이 짙은 호소력으로 다가오는 이유이다.

작가는『선물』의 형상화를 통해서 우리가 주인공인 '문보'와 크게 다를 바 없다는 현실감각을 일깨워주는 동시에 사유와 성찰의 영역으로 우리를 안내한다. 최근 독서시장의 흐름에 연연해하지 않으면서도 그들과 다른 삶의 가능성을 열어 보여준 것이 신용성 소설의 미덕이다. 이 문제는 작가가 이룩한 문학적 성취와 결코 분리되지 않는다. 그것은 최근 독서시장의 흐름에 편승함으로써 작가 스스로 문학의 존재가치를 축소시키는 듯한 트렌드 문학에 신용성 소설이 가만하게 들려주는 조언이다.

신용성 장편소설
선물

지은이_ 신용성
펴낸이_ 조현석
펴낸곳_ 북인
디자인_ 푸른영토

1판 1쇄_ 2019년 06월 20일
출판등록번호_ 313 - 2004 - 000111
주소_ 121 - 842 서울 마포구 서교동 467 - 4, 301호
전화_ 02 - 323 - 7767
팩스_ 02 - 323 - 7845

ISBN 979 - 11 - 87413 - 45 - 5 03810

이 도서의 국립중앙도서관 출판예정도서목록(CIP)은 서지정보유통지원시스템 홈페이지(http://seoji.nl.go.kr)와 국가자료종합목록시스템(http://www.nl.go.kr/kolisnet)에서 이용하실 수 있습니다. (CIP제어번호 : CIP2019022644)

이 책은 강원도, 한국문화예술위원회, 강원문화재단 후원으로 발간되었습니다.